陈左高
[著]

中国史略丛刊

中国日记史略

中国书籍出版社
China Book Press

图书在版编目（CIP）数据

中国日记史略 / 陈左高著. -- 北京：中国书籍出版社，2020.4
（中国史略丛刊.第一辑）
ISBN 978-7-5068-7618-6

Ⅰ.①中… Ⅱ.①陈… Ⅲ.①日记—文学史—中国—古代
Ⅳ.①I207.62

中国版本图书馆CIP数据核字(2019)第286111号

中国日记史略

陈左高　著

责任编辑	王　淼
责任印制	孙马飞　马　芝
封面设计	东方美迪
出版发行	中国书籍出版社
地　　址	北京市丰台区三路居路97号（邮编：100073）
电　　话	（010）52257143（总编室）　（010）52257140（发行部）
电子邮箱	eo@chinabp.com.cn
经　　销	全国新华书店
印　　刷	三河市华东印刷有限公司
开　　本	880毫米×1230毫米　1/32
字　　数	205千字
印　　张	9.875
版　　次	2020年4月第1版　2020年4月第1次印刷
书　　号	ISBN 978-7-5068-7618-6
定　　价	59.00元

版权所有　翻印必究

序

我国古代日记,留存至今,为数浩繁。它是作者每天生活的录像,当时当地史事的见证,不失为中华民族的一份宝贵的文化遗产,值得文史界的深切重视。

回顾一九四七年笔者在复旦大学任助教时,曾辅导学生翻检《丛书集成》,从中浏览了陆游、范成大、方凤等名家的日记,深感许多日记,不仅行文优美,而且蕴藏着难得的第一手资料,由此深深地引起了对搜集整理日记的浓厚兴趣。

从那时起,笔者便决心投身于此项工作,四十年来在复旦大学图书馆、合众图书馆、上海市历史文献图书馆、上海图书馆,直至近期在华东师范大学图书馆,不论酷暑严冬,假期节日,都留下了我访书的足迹。而一些手稿抄本,则散存私家庋藏,难以涉猎。幸承潘景郑、顾廷龙两位师长、前辈借助在先;其后又蒙赵景深、汤志钧、王贵忱、袁道冲等先生或赐转借,或告所藏;尤其是已故好友杨廷福教授趁驻京纂修之便,函告稿本线索,才得按图索骥。凡此垂爱关注,衷心铭感无既。

四十年来,共得寓目古代日记近千种,其间蕴蓄故实,丰富广泛,取汲不尽。日记撰者中多有文学家、政治家、军事家、外交家、科学家、教育家、书画家、戏曲家等,他们所处的历史阶段不同，所经历的生活环境也各不相同，因此，各自带着时代特色，各自有其叙写内容的侧重点，更由于历代日记本身有着发展的历程，故日记独立成史，如同小说、戏曲一样，实为理所当然。

这本小册子的时限，上自唐代，下迄辛亥革命前后。羁于古代日记大量散存于海内外公私藏家，有的还有待发现。笔者囿于见闻，限于水平，疏漏之处，在所难免，殷切期望读者批评指教，以臻完善。

在撰写过程中，猥蒙陈文镒先生拨冗审阅，斟酌损益，多所匡讹，得益匪浅，在此表示衷心感纫。

陈左高
一九八九年九月

目 录

序 /1

第一章 绪言
第一节　日记的起源 …………………………… 4
第二节　日记名称的由来 ………………………… 9

第二章 宋代日记的兴起和元代日记的衰落
第一节　北宋时期日记作者和作品 ……………… 13
第二节　南宋时期日记作者和作品 ……………… 22
第三节　元代日记的衰落 ………………………… 38

第三章 明代日记的发展
第一节　洪武至嘉靖时期日记作者和作品 ……… 47
第二节　万历时期日记作者和作品 ……………… 50
第三节　天启崇祯时期日记作者和作品 ………… 62
第四节　明清之际日记作者和作品 ……………… 70

第四章 清代前期日记的繁兴
第一节　顺康雍时期日记作者和作品 …………… 75
第二节　乾嘉时期日记作者和作品 …………… 107

第五章　清代中后期日记的鼎盛

　　第一节　道咸时期日记作者和作品 …………… 140
　　第二节　同光时期日记作者和作品 …………… 190

第六章　历代日记的史料价值

　　一、自然科学史的可靠依据 ………………… 279
　　二、政治史的原始记录 ……………………… 285
　　三、经济史方面的原始资料 ………………… 287

附　录　引用日记简目 ……………………… 292

[第一章] 绪言

古代日记，源远流长，历史上有篇章可稽考的，已足有一千多年。唐代史籍中已有奉使记行日记及史官记事日记相继萌发，被后世论其源流者所肯定。至两宋三百四十年间，政治家议朝政，出使者记行程，遣戍者叙贬谪，典试者谈科场，旅游者述行踪，随征者载战况，留存作品，为数夥颐，实际上已臻于兴起的阶段。但元代八十多年，历时短暂，汉族文人留下的日记不多，相较两宋之兴起，无疑是趋向衰落。

及至明代初建，帝王多标榜文治，"网罗图籍"，诏求"四方遗书"（见《明史·艺文志》）。余风所被，文人武将，书日记的先后辈出。从洪武到嘉靖时，出征记事之作崛起，进而万历时期更涌现出许多长编巨帙，所叙或涉朝章典制，或属论学谈艺，或关旅行勘探，或详园林卜筑，内容广泛，行文清隽，不乏佳品。天启、崇祯以降，明王朝由盛转衰，日记作者生于忧患，触景生情，时而抒切肤之痛，日记体裁又别具一格。从总的日记数质量来看，明代日记已显示出发展的势头。

值得注意的是：清初顺康雍盛世的文人学者所写日记，气势磅礴，名篇纷陈；另一方面，清统治者入关伊始，南明王朝犹偏安多隅，抗清志士纷起复明活动者，排日纂事，相继不绝。及至乾嘉之世，学者胜流，竞相书写日记，蔚然成风，确实超轶前代，堪称繁兴。

及至清代中后期，日记已进入鼎盛阶段，以道咸时期而论，如李慈铭等名家辈出，佳构纷呈，在散文领域中，独树一帜。及同光之际，中外文化交流日益频繁，出使者足迹所经，东瀛西欧，南洋北美，俱有所记，凡此走向世界著名的星轺日记，何啻百数。由于此数十年中，日记撰者经历了中法战争、中日战争、戊戌变法、八国联军入侵、辛亥革命等重大历史事件，生活上思想上起了一定的变化，往往凭当时经历，加以直录，既笔触风云变幻的形势，复涉及接触新文化的某些动态，据笔者不完全的估计，其间作品数量之递增，将为前几代日记的总和。

综上称引，我国古代日记从唐代至清末，有其萌芽、兴起、衰落、发展，而进入繁兴、鼎盛的过程。本书就是以这样演变的过程，作为依据来进行诠次的。至于日记的起源和日记名称的由来，历来文史界众说纷纭，未趋一致，下面将作一简单介绍，并一抒笔者本人浅见，以就正于方家。

第一节　日记的起源

日记一体，源于何时，论者说法不一，有追源于殷墟甲骨记载[1]，

---

[1] 过去笔者曾认为殷墟甲骨所载，已征先民重视记载日常事态，如用甲子或记帝王日常行止，或记卜方国大事，其内容占卜吉凶，征取猎获，其体制系年月日，有类于后世的日记（见拙稿《日记的滥觞》，载1947年二月号《永安月刊》）。后来笔者自我否定了，因为这毕竟出于他人（巫史）之手，不接触自己生活。如果算作日记，则历代帝王的起居注、实录，以及笔记、日知录等，也要归入日记之列，这显然是一种穿凿附会。）

有推溯于南朝宋鲍照的《大雷书》[①]，有谓起始于王羲之的《兰亭记》[②]，实则均取其相似一点，而未概其全，类似的起源说，尚待辨析。

根据清代学者的论证，约有三种起源说：

一是起源于西汉说。张荫桓认为西汉时期早有出使日记，不失为日记的嚆矢。他说："陆生（陆贾）使越，苏武使匈奴，张骞寻河源，陈汤、甘延寿定郅支，博征约记，史佚之耳。"

二是推溯于东汉说。俞樾认为东汉马笃伯《封禅仪记》，就已逐日记载登泰山之事，导日记的先河。

三是肇始于唐代说。张荫桓力主唐太宗时，韦执谊曾著日记，惜已不传。他说："韦执谊使西突厥。会石国叛，道梗三年不得归，裂裾录所遇诸国风俗、物产，为《西征记》。此即奉使日记之滥觞。"

再按《新唐书·艺文志·杂史类》著录，有张读《建中西狩录》、路隋《平淮西记》、郑言《平剡录》。《地理类》著录戴祚《西征记》、魏聘《使行记》、僧法盛《奉使高丽记》等。其中不乏日记作品，凡此明证日记一体，唐时已粗具轮廓，渐见萌芽。

揆其原因，唐代前期经济繁荣，国内水陆交通畅达，即使唐后期许多地方被割据，但交通仍保持通行无阻，这给出使行役提供了有利条件。于是文人奉使记行日记开始产生。风会所

[①] 清·王之春《使俄日记·凡例》："日记及纪程编，肇始于鲍明远《大雷之书》。"

[②] 玉井幸助《日记文学概说》第二章《时代的通观》第一节《初期的日记》。

趋，一时史官撰写日记的，也相应而起。

综览史志著录，作品传存，论者断定，以及历史背景，笔者以为溯源唐代，持之有故，爰略介唐代日记作者作品如下：

如唐德宗时，赵元一著《奉天录》四卷，记叙建中四年（783）太尉朱泚搞兵变、唐德宗出奔奉天以及还都时的始末，所记见闻杂感，已接近于一部较类似的日记。

直到唐宪宗元和四年（808），李翱作《来南录》，排日记载来岭南的行役，则被一致公认为日记存于今世的最早篇章，且为宋代以后日记作者所沿袭。清代洋务派薛福成说："日记及纪程诸书，权舆于李习之《来南录》、欧阳修《于役志》，厥体本极简要。"《广东通志·艺文略五》亦谓此系"习之应节度使杨于陵之辟，来岭南时所记"。

按翱字习之，陇西成纪（今甘肃秦安东）人，一说赵郡人。就学韩愈之门，且系愈之侄婿。贞元进士。任国子博士，史馆修撰。嗣任庐州刺史，有政绩，官至山南东道节度使，谥文。

《来南录》一卷，刊于《李文公集》卷十八。其辞曰：

> 元和三年十月，翱既受岭南尚书公（即杨于陵）之命；四年正月己丑，自旌善第以妻子上船于漕。乙未，去东都，韩退之、石濬川假舟送予。明日，及故洛东，吊孟东野，遂以东野行。濬川以妻疾，自漕口先归。黄昏，到景云山房。诘朝，登上方，南望嵩山，题姓名记别。既食，韩、孟别予西归。
>
> 戊戌，予病寒，饮葱酒以解表。暮，宿于巩。庚子，出洛，下河，止汴梁口，遂泛汴流，通河于淮。

辛丑，及河阴。乙巳，次汴州，疾又加，召医察脉，使人入卢乂。

二月丁未朔，宿陈留。戊申，庄人自卢乂来。宿雍邱。乙酉，次宋州，疾渐瘳。壬子，至永城。甲寅，至埔口。丙辰次泗州，见刺史，假舟转淮上河，如扬州。庚申，下汴渠，入淮，风帆及盱眙，风逆，天黑色，水波激，顺潮入新浦。壬戌，至楚州。丁卯，至扬州。戊辰，上栖灵浮图。辛未，济大江，至润州。戊寅，至常州。壬午，至苏州。癸未，如虎邱之山，息足千人石，窥剑池，宿望海楼，观走砌石；将游报恩，水涸，舟不通，无马道，不果游。乙酉，济松江。丁亥，官艘隙，水溺，舟败。戊子，至杭州。己丑，如武林之山，临曲波，观轮椿，登石桥。宿高亭，晨望平湖、孤山、江涛，穷竹道，上新堂，周眺群峰，听松风，召灵山永吟叫猿，山童学反舌声。癸巳，驾涛江，逆波至富春。丙申，七里滩，至睦州。庚子，上杨盈川亭（指杨炯所置）。辛丑，至衢州，以妻疾止行，居开元佛寺临江亭后。

综览李翱所记，早已涉及诸如妻子同行、韩愈送行、自己中途生病、请医治疗等事。这些都是生活日记内必然会写到的内容，因而此记无形中已为日记提供了一定的模式。清代以来不少学者均肯定《来南录》是留存于今的最早的日记篇章，其原因盖在于此。

更从写作形式上来衡量评估，李翱所记，层次清晰，言简意赅。先叙来南的原因；次叙来南的行程，经河南、安徽、江苏、浙江、江西、陕西、广东等省，历程二万六千余里；最后，总结路程，为水陆里数作一统计。虽然全文仅用千字，但不惟叙述了个人的旅途经历，而且祖国幅员的辽阔，山河的壮丽，亦仿佛可以由此窥见。

后十五年，又有韦齐休《云南行纪》二卷之作，书目屡见于《宋史·艺文志·地理类》、《崇文总目》、郑樵《通志·艺文略》著录。据晁公武《郡斋读书志》《新唐书·南诏传》及《册府元龟》卷九六五，均谓唐穆宗长庆三年（823），韦齐休跟随京兆尹韦审规出使云南，"纪其往来道里及其见闻"，作行纪。虽然此记佚失，但至少能说明一点：唐代文人作日记的风气已开，尽管书或失传，而众家迭相著录，当属一部较具影响的书册。

除纪行日记外，唐代已有一些史官日名。《孙可之集》作者孙樵《读开元杂报》，载唐玄宗开元时，数十条断烂朝报，称"曩于襄汉间得数十幅书，系日条事，不立首末"。如此凡数十百条。看来似为中国史官的日常记载。

唐代短篇日记，散见于丛录，除蒋偕《蒋氏日历》外，为世熟知者，推唐文宗太和九年（835）史官刘轲《牛羊日历》，刊在《藕香零拾》内。按轲字希仁，曲江人。登进士第，历官史馆，累迁侍御史。世称其文为韩愈流亚。

刘氏凭日常知见，撰此抨击时政的日记。暴露了环绕以牛僧孺及京兆尹杨虞卿一家三杨为中心，涉及许多丑行。行文寓贬笔于抒写之中，有助于了解当时某些历史人物的真面目。如详记杨虞卿与弟舒州刺史汉公，廿多年来结党纳贿，"输金纳璧,可以不读书为儒,不识字为博学",造成"风俗颓靡,波及举子"。竞相奔走通关节,时人对其父祭酒杨宁及虞卿兄弟,有"三杨通天狐"之讥。他还如实记及杨虞卿串通"方持国柄"的牛僧孺,攫取李愿家藏艳妓真珠的前后秽行丑闻。刘轲作为史官,日记据自实闻,可补正史传的缺略和失记。

总观唐代日记,尽管篇幅不大,时间较短,但已粗具日记的体制和模式,诸如涉及简单的生活内容、道里行程和游踪、评述当时政闻和某些人物等。更从日记发展角度来看,应该是起源于唐代。

第二节　日记名称的由来

日记名称起于宋代,这是随着日记作者兴起,作品渐趋成熟之时才出现的。考检汉·王充《论衡·讥日篇》,虽曾有日记二字,但其所指日记,实质上是一部"述吉凶以相戒惧"之书,有类于术士择日的玉匣记,和后世的生活日记毫不相关。笔者查阅各种文献目录及《汉书·艺文志》,均无日记二字的著录,可见距今一千三百多年前后,尚未触及这一名称。

及至唐代,如前所述,记程之书胚胎形成,多标以异名,或曰录,或曰志,或曰行纪,或曰日历,均未用日记名称。新旧《唐书》虽皆著录一些类似性质的文献,但仍未出现日记名称。

直到宋代，不少学者文人怀着书写日记的浓厚兴趣，对记行、记游、记出使、记征战、记亲友交往等日常行止，视为自己生活上不可缺少的随录，于是自觉地冠以"日记""日录"等字眼。试看《宋史·艺文志》，便屡次出现日记全称而独树一帜。称"《赵棨日记》一卷，司马光《日录》三卷，……王安石《舒王日录》十二卷"（《宋史》卷二百三《艺文志》第一百五十六《艺文》二）。而宋代诗人周必大还领略到日记乃具有备忘作用，赋"新春渐觉风光好，陈迹时将日记开"之句，他是一位多产的日记作者，对行程之作，则殿以日记全称，若宋孝宗隆兴元年癸未（1163）所书《癸未归庐陵日记》，即是一例。很显然，日记全称，二字连用，始见于宋代。但不容忽视的是，自两宋以迄晚清，仍然有大量作者沿袭唐代《来南录》、宋代《吴船录》的传统，习惯性地喜用日记的各种异名，凡此书名，则又当别论矣。

[第二章] 宋代日记的兴起和元代日记的衰落

第一节　北宋时期日记作者和作品

宋初日记渐兴，与前代相较，有着明显发展。论篇幅，不乏长篇巨帙；论内容，记述生活，涉面广泛；论形式，已重视系年系月系日系时系气候的固定形式，具备日记本身的体制。无论从作品的质量或数量看来，都超轶前尘。周煇说："元祐（1086—1099）诸公，皆有日记。凡榻前奏对语，及朝廷政事，所历官簿，一时人才贤否，书之惟详。向于吕大虬家，得曾文肃子宣日记数巨帙。虽私家交际，及婴儿疾病，治疗医药，纤悉靡遗。……后未见有此书。"（见《清波杂志》）

按元祐是宋哲宗年号，曾布是古文家曾巩之弟，据上称引，可知北宋时期政治家、文学家辈出，曾长年累月，撰写日记，如路振、赵槩、司马光、王安石、曾布、赵抃等，或因循旧章，或坚持变法，各自将所见所闻所感，以及政治上的见地，均笔之于书。大之于朝廷政闻，小之于家庭琐屑，无不秉笔直书。如司马光、王安石、曾布等记，均因年代久远，多所散佚。幸赖李焘于《续资治通鉴长编》中，摭引了一部分，惟经史家汰选，最具生活特色者均加删削，具付阙如。兹选述如下：

路振（957—1015）字子发，永州祁阳人。淳化进士。所作赋典雅，后为太宗所嘉，擢甲科。知滨州时，一日契丹至城下，主坚壁自守，数日契丹引去。景德中，任福建巡抚，会修两朝国史，以振为编修官。晚有集二十卷。

今存日记一种——《乘轺录》，系大中祥符元年（1015）任知制诰，受诏充契丹国主生辰使时所作。起是年十二月，止次年正月。按契丹于宋崇宁时，已改国号曰大辽；见宋使无常处，且皆不在中京。此记除记道途旅程外，揭载虎北口以南，咸汉唐故地，笔触其事特详，揆其目的，以备当时辽人归宋幽蓟舆地之考。

赵槩（995—1083）字叔平，虞城人。知洪州，筑堤治水有功，历官翰林学士、观文殿学士、吏部尚书，谥康靖，著有《谏林》。《宋史·艺文志》著录仅存日记一卷，宋代学者陈振孙（号直斋，传录旧书至五万一千余卷）尚及见之。谓《赵康靖日记》一卷，"参政睢阳赵槩叔平所记（英宗）治平乙巳丙午（1065—1066）间在政府事"。（《直斋书录解题》卷七）

司马光（1019—1086）有多量日记，《宋史·艺文志》著录仅存三卷。陈振孙犹及见《温公日记》一卷，谓系司马光熙宁在朝所记。"凡朝廷政事，臣僚差除，及前后奏对，上所宣谕之语，以及闻见杂事，皆记之。起熙宁元年（1068）正月，至三年（1070）十月，出知永兴军而止。"（仍见《解题》卷七）周煇还探析日记内容来源，说"司马光记事及杂录，多得于宾客，或道路传闻，悉以为实，鲜不收载"。（《清波别志》卷下）

王安石（1021—1086）有巨帙日记，今散佚。安石字介甫，号半山，抚州临川人。神宗时，任参知政事，旋拜相，积极推行新法。熙宁九年封荆国公，世称荆公。卒谥曰文，追封舒王。有《临川集》。按其日记为数浩繁，宋时许多学者还亲见其书，惟称引卷数不一。

周煇《清波杂志》谓:"王荆公日录八十卷,毘陵张氏有全帙。顷曾借观,凡旧德大臣不附己者,皆遭诋毁;论法度有不便于民者,皆归于上。可以垂耀后世者,悉己有之。尽出其婿蔡卞诬罔,其详具载陈了斋莹中《四明尊尧集》。陈亦自谓岂敢以私意断其是非。更在后之君子审辨而已。故《神宗实录》,后亦多采日录中语增修。"

周煇《清波别志》:"闻王安石秉政日,凡所奏对论议,日有记录,皆安石手自书写,一时君臣咨诹反复之语。"

赵德麟《侯鲭录》卷三:"介甫熙宁初,首被选擢,得君之专,前古未有。罢政归金陵,作日录七十卷。"

意者煇初见荆公日录时,距熙宁初,为时约五十年,当属全帙。赵氏所见,或乃另一抄本。嗣后蔡京之子蔡絛遇有货王安石日录者,欣然以绢十匹易之,事具《北狩行录》云。(《四库全书总目提要》十一史部八)

安石日记,今存《鄞县经历记》一种,仿《来南录》体,载《王文公文集》卷三十五,是庆历七年(1047)十一月,赴鄞县安排东西十有四乡开渠浚川,谋作斗门于海滨等事,途历七山、八寺、一村、三江堰,于寥寥篇幅中,将此一月间生活起居、游览踪迹、工作进程,按日挨次地作出简单勾勒,堪与欧阳修《于役志》相媲美。

曾布(1036—1107)字子宣,南丰人。学于兄巩,同登第。以王安石荐,参加制定青苗等法。哲宗时,任同知枢密院事,深受异宠,卒谥文肃。事具《宋史·列传》。

子宣有巨帙日记,诗人周必大尝及见之,载《龙飞录》。陈振孙亦见曾氏日记两种:《绍圣甲戌日录》(1094)、《元符庚辰日录》（1100）各一卷。并在《直斋书录解题》中作出简介，谓"记在政府奏对施行，及宫禁朝廷事"。

曾氏尚有《曾公遗录八》，《永乐大典》所收。系哲宗绍兴二年乙亥（1095）任同知枢密院时所撰日记。此年日记，笔触多端，牵涉甚广。凡地方设置之兴废更迭，政治人物之臧否得失，宫廷内部之生活动态，政治集团之纷争多端，军事调动之内情本末，以及平日奏对问答，见闻所及，悉笔之无遗。

一如有关臧否人物。布为王安石所汲引，与章惇有权力冲突。往往褒王贬章，记与哲宗赵煦奏对曰："上云安石诚近世之所未有。余曰：此非可与章惇、蔡卞同日而语。其孳孳于国事，寝食不忘，士人有一善可称，不问疏远识与不识，即日召用，诚近世所无也。"布斥章惇，兼及其党，竟詈惇门下士陈彦恭为鼠辈小人，罪在构造是非。布弟曾子开（肇）著《两掖集》，以列名元祐士大夫，而被降黜。布竭力辩解，谓肇曾得神宗眷宠，亲送至殿门。除舍人时，王岩叟力加阻挠，断非刘挚党羽。且称"肇之文词学识操行，皆非今日在朝臣可比"。

二如有关擢降议论。据日记，作者深受哲宗宠信，无论宫廷废立，兵将调遣，均备顾问；宫廷赐宴，赏锡数量，均异他人。奏对问答，评骘人物，特别是在升降问题上，辄左右哲宗决策。若推荐蒋之奇（曾诬劾欧阳修）、刘惟简平稳自守、忠心耿耿；批评韩忠彦"措置边事"毫无主见；陆佃（《陶山集》作者，不附王安石）文章拙劣，传笑中外。

他若自述政见，诸如对章惇讨伐西夏主张之异议。力持因旧城修葺澶州城，可收"功少速成"之效。鉴于保甲法废置已久，再加陕西河东连年兴筑城寨，大耗物力，认为宜"以渐推行"。信笔挥写，排日叙载，不失为北宋政治史料之一种。

综上转引，北宋时日记原来都是洋洋巨著，有待后人踪寻汇辑，或可汇存其什一。

北宋日记迄今传世者，一般说来，有些日记作者往往侧重在一个阶段、一个方面的生活。揆其内容，约可析为如下数类：

一是记贬谪生活。如欧阳修《于役志》。修（1008—1072）字永叔，号醉翁、六一居士，庐陵人。曾任参知政事。谥文忠。早岁支持范仲淹，要求政治上有所改良；王安石推行新法时，上疏指陈青苗法之弊。修始从尹洙游，治古文，与梅尧臣游，赋诗歌，一时所作名冠天下。论文主明道、致用，反对靡丽的文风，是北宋古文运动领袖。有《欧阳文忠集》。

欧阳著有《丙午日记》稿，系英宗治平三年（1066）时所作，周煇祖父曾得其书，后已散佚。今存者仅《于役志》一卷，盖仁宗景祐三年丙子（1036）所撰。按此年范以言事贬往饶州以后，欧阳修亦谪贬夷陵（在湖北省宜昌市），《于役志》即是按日载录赴夷陵之行程，以及行前尹洙、余靖等饯别之情状。起五月九日，迄九月壬辰抵达湖北公安县而止。考永叔《与尹师鲁书》云："临行，台吏催苟百端，始谋陆行，以大暑，又无马。乃沿汴绝淮，泛大江，凡五千里，一百一十程，才至荆南。"与此志合。比勘之下，日记内容较详，不啻替此文作了注脚。

又五月癸卯日记，笔触孙道滋弹琴，为欧阳修送行，堪与《送杨寘序》并读。所记临行前，和道滋等十余人，会饮共宿，及有关文娱活动，比序要详细得多。记云：

> 癸卯，君贶、公期、道滋先来，登祥源东园之亭。公期烹茶，道滋鼓琴，余与君贶奕。已而，君谟来，景纯、穆之、武平、源叔、仲辉、损之、寿昌、天休、道卿皆来会饮，君谟、景纯、穆之、寿昌遂留膳。明日，子野始来，君贶、公期、道滋复来，子野还家，馀皆留宿。君谟作诗，道滋击方响，穆之弹琴，秀才韩杰居河上，亦来会宿。

黄庭坚（1039—1100）字鲁直，号山谷，洪州分宁人。治平进士，以校书郎任《神宗实录》检讨官。后以修实录不实的罪名，遭到贬谪。其诗文超轶绝尘，善行草楷法，与张耒、晁补之、秦观，俱游苏轼门，称为苏门四学士。有《山谷集》。

徽宗崇宁四年（1105），山谷因与执政赵挺之有隙，被蔡京所排挤，贬往宜州（广西宜州市），撰《宜州乙酉家乘》。日记取《孟子·离娄》"晋之乘"之义，爰名家乘。凡是朋辈往还，书札互递，出入起居，饮食嗜好，无一不加载录，是其晚年生活实录，为后人写黄山谷交游考主要依据之一。

其时与山谷交往频密者，为欧阳袭、邵彦明、李元朴、郭全甫、袁安国、甘祖奭、冯才叔、秦禹锡等近二十人，擅鼓琴者，则为佃夫（欧阳袭之字），作《清江引》《贺若》《风入松》；又许子温弹《履霜》数章，作《霜钟晓角》（皆琴调名）。

据日记，山谷谪居宜州，蜀郡范寥来访，共移居南楼，联榻夜话，跬步不离，称莫逆之交。关于寥之为人如何，赖此略可考见。研究山谷晚年生活，此记颇具参考价值。

以下录日记数则，以供参证。

> 四年春，正月二日辛未，小雨。遣永州脚夫四人回，寄糟蟹虾鱼朐梨螺子大烛草豆蔻蜡。……元明次公会食罢。步出小南门，西过龙水县，道遇崇宁道人文庆。
>
> 六日，乙亥。四山起云，而朝见日。大热，才袷衣，始迁书药入新居。
>
> 十七日丙戌，晴。从元明浴于小南门石桥上民家浴室。与敬时棋，敬时三北，太医朱激馈双鹅。
>
> 三月十五日壬子，晴。成都范寥来相访，好学之士也。
>
> 四月二十七日甲午，晴。市人始卖木等子，皮殷红，肉甘酸，生者微涩，核猥大而肉少。余归闻岭南木等子，即药中山茱萸也。

按宋明以来各家文集、笔记载及家乘者甚多。陆游《老学庵笔记》："黄鲁直有日记，……至宜州犹不辍书。"费衮《梁谿漫志》："范信中从维扬新刻山谷遗文中得家乘读之。"李日华《六砚斋笔记》："黄鲁直有日记，……高宗得其真本，爱之，日置御前。"

至议论山谷在宜州行事者，其一为岳珂《桯史》曰："山谷在宜州，尝大书《后汉书·范滂传》，字径数寸，笔势飘动，超出汉墨迳庭，意盖以悼党锢之为汉祸也。"

环绕家乘之传刻，说者纷纭，宋·罗大经《鹤林玉露》、清叶廷琯《吹网录》等各执一说，且为后人考析山谷谪居时的挚友究竟是谁，提供了若干资料。从而也可觇黄山谷日记之深远影响。

二是记出使生活。如徐兢《使高丽录》。兢（1092—1155）字明叔，和州历阳人。工绘山水人物，尤擅篆籀。史称其以文字书画驰名。徽宗宣和五年（1123），任国信史提辖官，随正使路允迪、副使傅墨卿出使高丽（朝鲜），撰《使高丽录》，是《宣和奉使高丽图经》中一部分，起二月十八日，止八月廿七日。撰者自记从明州（今宁波市）出发，到朝鲜一路上的经历以及和朝鲜使节酬酢情况。此一日记亦系记录十二世纪时中朝两国友好往来之重要资料。

撰者擅绘画，工于描述。如当时赴朝一行，旅途颠簸，艰苦备尝，一经点染，跃然于楮墨间。经定海县（记作昌国），越弱水，舟行海洋中，记云"惟见连波起伏，喷魇汹涌，舟楫振撼，舟中之人吐眩颠仆，不能自持十八九矣"。及过北海洋，更是艰难万状。记云："方其舟之升在波上也，不觉有海，惟见天日明快。及降在洼中，仰望前后水势，其高蔽空，肠胃腾倒，喘息仅存，颠仆吐呕，粒食不下咽。其困卧于茵褥上者，必使四维隆起，当中如槽。"堪征距今八百六十多年前，中朝交通梗阻，际兹国际航运发达之日，返顾当时情况，简直不能想象于万一。

中朝友谊，源远流长，非山海所能阻隔。日记详载朝鲜迎接中国使者礼数之隆重，可资征信。如使者至群山岛抛泊，迎者频繁，仪仗全备。记云："六舟来迓，载戈甲，鸣铙吹角为卫。别有小舟载绿袍吏，端笏揖于舟中，云群山岛注事也。""舟既入岛，沿岸乘旗帜列植者百馀。"抵全州境，"全州守臣致书备酒礼，曲留使者。"入青州境，"岸次，迓卒旗帜，与群山岛不异。入夜，燃大火炬，脚煌照空，同接伴以书送使副三节。早食，使副牒接伴送国王先状（按即递与国王之外交通知文书），接伴遣采舫请使副上群山亭相见"。类似载录，多属中朝两国外交史料。

三是写科举制度。如赵抃《御试备官日记》，抃（1008—1084）字阅道，衢州西安（今浙江衢州市衢江区）人。景祐初进士。官殿中侍御史，弹劾不避权贵，号"铁面御史"。后任参知政事，因反对青苗法去位。有《赵清献集》，事具《宋史》。

仁宗嘉祐六年（1061），抃任右司谏时，著《御试备官日记》一卷，《学海类编》本。凡此次御试考题，考校所初考、覆考、详定、弥封诸官名单。覆考所录取五等标准。详定所点检、进士初考、进士覆考、点检、详定、对读诸官名单，作者均加胪列。其中记载"当时御试幕次，在集英殿之前，不复在殿后"一则，以及宋仁宗时考试机构及各种安排，根据作者亲身经历，排日纂录。不失为宋代科举史之重要文献。

四是记游日记。如张礼《游城南记》。礼字茂中，浙右（宋属浙西路）人。此记一卷，礼自为之注，陈眉公订正，明代刻本一册。

撰人于元祐元年（1086）游长安，季春戊申，偕陈明微出京兆东南门，入圣容院，观荐福寺塔。南行至永乐坊，东南至慈恩寺，又转辗谒龙堂，至皇子陂，觅韩郑郊居。复济潏水，访刘希古（舜才），过夏侯村，王（铣）白（圣均）二庄林泉。抵韦赵村,觅牛僧孺郊居。登少陵原,诣张思道,经裴度旧居,考洞东行三四里,为裴度郊居林泉之胜。

按此记自订《凡例》自记自注,有纲有目。循唐李翱《来南录》例,简赅相似,翔实则又过之。夫宋去唐未远,而风景池亭,犹有存者,唐代词章家行踪,尚可考查。撰人秉笔缕述,历引唐诗人若杜牧之、元微之等诗篇,寻求唐代都邑旧址,及其变迁,藉以相互印证,堪资考古,不仅徒事记游而已。

第二节 南宋时期日记作者和作品

南宋以后日记留存较多,首推记游一类。美国何瞻博士认为:"由宋代文人所写的旅行记录的质量与数量,可以证明宋朝是个游记盛行的时代。""此情况必与当时交通系统的发达有关。"(《范成大与其纪游日记》,载1985年杭州大学编印的《中国宋史国际学术讨论会论文》。)

当时的记游代表作,允推陆游、范成大日记。明何宇《益部谈资》云:"宋陆务观、范石湖皆作记妙手。一有《入蜀记》,一有《吴船录》。载三峡风物,不异丹青图画,读之跃然。"

陆游《入蜀记》六卷,影响深远,流风所被,垂宋以来七百多年间散文领域。且于日本明治二十六年(1893),远播东瀛,大槻诚之尝为之注释,分二册,由东京松山堂再版刊行。游（1125—1210）字务观，号放翁，越州山阴人。赐进士出身，曾任夔州通判。范成大帅蜀时，游为参议官。生平不拘礼法，自号放翁。撰《渭南文集》《剑南诗稿》《放翁词》《老学庵笔记》等，事具《宋史》本传。

此记编在《渭南文集》卷四十三至四十八，系从山阴赴夔州通判任时排日记行之作。起乾道六年（1171）闰五月，止十月。放翁由浙江入四川，出运河，历长江，入三峡，以诗情画笔，刻划祖国山河之雄伟，蜀道之难行。

第六卷记入峡经过，描摹细腻，涉面广泛，确将南北朝郦道元《水经注》有关三峡描绘，推前发展了一步。如过荆门十二碚，"皆高崖绝壁，崭岩突兀"。经下牢关，尽情描写夹江千峰万嶂之奇状。曰："有竞起者，有独拔者，有崩欲压者，有危欲坠者，有横裂者，有直坼者，有凸者，有洼者，有罅者，奇怪不可尽状，初冬草木皆青黄不彫。"回望黄牛峡，"山如屏风叠，嵯峨插天"。抵巫山，"峰峦上入霄汉，山脚直插江中"。"隔江南陵山极高大，有路如线，盘屈至绝顶。"入瞿塘峡，"两壁对耸，上入霄汉。其平如削成，仰视天，如匹练"。三峡天险，景物奇峭，一经放翁挥毫落纸，在在具"名工绎思挥彩笔，驱山走海置眼前"之妙。

放翁跋山涉水，遍观风物，往往援古诗印证，若至萧山县，憩觉梦寺旁，考系江淹旧居。抵秀州花月亭，断即张先云破月来花弄影得句之处。徂黄州，访杜牧之、苏东坡等遗址。类似载述，颇资考古借镜。

此外，陆游尚著《出蜀记》，也见于著录。明·李日华曰："万历三十八年庚戌，正月二十六日。郁伯承言陆务观

《出蜀记》，较《入蜀记》尤妙。"(《味水轩日记》卷三)

南宋诗人范成大（1126—1193）字致能，号石湖居士，吴兴人。绍兴二十四年进士。隆兴间使金，初进国书，词气慷慨。官至吏部尚书、参知政事。诗文与陆游、杨万里齐名。撰有《石湖集》《桂海虞衡志》《范村梅菊谱》等。并有日记三种：

一曰《揽辔录》，系乾道六年（1170）成大被命以资政殿大学士，任使金信使副时所作。取《后汉书》"登车揽辔，慨然有澄清天下之志"语，以名日记。陈继儒在《宝颜堂秘笈》本题跋，称"按使金事，于公生平甚伟，其所记不应止此"。则今传此录，已非完帙。内叙度淮，越雍丘，经台城，凭吊虞姬、雷万春、伊尹、廉颇、蔺相如等墓。审其笔触重点，乃在东京（开封）闻见，在陷区中，城门改名，衣服改制，通行交钞，以及金侵略者穷奢极侈，经营宫殿，以愤慨之情，作出详尽叙述。如陷区人民在异族压榨下，生活极度悲惨，石湖目击百姓都被逼改穿胡服一事，为之怃然曰：

民亦久习胡俗，态度嗜好与之俱化。最甚者衣服之类，其制尽为胡矣！自过淮以北皆然，而京师尤甚，惟妇人之服不甚改，而戴冠者绝少，多绾发。

石湖再以大量篇幅，揭露金侵略者为了使宫殿豪华，强征民夫逾百万，并愤怒谴责汉奸孔彦舟，出谋献策，为纣助虐，称：

规模多出于孔彦舟，役民夫八十万，兵夫四十万。作治数年，死者不可胜计。

按孔彦舟，北宋时曾杀人亡命为盗。后降金，充工部尚书河南尹，是民族败类。宋岳珂《愧郯录》，曾对史料作若干校核。

二曰《骖鸾录》。系范成大自吴郡赴广西任经略安抚使时记行之作。中经浙、赣、湘、桂诸省，最终抵达静江府，所记为沿途见闻。起于乾道八年（1172）十二月，讫于次年（1173）四月。此书撷韩愈"飞鸾不暇骖"句，名之为《骖鸾录》，《知不足斋丛书》本。所叙有关华南地理，与《吴船录》之述江苏地理，各有千秋。

石湖工描绘，往往信笔所至，轻抹素描，具清新之感。如乾道癸巳二月十三日十四日记云：

> 泊衡州，谒石鼓书院，实州治也。始诸郡未命教时，天下有书院四：徂徕、金山、岳麓、石鼓，山名也。州北行，冈陇将尽，忽山右一峰，起如大矶，浸江中，蒸水自邵阳来，绕其左；潇湘自桂、零陵来，绕其右，而皆会于合江亭之前，并为一水以东去。石鼓雄踞要会，大略如春秋霸王号令，诸侯勤王。蒸湘如兄弟国，奔命来会，禀命载书，乃同轨以朝宗，盖其形胜如此。合江亭见韩文公诗，今名绿净阁，亦取文公诗中绿净不可唾之句。退之贬潮州时，盖自此横绝取路，以入广东，故衡阳之南，皆无诗焉。西廊外，石磴缘山，谓之西溪，有洼尊及唐李吉甫、齐映诸人题刻。书院之前有诸葛武侯新庙，家兄至先为常平使者时所立。

二十二日。渡潇水，即至愚溪，亦一涧泉，泻出江中官路。循溪而上，碧流淙潺，石濑浅涩不可航，春涨时或可，所谓舟行若穷忽又无际者，必是泛一叶舟耳。溪上愚亭，以祠子厚。路傍有钴𬭁潭，钴𬭁，熨斗也。潭状似之。其地如大小石渠石涧之类。询之，皆芜没篁竹中，无能的知其处者。

《四库全书总目提要》评此书曰："此乃成大从中书舍人，出知静江府时记途中所见，中间叙次颇古雅。其辨元结《浯溪中兴颂》一条，排黄庭坚之刻论，尤得诗人忠厚之旨。"

三曰《吴船录》。石湖记行日记，堪称杰出代表作者，允推此录。书前几亭陈士业在《题词》中，誉为"蜀中名胜，不遇石湖，鬼斧神工，亦虚施其伎巧耳"？

淳熙四年丁酉（1177）正月，石湖知成都府，以病乞归。是夏，其自蜀溯长江水程返吴。由成都徂平江数千里，极目饫探，所记大峨八十四盘之奇伟，与夫兜罗绵云，摄身清光之变幻，笔端有如雷轰电掣，妙夺天工。书凡二卷，起于五月，终于十月。取杜甫"门泊东吴万里船"诗句，以名此录。撰者随手挥洒，即入画境。如：

余来以季夏，数日前，雪大降，木叶犹有雪渍。烂斑之迹，草木之异，有如八仙而深紫，有如牵牛而大数倍，有如蓼而浅青。……山高多风，木不能长，枝悉下垂。古苔如乱发鬖鬖挂木上，垂至地，长数丈。……到四十八盘则骤寒，比及山顶，亟挟纩两重,又加毳衲驼茸之裘,尽衣笥中所藏,系重巾,蹑毡靴,犹凛栗不自持。

上述节选,着墨不多,却将八十四盘气候之冷,草木之异,作了简明刻划。李慈铭读后赞之曰:"《骖鸾录》笔意疏拙,远不及《吴船录》。"

成大此行,饱览唐宋碑刻,辄有所记。南宋时距唐代不远,犹及见李北海、柳公权、颜鲁公、欧阳询等所书碑刻,所记颇资后世考镜。成大此行,发自眉州,沿途饱览山中岩潭亭院之榜,皆黄山谷贬谪所经,随手题刻者。日记复大量载录人物画,如入牛心寺,见唐代佛像山水画家卢楞伽所绘胡僧,抵长生观,获读宋画家孙知微所画龙虎二君,均一一评述壁画之特点、长处。《四库全书总目提要》谓堪补黄休复《益州名画记》所未逮。又略谓《吴船录》于古迹形胜,言之最悉,亦自有所考证,如释继业记乾德二年太祖遣三百僧往西方求舍利贝多叶书路程,为其他说部所未载。又载所见蜀中古画,如伏虎观孙太古画李冰父子像,青城山丈人观孙太古画黄帝及三十二仙,……皆可补黄休复《益州名画记》所未及。又杜甫戎州诗重碧拈春酒句,印本拈或作酤,而成大谓叙州有碑本乃作粘字,是亦注杜集者所宜引据也。

石湖三部记行日记,如同陆游《入蜀记》一样,余风所被,在明清二代散文领域中,影响至深。明书画家李日华叹为"东西南北数千里,山川古迹,瞭若指掌"。并且仿《吴船》体,撰《玺召录》(1626)。余如明代岳和声规枋《骖鸾》体制,著《后骖鸾录》,记1603年自水西至粤西龙水之行程,永州愚溪之山环水隈，大石城山之青苍映目。又清初诗人王渔洋（士禛）在1684年从北京到广州，全仿《吴船录》体制，作《南来志》。而清代三百年间，日记作者往往自称奉此三录为圭臬，可见影响所及，源远流长。

除陆范日记外，尚有吕祖谦《入越记》。祖谦（1137—1181）字伯恭，婺州人。隆兴进士。与朱熹、张栻号称东南三贤，学者称东莱先生。著《古周易》《东莱左氏博议》《东莱集》等书。事具《宋史·儒林传》。

吕氏工议论，复擅写景状物，如淳熙元年（1174）所撰《入越记》（日记）可证。是岁八月，偕潘叔度自金华出为会稽之游。九月一日以藻丽之笔，记观日出，曰：

> 晨雾上横陇，东嶂出日。金晕吞吐，少焉金璧径升，晃濯不可正视。升数尺，韬于云，绚采光丽，因蔽益奇，非浮翳所能挵。露稻风叶，皆鲜鲜有生意。

作者日记还载访考王羲之兰亭遗迹，一是天章寺旧址。记谓：

> 十里，含晖轿，天章寺路口也。遂穿松径至寺，寺盖王羲之兰亭，山林秀润，气象开敞，寺右臂长冈，过桥，亭植以松桧。法堂后，砌筒引水，激高数尺。堂后登阶四五十级有照堂。两旁修竹木樨盛开，轩槛明洁。又登二十余级，至方丈，眼界颇阔。寺右王右军书堂。庭下皆杉竹，观右军遗像。出书堂，径

田间百余步,至曲水,亭对凿小池,云是羲之鹅池墨池,曲水乃汙渠,蜿蜒若蚓,必非流觞之归。斟酌当是寺前溪,但岁久失其处耳。

一是在大中戒珠寺,亦称鹅池,景物视前较逊。记云:

八日。早过大中戒珠寺,王右军故宅也。屋多人少,颇牢落。门有两池,亦称右军鹅池墨池,略无意趣,政如天章者,皆后人强名之耳。

南宋日记除记游类外,其次应是出使一类。益自南渡以后,国势陵替,积弱不振。使金日记前有楼钥,后有周烊,均在不同角度上,反映出弱国无外交,在一定程度上,如实抒写人民对国土沦陷的伤感。

按楼钥(1137—1213)字大防,明州鄞县人。隆兴进士,直学士院。韩侂胄弄权,钥坚持不阿,被夺吏部尚书职。侂胄死,升同知进参知政事,自号攻媿主人,撰《攻媿集》百二十卷,以卷帙浩繁著称。事具《宋史》。

钥有日记,名《北行日录》,二卷。乾道五年己丑(1169),钥任温州教授,随衮公守括苍。时其二舅汪大猷充贺金国正使,委为书状官。十月自杭启程北行,翌年三月回杭,日记以此为起讫。楼氏叙写,重点针对金国之典制,使者展拜之礼仪,堪补《三朝会编》所未详。乾道淳熙间,南宋使者必先趋汴京,而再至燕京;行前又须谙习礼数,然后历抵汴燕诸京申贺,当时宴饮仪式之繁琐,肴核之杂陈,撰者就目见耳闻，及时秉笔，有些细节确不见于正史。又楼氏使金，较范成大约早一年，二人所记，题材上不无相似之处，但本记多反映人民在陷区之爱国情怀，并描述其内心之痛苦，而范记则多暴露金侵略者之腐朽生活。略如：

乾道五年十二月八日己丑。过伊尹墓。……驾车人自言姓赵，云向来不许人看南使；近年方得纵观。我乡里人善，见南家有人被掳过来，都为藏了。有被军子搜得，必致破家，亦所甘心也。

九日。使副以下，具衣冠上马，入东京城，改日南京。……过郑太宰宅，西南角有小楼，都人列观。间有者婆服饰甚异，戴白之老，多叹息掩泣，或指副使曰：此必宣和中官员也。

十日辛卯，阴晴。歇泊，承应人有及见承平者。多能言旧事。后生者亦云见父母备说。有言其父瞩之曰：我已矣，汝辈当见快活时。岂知担阁三四十年，犹未得见。多是市中提瓶人，言倡优尚有五百余，亦有旦望接送礼数。又言旧日衣冠之家，陷于此者，皆毁抹旧告为戒酋驱役，号闲粮官。不复有俸，仰其子弟，就末作以自给。有旧亲事官，自言月得粟二斗，钱二贯，短陌，日供重役，不堪其劳。语及旧事，泫然不能已。……又金人浚民膏血，以实巢穴。府库多在上京诸处，故河南之民贫甚，钱亦益少。……承应人各与少香茶红果子，或跪或喏。跪者胡礼，喏者犹是中原礼数，语音亦微带燕音者，尤使人伤叹。

六年正月十日。宿真州府，道旁老妪三四辈，指曰：此我大宋人也。我辈只见得这一次，在死也甘心，因相与法下。

以上仅录数则，足以证明日记作者所写目击陷区人民之种种隐痛，眷念祖国，凄怆、悲凉之情，跃然于楮墨间。

后楼钥五年，词人周邦彦之子周煇，亦撰名为《北辕录》之使金日记。煇（生卒年月不详）字昭礼，淮海人。绍兴间，住钱塘，藏书万卷，著有《清波杂志》。其自述四十岁以后，每遇出行，必记日记。《清波杂志》卷九称："煇自四十以后，凡有行役，虽数日程，道路倥偬之际，亦有日记。以先人晚苦重听，如旅泊淹速，亲旧安否，书之特详，用代缕缕之问。"

《北辕录》一卷，《历代小史》影印明刻本。按试户部尚书张子政充贺金国生辰使，作者随其出使时之记行日记。起淳熙丙申（1176），至次年（1177）四月十六日返家而止。先此，楼钥、范成大使金日记已略介梗概。是编所记，重点盖在记述使臣在路途上之仪注，以及筵宴饮食方面之内容。如：

明年，……正月二十九日。盱眙（属安徽）置酒饯使介（指副使）度淮。午至泗州津亭，使副望拜如仪。接伴戎服陪立，各带银牌，牌样如方响（乐器名）。上有蕃书（指金国文字）急速走递四字，上有御押，其状如主字。虏法，出使皆带牌，有金、银、木之别。朝服对立于庭，至展起居状。三节人讲参礼，使副陛厅，茶酒三行。虏法，先汤后茶，少顷联辔入城。夹道甲士执兵，直抵于馆。旋供晚食果饤，如南方斋筵。先设茶筵，一般若七夕乞巧，其瓦垅桂皮鸡肠、银铤金刚镯西施舌，取其形。蜜和面，油煎之，虏甚珍此。次供馒头、血羹毕，罗肚羹、荡羊饼子、解粥肉斋羹、索面骨头盘子，自后大同小异，酒味甚漓。食毕即锁门，内外不通。

二月一日。甫交睡间，接伴所晨衙，三节谓北家声喏，各相呼而起，时犹未至三鼓。旋觅杯水洗漱，冠栉毕，点心已至。……忽二人呼官员认马。三节出门，马已预定，上一上二贴于背上，以防差误。马科于民，谓之户马。御者不俟据鞍即散，盖防与之话言，泄秽事也。细车四辆，奉南北使副，亦以序行。车之形既不美观。出馆，各有细纱二烛笼为导，气象甚不佳。亦有羌管从后，声顿凄怨，永夜修途，行人为之感怆！……自起程至三许折车（真定、汴京、燕山也）盖常先一两程，而往来人夫及鞔车牛驴，至州县更易。……是日行，循汴河。河水极浅，洛口即塞，理固应然。承平漕江、淮米六百万石，自杨子达京师，不过四十日。五十年后，乃成污渠，可寓一笑！隋堤之柳，无复仿佛矣。

上引各节，乍一看来似乎行文琐屑而无关宏旨，其实已从中透露了一些信息：第一，涉及金国之奇异礼俗；第二，日记作者不能掩抑之悲愤情绪仍流露无遗，凄怨感怆，溢于言表。

宁宗嘉定四年（1121）程卓又著《使金录》，卓字从元，休宁人。官同知枢密院事。此年卓以刑部员外郎，同赵师嵒充贺金国正旦国信史，往返共历四月，排日撰写日记。其于山川道里，及所见古迹，皆纂述详尽。又称接伴使李希道等，工作接触，不交谈一语，无可载述，故于当日金人情事，全未涉及。综览所记者惟道听途说，例如宋高宗泥马渡江，即出此书所记《磁州崔府君》条下。《四库全书提要》曰："建炎之初，流离溃败，姑为此神道设教；卓之所录，亦当时臣子之言，未足据也。"

三为史料类。南宋记史事日记，今存者为数不少。日本学者玉井幸助《日记文学概说》一书（目墨书店版），多所著录。如辛弃疾《南烬纪闻》（钞本）、李纲《靖康传信录》、赵鼎《建炎笔录》等皆是。

《南烬纪闻》，清乾隆中望江檀萃手钞本，有戊午《自序》谓辛弃疾著，有吴宽等藏印。弃疾（1140—1207）字幼安，号稼轩居士，历城人。少与党怀英同学，号辛党。耿京聚兵山东，弃疾为掌书记，劝京奉表归宋。孝宗时，出为湖南巡抚，治军有声，累官龙图阁待制，卒谥忠敏。擅词，与苏轼齐名，世号苏辛。有《稼轩词》。

此《纪闻》，日记体。特详金侵略者陷汴京，宋钦宗靖康之难事。靖康元年（1126）记金粘罕陷侵宋都本末，是冬，京师雪深，饥馑载道。粘罕弟泽利劫掠帝姬，选女子千五百人，充后宫祗应。二年，金迫宋主去帝号，称宋王，拘徽钦以北行，沿途备受蹂躏，惨状历历如绘。徽钦抵金营前，百姓数万，慨异族之入侵，义愤填膺，河北乡民更是用"长枪、大棒、弓箭，往来冲击"，均与泽利率军进行一番苦战，日记撰者亲眼目睹，抒写了南宋人民爱国御侮之情状。

其次，如李纲《靖康传信录》三卷。纲（1083—1140）字伯纪，福建邵武人。金人来侵，力主迎战。高宗即位，首召为相，修内治，整边防，讲军政，力图恢复。黄潜善等沮之，七十余日而罢。纲诗文雄深雅健，有《易传内篇》《易传外篇》《梁溪集》《奉迎录》《建炎时政记》等。事具《宋史》。

其《靖康传信录》，起宋钦宗靖康元年（1126）三月一日，止同年九月。记靖康初宋金战争及构盟经过。据日记，此前金兵分道入寇，戎子斡离不侵燕山而犯河北。粘罕寇河东而围太原。宋王朝日谋逃避。纲上御戎五策，坚持留守。至是纲为参谋官，又阻徽宗南行，而坚持整饬战，愿以死报，乃充东京留守。已而金兵攻西水门，纲率军平定，斡离不遂愿复和。钦宗遣李棁赴金，纲坚阻不得。记极称李棁之懦弱，割太原、中山、河间三镇，坐失国家之屏蔽，被金人嗤笑为"此乃一妇人女子尔"！宋王朝积弱不振，畏怯屈膝之丑态，在李纲笔下，表襮无遗。

再如赵鼎《建炎笔录》系建炎三年（1129）至绍兴七年（1137）间史事日记。鼎字元镇，山西闻喜人。官同中书门下平章事，兼枢密使。初鼎荐张浚，后并相，共图兴复，与秦桧论和议不合，罢谪岭南，不食而卒。鼎为文浑然天成，著有奏表疏杂诗文二百余篇，总名《得全集》。

《建炎笔录》三卷，卷上《己酉日录》（1129），记金侵略者进犯宿泗时，韩世忠起勤王之师而诛苗傅、刘正彦之事。鼎时任殿中侍御史，参与军事机密，悉加纂录。卷中《丙辰笔录》,绍兴六年(1136)作。特详岳飞战捷之始末,有若太行山梁青之来归,商州之收复经过,鼎得自实闻,及时记写,可与正史印证。卷下《丁巳笔录》,绍兴七年(1137)作。是岁秋,张浚谪贬岭表,赵鼎向高宗数度规谏,浚始得旨分司南京永州居住,鼎亦借故告归。鼎亲历与投降派之争,日常目睹耳闻投降派之卖国言行,写来翔实可靠,曲达细节,仍具日记体制之某些特色。

四为纪传类。日记往往能为后人提供研究历史人物的可贵资料,每可补传记之不足,史籍之失漏。清代张宗泰认为韩淲日记就起这样的作用。他说:"淲为参政韩亿之裔,吏部尚书无咎之子,家世文献,代有闻人。其记与韩氏有姻连者,则晁说之、晁公武、吕祖谦也。其记先公所师事者,则尹和靖、刘一止、张九成也。至汪应辰、徐鳌、蔡迨、庞谦孺、范成大、洪氏适迈兄弟、李焘、陆游诸人,则其先公所友处之,而或相与唱酬者也。"(《鲁岩所学集》)

韩淲(1160—1224)字仲止,号涧泉,信州上饶人。撰《涧泉日记》三卷。其记陆游曰:"陆游,字务观,先公友也。善歌诗,亦为时所忌。先公与之唱和,旧有《京口小诗集》,务观作序。今已作南宫舍人,居越上,自号放翁。"又记范成大曰:"范成大,字致能,先公亦与之善,官参政。葺园圃之胜,求寿皇御书,为石湖之榜,因自号石湖居士。喜写草书、行书,又喜赋诗,人亦多喜之。"作者所叙交游,虽甚简略,但对人物关系之亲疏,行止之细节,往往从中得到启示,如韩无咎与陆游、范成大之交谊,陆韧唱和频繁,可供参考。

宋代留存至今巨帙日记,允推周必大日记八种,共十一卷。起于绍兴三十一年辛巳（1161），讫于淳熙十六年己酉（1189）二月。按必大（1125—1204）字子充，一字宏道，庐陵人。绍兴二十年进士，中博学宏词科。曾官国史院编修、监察御史。孝宗时官左丞相，后封益国公。其敢于抵制当时朝中奸佞曾觌、龙大渊等，朝野推为正直。后拜少保、益国公。卒谥文忠。自号平园老叟，有《周益国文忠公集》。

周氏日记内容广泛。第一种是《辛巳亲征录》（1161—1162），记绍兴三十一年金兵南侵时宋高宗"亲自出征"的史官日记。其中有刘锜皂角林之捷，李宝破金国胶州水军之经过等史实。还记录了当时宋廷大臣昏庸无能，将领贪生怕死和行贿枉法的丑恶行径，以及渔民提供谍报，保全瓜州的爱国行为，类似载述，往往可补正史之不足。

第二种是《壬午龙飞录》（1162—1163）。是年六月孝宗即位，必大官光禄丞行事、除起居郎，除记述孝宗之起居外，还涉及诸似龙大渊、曾觌的言行，寓贬笔于事实之中。

第三种是《癸未归庐陵日记》（1163）。是年龙大渊等颇用事，意颇怏怏，五月遂至宁都省尚氏姊，六月至庐陵永和镇，寓本觉寺。所叙平居生活居多。

第四种是《闲居录》（1163—1166）。必大时任台州崇道观，清职无事，故曰闲居。其间曾赴上饶，奉母柩归庐陵，外此所叙，则多闲游。若与黄山谷侄子朝散野相遇，偕诸兄游青原山、朱陵观、神冈、龙须山、龙王祠等处，行文具描绘考证之长。

第五种是《泛舟游山录》上中下三卷（1167）。是岁三月,携家泛舟入浙,省外舅疾。往宜兴,遍游山水,顺抵苏州横塘,便游金陵芜湖。行文自如,或刻划景色,如游宜兴善权洞[①]一则曰:

甲申晴。至善权。绕寺后访二洞,约行里余,度小岭,乃至焉。乾洞在上,有大石当户。其四周仿佛类垒宝盖,下垂鹅管悬缀有盐堆米堆惟肖。视张公洞差小,然亦可容千人。水洞在乾洞之下,水自山出。未至洞口,披石斗,泻汇而为湫,细流入洞,洞中石田,皆成疆畔。每丘才盈尺,高高下下,水满其中,石文蹙成花草,如雕镂者。

或从事简明考证,以审慎见胜,如考证宋初三徐为父子,宋·岳珂为之肯定。如《泛舟游山录》:"十一月丁丑,远至鸾冈。三徐盖葬其旁;三徐,卫尉卿延休、骑省铉、内史锴也。"宋·岳珂曰:"三徐者,近世或概为昆弟。余嘉定辛未在故府,楼宣献钥尝出手编《辨鸾冈三墓》,余谢不前考。后读周必大《游山录》,有卫尉卿延休、骑省铉、内史锴,盖父子甚明,而余已去国,不复得请益云。"

第六种是《庚寅奏事录》(1170)。据日记,六月趋长安,七月入和宁门,对于后殿。嗣除秘书少监,兼权直学士院。其时内廷对政事之处理,多所记述,且与范成大相遇,留

[①] 现称善卷洞——编者。

存了不少掌故。

第七种是《壬辰南归录》（1172）。是岁二月，张说、王之奇除签书枢密，必大未敢撰诏，与孝宗意见相左，又一度南归庐陵。

第八种《思陵录》（1187—1189）。宋高宗赵构死，必大时任右丞相，所记多赵构病状，兼及哭陵议庙号等事。是时金使至，或请孝宗暂易淡黄袍见，必大执不可，遂为缟素服。必大乃为山陵使，日记详叙梓宫之宏丽，祭拜之仪式，极刻划细致之能事。

第三节　元代日记的衰落

日记一体，始于唐而盛于宋，相形之下，元代仅九十年历史，日记作品留存较少，佳作更为少见。一般知名文家无勤写日记习惯，即使写些记事性的篇章，也屈指可数。如无名氏《征缅录》（1277—1301），记元朝统治者和缅甸交战史事，所载年月史实，可与《元史》相比勘。

次如徐明善《安南行记》。明善字志友，号芳谷，德兴人。因推荐入官，历任江浙湖广提学，识拔黄溍（元代著名文学家，《日损斋稿》作者）于弃卷中，明鉴被当世所称道。与弟嘉善均以治理学驰名，号称二徐。撰有《芳谷集》。此记一卷（涵芬楼藏版，据明抄本）。刊入《说郛》，系元世祖至元二十五年、二十六年间（1288—1289），徐明善作为副使前往安南（1802年改名越南）时记行记事之作。盖因此前安南国世子陈日烜以曾废止进贡之事，向元王朝请罪。是年明善奉命前往一行，寓抚安修好的意图。及抵安南国门，"世子与使者相见驿后"，备致迎接礼数。据日记，此次安南进贡方物甚多，世子先延使者观表检，继延使者观贡物，然后按照陈日烜《进方物状》所填加以验收。其中稀世珍宝，要数全金悬珥结真珠一双、色珠十八颗（黄龙珠四，紫尼珠四，碧尼珠四，石榴珠四等）、赭色珠、金朝领一领等物。日记撰者排日叙载，不失为七百年前中越关系史史料。

再如刘敏中《平宋录》。敏中（1232—1318）字端甫，章丘人。至元中任监察御史，嗣任集贤学士。武宗时，庶政多所更定，不久迁翰林学士承旨。擅文章，理备辞明，撰有《中菴集》。所写《平宋录》三卷，叙元世祖忽必烈侵宋的经过。起至元十一年（1374）秋九月，止十三年（1376）五月。说者认为此记所附元世祖《封瀛国公诏》《巴颜贺表》诸篇，为史书所未备，足资参考。

又如刘郁著《西使记》。郁，《元史》无传。而《元诗选癸集·刘御史条》下载：郁字仲文，析州蒲阴人。《西使记》一书系志常德西使锡里库军中往返途中所见。但以上这些记事日记，除徐明善《安南行记》外，毕竟涉及自己生活的很少。

元代日记作者作品确实不多，揆其原因，在于元王朝对汉族人民多所歧视，一些士大夫每多持逃避现实的态度，正如陈庆元所说："自元克江南，畸人逸士，浮沉里间，间多以诗酒玩世。"（《云山日记跋》）到了元成宗元贞、大德以后，略为开禁，一些汉族儒人虽不得施展其才，而生活情况则有了微小的变化，开始出现写生活日记的作者，留存于今的代表作允推《云山日记》。作者郭畀字天锡，号云山，丹徒（今江苏省镇江市）人。历任鄱江书院山长、吴江州儒学教授等。擅长书画，作窠木竹石，极具天趣。书法学赵孟𫖯，妙得其法。

《云山日记》手稿四册，《古学汇刊》中作四卷收入。刊入《横山草堂丛书》，则分为上下二卷，起元武宗至大元年（1308）八月廿七日，止二年（1309）十月三十日，加上闰月，实计一年零四个月。他在数万字的日记中，着重叙载汉族平民生活，以及自己的起居行止，尤其和一些文人僧侣的交往，醉心于日常作书画看书画。把精神寄托在欣赏自然风光、寺观庭园之中。综览全书，可得而言者有三：

一是有关交游和行止。郭畀交游频繁者，有赵文卿、陆草窗、朱良卿、钱正卿、陈素心、沈孤峰、石民瞻、曹舜咨、龚子芸、臧子玄、陈景南、方韶卿、赵景明（记及出任虔州明善书院山长之事）以及僧侣尊无能长老、伏首座等。里居十月，几乎是天天驻足"梵宇琳宫"，和诸僧同游共宿，说诗谈艺，"气味相投，宛胜章句之儒也"。日记还道出此中的乐趣所在。己酉二月初十记云：

> 拉虎林，选中踏月，上罗汉岩，访福东济禅房，佛灯荧然，炉香未过，具茗果闲话。俯视栖鹊危巢，皆在窗下。与二僧月下听松声，倚树清论久之，一洗

城市之尘俗也。夜宿选中房,虎林共榻。

同月十七,郭畀还"骑马到甘露寺,回谒伏首座。伏欲具酒,辞之。……"

撰者自述为僧辈作书绘画者居多,并且是抚壁直书。至大元年九月初十记称:

登甘露寺,见本无传长老,留酒午酌,仍求书放翁《水调歌头》、孙楚望《摸鱼子》于多景楼壁上。又以纸求书《遗教经》四十二章,……

郭畀写书画,就是这样酌之以酒,不计其他报酬。朋友也慷慨地愿意主动出视珍藏,共相鉴析。如从孟云心处,尽情饱览宋画家黄居寀的佳构。居寀善绘花竹翎毛、怪石山景,往往超轶其父黄荃的作品。同年闰十一月十三日记云:

访孟云心,出示黄居寀萱香湖石、蝶猫二轴,蔡月卿物也。黄氏父子作石,用笔横拖,少作圈子,俗谓之野鹊翅。

观乎上述,郭天锡读画以后,往往作类似的简评。
二是思想感情的隐约抒发。日记撰者的诗文书画,在元代是不可多得的一位。在壮年时的际遇,仅得镇江儒学学录的普通职务,三十岁时,始任饶州鄱江书院山长。

> 至元二年五月十二日。闻孟子长自杭归,报予得饶州鄱江山长。
>
> 十九日。……赵德章续至,送到饶州路鄱江书院山长省劄,待以三酌。

在此前后,他对元军凌辱汉族读书人的行径,感到愤慨。记及:

> 到路学,会黄平山、张仲举,间闻王思善被军人捉酒犯禁,凌辱于道。(见至大二年五月十八日日记)

这位作者往往触景生情,流露出眷念故国的情思。语焉不多,点出一句,辄见真情所在。至大元年十一月初十,称"自麒麟坊转大雄寺前归,踏黄叶,簌簌声,见一二小童,拾坠樵于古松下,不胜故山之思"。类似云云,堪见郭畀知人论世之感。他认为自己所抱未酬,恒借所闻社会的阴暗面,而自伤际遇和身世。如己酉三月初四日记云:

> 郡学岁收四千,而为鼠辈窃食,远不若缁流之盛也,令人浩叹!吾师有灵,何时假我以权,为吾徒吐气耶!

三是实录特殊气候,民间手艺。据日记,距今六百八十一年前,即至大元年闰十一月十九日起,郭畀从无锡出发,亲自遇到运河上酷寒冰结不能通航的实况,如:

至大元年闰十一月十九日。早发无锡，舟过毗陵，东北风大作，极冷不可言。晚宿新开河口，三更，舟篷渐渐声，乃知雪作也。

二十日。苦寒，早发新开河，舟至奔牛堰下水，浅不可行，换船运米。至吕城东堰，方辨船上篙橹，皆坚冰也。舟人畏冷，强之使行，泊栅口。

二十二日。晴。冰厚舟不可行，滞留不发。遣王二步路先归。泊舟处皆村民米船，闷坐竟日。

除上述资料已为科学家作为论述的重要依据外，郭畀所记的民间艺术，如陈氏子制灯的巧夺天工，为世所罕见，元至大二年正月十四日记称：

晴。春色盎然。过千秋桥，有陈氏子剪纸灯，悬于门首。纸带十六条，其间作走兽及人物花草，极其精妙，牵缩处只如丝发状，用工五月，方得办此。

综观郭畀所记生活内容，不亚于宋代诸家作品。宋芝山在跋此记时说："逐日详书天气之阴晴寒暑，人事之往来酬答。所尤详者，饮酒必书，求书画必书，观书画必书，游寺观必书，称谓之间，褒贬寓焉，感叹之际，义理昭焉。细观一过，如见其人之性情心事，而与之周旋谈笑于十有六月之久也。"

清代·厉鹗还就《云山日记》，节抄有关武林典要的部分，乃至大戊申（1308）九月至次年二月所写，名曰《客杭日记》，刻入鲍氏《知不足斋丛书》内。内描写杭州湖光潋滟，山色翠岚，极见笔致清隽。尤其是游杭州凤凰山故宫、吴山玄妙观、南山诸洞等则。撰者往往从所见宫殿园林的变迁上，暗寓对时代兴废的感慨。如：

> 至大元年十月十八日。晴。客杭，早到开元宫，见王眉叟提点，不遇，徒弟徐云谷相接。到小偃门，回谒张仲美知事，不遇。是日游大般若寺，寺在凤凰山之左，即旧宫也。地势高下，不可辨其处所。次观杨总统所建西番佛塔，突兀二十丈余；下以碑石礅之，有先朝进士题名，并故宫诸样花石，亦有镌刻龙凤者，皆乱砌在地。山峻风寒，不欲细看而下。次游万寿尊胜塔寺，亦杨其姓者所建。正殿佛皆西番形象，赤体侍立，虽用金装，无自然意。门立四青石柱，镌凿盘龙甚精微，上犹有金铜钟一口，上铸淳熙改元曾觌篆字铭在，皆故物也。行至左廊，记得壁上一诗云：玉辇成尘事已空，惟余草木对春风；凭高□□□□，目断苍梧夕照中。

基上节引，载白塔以碑石为基，犹有进士题名金铜钟一口，上有曾氏篆铭，则他书均未载，此书实有助于考查当地风土古迹。至寺壁一诗，和岳珂《桯史》，颇形异同，亦资考镜。清代诗人厉鹗予以较高评价，说："杭之耆旧，大半皆在往还；而坊陌桥道，琳宫梵宇，去宋不远。壮丽深严，可想见焉。"

[第三章] 明代日记的发展

明代二百七十年间，文人武将撰日记、读日记，蔚然成风。如宋濂，金幼孜、杨荣，袁彬、张瑄、张瓒、杨一清、陆深、都穆、王穉登、潘允端、文震孟、徐弘祖、袁中道、李日华、岳和声、龚立本、浦祊、燕客、朱祖文、萧士玮、祁彪佳、马元调、许德士、陆世仪、李光壂、冯梦龙等，均有日记。其中不乏十年乃至数十年长著，攸关某些年代的政治、经济、文化、军事等方面的若干动态，尤其是所叙晚明时期错综复杂的政治斗争，及时秉笔，往往率言无隐。还有一部分日记作者，着重于排日记录自己的生活状况，不啻为作者的一部生活实录，更具第一手资料的价值。兹粗分数类简述之。

第一节　洪武至嘉靖时期日记作者和作品

明初日记有关军事征战的，为数较多，往往为史家所汲取、援引。明代唐鹤徵《皇明辅世编》中，有些传记即依据日记加以纂撰。综观嘉靖以前，从金幼孜到都穆等日记，大抵出征记行，偏重于一个范围内。

金幼孜，本名善，以字行，新淦人。建文己卯进士，授户部科给事中。成祖时，改翰林检讨。历官礼部尚书，兼武英殿大学士。事具《明史》本传。著有《北征录》及《后北征录》，日记体。前录为永乐八年（1410）二月至七月所作。后录系永乐十二年（1414）三月至八月所记。盖成祖重其雅善翰墨，俾幼孜在永乐中，参预机务，因北征阿噜台时扈从出塞，记经历山川古迹，及行营之所见闻。其往返大纲，均与史传相合；其琐语杂事，自具日记特色，则史所不录者也。

袁彬字文质，江西南昌人。正统末，任锦衣校尉。值土木之变，明英宗亲征，兵败被虏，被执北去。余官悉奔散，独彬随行。成化后，累官前军都督，事具《明史》本传。所写《北征事迹》，日记体。即记正统十四年（1449）瓦剌主也先入寇，英宗师溃北去事。所叙事实，与各书大略相似，间有互异。偶及身边琐事，堪资稽考。

张瑄，字廷玺，江苏江浦人。正统壬戌进士。官至南京刑部尚书。《明史》有传。其著《南征录》，范氏天一阁藏本。起天顺八年（1464）正月，止三月。是年瑄任广东布政使，值广西诸峒群起造反，明廷遣左参将范信等督兵征伐，以瑄监军。此录逐日记载征战始末，当时官军纪律涣散，到处骚扰，在其笔下，明代官军缺乏军纪，自其盛时已然。日记所载，能供明代军事史研究者所参考。

张瓒，字宗器，孝感人。正统戊辰进士。官至总督漕运左副都御史，事具《明史》本传。著《东征纪行录》一卷。瓒任四川巡抚时，以播州宣慰司杨辉言，所属夭坝干湾溪寨，及重安长官司，为生苗所据，于是率兵征战。所记起成化十二年（1476），止次年正月，凡一百三日。瓒从重庆启程，迄于回师之事，均排日记载，间附所赋诗句。《明史》瓒传载此事时在成化十年，和此书互异，然此书系瓒自记，年月必无舛误。

杨一清，字应宁，江苏丹徒人。成化八年进士。巡抚陕西时，连议修边，被刘瑾陷害，下锦衣狱。安化王寘鐇反，一清与张永平反，诛瑾有功，升户部吏部尚书。嗣改兵部尚书，总制陕西三边，人比之郭子仪，被奸者构罪，疽发背死。事具《明史》。

《西征日录》一卷，正德五年（1510）作。这一年，安化王寘鐇叛反于宁夏，一清任西征总制军务。五月初一在镇江得吏部公文，至十一月廿五到户部尚书任为止，道路见闻，按日记叙。按寘鐇叛反后的十八天，已被杨一清旧部仇钺所擒捕，及一清刚到华州，道路谣传大兵将洗劫宁夏城，人心惶惶。一清便和中官张永商议安民措施，并讨论如何区分逆罪轻重。立即减免灵州科徭十分之二，调走永所调兵六千集灵州者。还先后条陈地方急务十数事，凡此亦皆详于此书，而又是《明史》本传一无所记者。

与此前后，还有记程日记，之一作者为陆深。深字子渊，号俨山，上海人。弘治乙丑进士，官至詹事府詹事。擅文章，工书法，仿李邕、赵孟頫，得其神似。撰《俨山集》《续集》《史通会要》《书辑》等廿多种。事具《明史·文苑传》。深有日记数种，《四库全书总目提要》均加著录。

一曰《淮封日记》，正德七年（1512）作。二曰《南巡日录》《北还录》，嘉靖十八年（1539）写。三曰《南迁日记》亦嘉靖中所撰。

此类词臣随行日记，最明显特色之一，即既叙帝王起居，又记作者自己随行所见所闻所感，由于是私人日记，不同于一般起居注，容易做到内容较为真实。以《南巡日录》为例，即可得到明证。

按《明史·朱祐杬传》，祐杬为世宗厚熜本生父，世宗追尊皇考，葬于显陵。后来世宗之母亦合葬在此。此一日记——《南巡日录》，开端即载述嘉靖十八年正月，明世宗亲自出京至承天，省视陵寝迁合，迁合即指合葬之事。俨山凭从官身份，定十四日出京，过芦沟桥，经涿州，抵安肃（河北县名），而至保定，候吏导行。据日记，一路上投宿民家，饮食极简。抵保定，则下榻以明代直臣著称的傅珪庄宅。沿途遇及许多友好，如藏书家李廷相、科学家乐薳、著作等身的崔铣，甚至世称无骨气的吏部尚书许赞，日记涉及人物数十，堪资撰陆深交游考时所考镜。

第二节 万历时期日记作者和作品

万历先后四十八年，在明神宗朱翊钧统治下，起初由张居正执政，清量全国土地，推行了一条鞭法，一度出现过较为"治平"的局面，也出现了一批知名之士。撰写日记、留存作品，相形之下，要比以前几个朝代为多。

这一时期，记游日记的作者辈出，有长编，也有短篇；有每日下笔千言，或数千言，做大块文章，也有像《世说新语》那样，寥寥数十字，信笔写来，出之以简赅，但特征之一，往往带有小品文的趋向。

有用中型篇幅叙写游历生活的，推王穉登日记两种。穉登字百穀，江苏武进人（《明史》作江南长洲人）。工诗，尝及文徵明之门，工于词翰，名满当世。并时布衣以诗驰名的，称穉登为最。著《吴郡丹青志》《奕史》。

日记之一为《客越志》上卷，岁丙寅（1566）五月，以奔往吊唁故相袁公（疑即慈溪袁炜）之丧，由嘉禾、武林、萧山、山阴，以至四明，为里九百有奇，至六月十五日还家，所记凡三十三天事。

日记之二为《荆溪疏》，是王穉登于万历癸未（1583）往游江苏宜兴南的荆溪时所记。起二月廿四，止次月十二。所叙游历玉女潭、天窟、连珠、龙湫、一线天等处，最后入荆溪，泊宜兴，二十天中，穷历诸胜，排日秉笔，饶有诗情画意。王世懋称："百谷之才，故长于模写领会，又雅善韵语，洒洒清新之句。其于烟景文章，业已不让（柳）子厚。"

综览日记特点，出于诗人之手，善于摄取山山水水的特征，善于忆取前代名画图景相映照，易言之，王氏所记擅以诗情画意入文。如五月廿五日记云：

> 三十里上虞县，因山为城。十里中坝，十八里下坝，滩声下碛，怒如惊涛。船从枯堤而下，木皮如削，为之毛发森竦，何必瞿塘峡，方知蜀道难也。过坝即姚江水，才一线。是日夏至大热，行李图书，蒸蒸若甑中。仰视翠壁，夹岸溪流，对之心凉。旧藏赵承旨《重江叠嶂》、黄子久《姚江晓色》二图，每疑丹青过实。今观此景，乃知良工苦心。

此记另一特色，作者善于融叙事绘景抒情于一炉，往往抚今追昔，富具人情味。若廿六日记曰：

> 大热。八十里入慈谿县，过袁相公家，堂几萧萧，不胜国士之痛。尚宝君多情爱客，蔼然绨袍之谊，生事寥落，门庭清寒，田谷岁入仅数百斛，不足供伏腊，古书中所称八百桑贤相，恐不过是。饭后，尚宝邀游书院，……百步入袁公书院，堂构浑朴，壮而不华。门临阚湖，院据阚峰山麓，孙吴太子太傅阚泽故里，山水皆阚名。命酒坐湖山亭，亭在山半，书院最高处城里处，外山如鱼鳞，姚江列岫尽在窗中。飞雨从东南来，峰峦出没，顷刻数十回，不觉为之酩酊。院右为宋儒杨慈湖先生祠，左普济寺，即阚公香火院，山门甚古，丹青半落。出寺，雨作，还尚宝家，见其二仲，清扬白皙，并有门风，具汤沐，留客宿楼上。雨竟夕不止。

至于能"驰骛数万里，踯躅三十年"，秉笔而为记游日记，至今留存浩繁卷帙，启长篇记游文风格之嚆矢者，允推徐弘祖日记（世称《霞客游记》）。

弘祖（1586—1641）字振之，号霞客，南直隶江阴（今属江苏）人。幼具天聪，博览古今史籍舆地志。因见明末政治黑暗，不愿入仕。年三十，经母劝勉，携襆被，出游四方，遍历佳山水，自吴越之闽之楚，北历齐鲁燕冀嵩雒，登华山而归。旋复由闽之粤，又由终南背走峨眉，访恒山。又南过大渡河，至黎雅，寻金沙江。从澜沧北寻盘江。复出石门关数千里，穷星宿海而还。所至辄为日记，以志游踪。

日记起万历三十五年（1607），止崇祯十四年（1641）。死后季会明等编次成书，称《徐霞客游记》。据录本总目次：一曰《游名山日记》（从游天台山，直至闽后游，凡十七种，均颜名日记）；二曰《西南游日记》；三曰《游黔日记》；四曰《游滇日记》。

按霞客游踪可分二个时期：其一，先以母在不远游，万历丁未，始泛舟太湖。岁己酉，又历齐、鲁、燕、冀间。癸丑岁，南渡大士落迦山，登华顶万八千丈之巅，东看大小龙湫，以及石门仙都。至丙辰作黄山、白岳游；夏入武彝、九曲；秋还五泄、兰亭，一观禹陵窆石及西子湖。戊午，登九华。庚申，抵鱼龙洞，试浙江潮。及辛酉、壬戌两年，历览嵩、华诸岳，俯窥瀛、渤，下溯潇湘。其二，乙丑其母死后，更遍游浙、闽、赣、楚、粤西、黔、滇各处，滇游最晚，止于鸡足。

霞客所记，系三十年间长期旅行观察实录。考察地理、水文、地质、植物等现象，系统地观察自然、描写自然诸方面，作出了不可磨灭之贡献。特别是西南边陲地区有关石灰岩地貌之记述，早于欧人两世纪。

霞客文笔生动，叙写精审，又是一部文学上皇皇巨著。《四库全书总目提要》肯定此书文学上巨大成就，略称："六朝文士无不托兴登临，史册所载，若谢灵运《居名山志》《游名山志》之类，撰述日繁，然未有累牍连篇，都为一集者。宏祖耽奇嗜僻，刻意远游，既锐意于搜寻，尤工于摹写，游记之夥，遂莫过于斯编。虽足迹所经，排日记载，未尝有意于为文。然以耳目所亲，见闻较确，且黔滇荒远，舆志多疏。此书于山川脉络，剖析详明，尤为有资考证。是亦山经之别乘，舆地之外篇矣。存兹一体，于地理之学未尝无补也。"

徐氏记游日记，之所以成为千古未有之奇作，可跻于世界名著之列，盖源于致力勤劬。清陆以湉曰："明江阴徐霞客宏祖游记，叙生平游历之处，由中国遍及遐荒。自万历丁未，年二十二，即出游。至崇祯己卯，自滇得足疾归。几于无岁不游，无地不到。其游也，……穷搜幽险，能霜露下宿，能忍数日饥，能逢食即饱，能襆被单夹，耐寒暑。其尤异者，脚力健捷，日从丛箐悬崖，历程数百里。夜即就破壁枯树下，燃朽拾穗记之。盖他人之游，偶乘兴之所至，惟霞客聚毕生全力，专注于游。……创千古未有之奇，其游记遂擅千古未有之胜。"（《冷庐杂识》卷一）

万历时日记作者记叙艺术鉴赏的，繁有其人。惟专注于艺术鉴赏，带叙其他者，首推李日华，次为袁中道，揆厥所记，寓目书画及其他文物的，往往占最大篇幅。

李日华（1565—1635）字君实，号竹嬾，嘉兴秀水人。万历进士。富收藏，能书画，擅鉴赏。居家从事书画四十年，名所居曰味水轩，偶或出游，与友赏奇析疑。撰有《竹嬾丛书》，著述浩富，以《六砚斋笔记》流传最广。事附《明史·王惟俭传》后，及明叶绍书《韵石斋笔谈》《浙江通志·文苑二》。

《味水轩日记》八卷，起明万历己酉（1609）三月，止丙辰（1616）十一月，共八年。其间记阅书画，占十之八九，所作鉴别评论，多具卓见，而奇物异闻，偶亦附录。

《四库全书总目提要》称天启乙丑（1626），日华还仿照

《入蜀记》《吴船录》体制，作《玺召录》。

日华文笔锤炼、细致，可举所见《清明上河图》一则为例。如万历三十七年己酉岁七月七日记云：

> 霁，乍凉。夜卧冷簟，小不快。客持宋张择端文友《清明上河图》见示，有徽宗御书"清明上河图"五字，清劲骨立，如褚法；印盖小玺，绢素沈古，颇多断裂。前段先作沙柳远山，缥缈多致。一牧童骑牛弄笛。近村茅屋竹篱，渐入街市，水则舳舻帆艢，陆则车骑人物；列肆竞技，老少妍丑，百态毕出矣。卷末细书"臣张择端画"。织文绫上御书一诗云："我爱张文友，新图妙入神；尺缣该众艺，采笔尽黎民。始事青春早，成年白首新；古今披阅此，如在上河春。"又书"赐钱贵妃"。印"内府宝图"方长印。另一粉笺，贞元元年月正上日苏舜举赋一长歌。图记眉山苏氏。又大德戊戌春三月，剡源戴表元一跋。又一古纸，李冠李巍赋二诗。最后天顺六年二月，大梁邱璿文玑作一画记，指陈画中景物极详。又有"水村道人"及"陆氏五美堂图书"二印章，知其曾入陆全卿尚书笥中也。后又有长沙何贞立印；又余姻友沈凤翔超宗二印记；超宗化去五六年矣，其遗物散落殆尽，此卷适触余悲绪耿耿也。

基上称引，仅是半则日记，却于图上全貌，流传历史，画者字号时代，以及题记图鉴，纂录至详。对图景仅用七十多字，把错综复杂事物，跃然于楮墨间。其在下半则，以谴责之口吻，叙写严嵩之流为了掠夺此一瑰宝，不惜制造冤狱的罪恶勾当，李日华为之感叹。记又曰：

《清明上河图》临本，余在京师，见有三本，景物布置，俱各不同，而俱有意态。当是道君（按系宋徽宗自称）时奉旨，令院中皆自出意作图进御，而以择端本为最，供内藏耳。又余昔闻分宜相（严嵩，分宜人）柄国，需此卷甚急，而此卷在全卿家，全卿已捐馆。夫人雅珍秘之，诸子不得擅窥，至缝置绣枕中，坐卧必偕，无能启者。有甥王姓者善绘性巧，又善事夫人。从容借阅。夫人不得已，为一发藏，又不欲人有临本；每一出，必屏去笔砚，令王生坐小阁中，静默观之，暮辄厌意而去。如此往来两三月，凡十数番阅；而王生归辄写其腹记，即有成卷。都御史王忬迎分宜旨，悬厚价购此图，王生以临本售八百金。御史不知，遽以献，分宜喜甚，发装潢匠汤姓者（相传为严嵩门客，戏剧《审头刺汤》中之汤勤，即影射他。）易其标识。汤验其赝，索贿四十金于王，为隐其故。王不信，惜予，因洗刷露其新伪，严大赚王，因中之法，致有东市之惨。夫王固功名草草之士，宜不具鉴；分宜少颇淹雅，晚年富贵已极，搜阅甚多，宜一见了了。而王生之伪，必藉老匠以发，则临本之工，亦非泛泛者。今临本不知何在，而真独出，亦有数存乎其间耶！夫书绘本大雅之玩。而溺者至以此倾人之生，诒者至以此媒身之祸，岂清珍之品本非势焰利波所得借资者耶？所谓卫懿公之鹤，不如嵇、阮之酒。观此则有癖古之嗜者，不当复媒荣膴，而都显倨者，亦可推此以逊寒士矣！王生号振斋，亦因此构仇怨，瘐死狱中。或云：'真本为卫元卿所得，元卿续献之严，伪本乃败。'未知的据。

此外，李日华鉴别书画，如谓沈倩藏唐伯虎《霜松烟瀑图》，为周东村笔；赵千里《江城春晓卷》，为元人颜秋月笔，堪资后世鉴赏者所参证。至其描绘历代名画图景，一经轻抹点染，宛然身入其境，领略自然之美。如记文徵明画，记陈仲美《春游角技图》，记王蒙《秋山读书图》等皆是。

清代以来学者对《味水轩日记》多所著录，并有以此书为文学之快读。王端履《重论文斋笔录》卷一云："嘉庆戊寅二月六日，小雨。墙隅红梅正开，小病噉粥，阅此拨闷。"叶昌炽《缘督庐日记》曰："（此记）所见书画碑板，最录甚详，款识题跋，胪列无遗，略如朱性父张青父两家，颇有资于考证。"

明代文学史中，以公安派著名之三袁，宏道作《陕洛日记》，中道撰《游居柿录》，俱驰遐誉。

中道（1570—1623）字小修，湖北公安人。与兄宗道、宏道，提倡白居易、苏轼诗文，崇尚清新，时称公安体。曾任徽州府教授、南京礼部主事、南京吏部郎中等。著《珂雪斋集》《外集》等。

《游居柿录》是小修所记日记的名称。游居指"游宴之顷，端居之暇"，柿（费fèi）录即笔记之意。记起万历戊申（1608），止戊午（1618），共一千五百七十一则。记述有关小修此十一年间起居、交游、癖嗜、思想等事。

综览全书,首先叙述鉴赏书画,箧中笔触最多者,为观历代名画,如所见僧傅古画龙、周昉《美人调鹦图》、苏轼《竹》卷、宋徽宗《荔子图》、丰考功《竹》卷、仇英《击梧图》、黄公望山水幅、钱舜举《蒲葡花鸟幅》、戴熙山水幅等,率皆随见随记,并附抄有关题诗图记,以及小修读画简评。

其次论书法者,所占篇幅亦较多。其一如评论元代鲜于枢草书,曰:"龙孝廉君超(工诗)斋头,见红梅一树正开。屏上乃石刻鲜于伯机草书《千文》,字体奕奕神全,妙有二王法,乃知古人未可轻也。伯机,渔阳人。元大德延祐间,与吴兴赵孟𫖯、巴西邓文原齐名。伯机见叶秋台书,反覆谛视,至欲下拜,古人虚心如此。"

又极称其长兄宗道"书法遒媚,画山水人物,有远致。""于书肆,得伯修白苏斋善本。细看之,亦自清新遒媚,可传也。独所作诗余,及杂戏数出,无一字存于世间,可为浩叹!"宗道擅谱词曲杂剧,类似载录不仅事关鉴赏书画,抑且可资研究明代公安诗派者所参考。

万历时读书日记,一般推高攀龙所写日记。

高攀龙(1562—1626)字存之,无锡人。万历十七年进士。累官刑部侍郎,被魏忠贤党羽崔呈秀所诬害,遣缇骑往逮,遂自沉于池,卒年六十五。曾与顾宪成修复东林书院,讲学其中,名驰海内,亦称景逸先生。事具《明史》。

其《螺江日记》六卷,旧抄本六册。所记以读书为主。卷一:记日常读《尚书》心得,凡四十八则。卷二:多谈《易》

《诗》《礼记》，共三十五则。卷三：以谈《春秋》及《左氏传》为主，计四十四则。卷四：谈《论》《孟》凡三十则。卷五：记读史心得。卷六：论唐宋诗文，皆富创见，说者谓堪与清代谭献《复堂日记》相媲美。

高攀龙读书，敢于创新，言必有据。如曰："王勃《序》：落霞与孤鹜齐飞，秋水共长天一色，此是六朝常调，故唐人多效之。如骆宾王断云将野鹤俱飞，竹响共雨声相乱。陈子昂残霞将落日交晖。远树与孤烟共色皆是。但予谓勃《序》两句，实本庾信《华林园马射赋》：落花与芝盖齐飞，杨柳共春旗一色句。""旧读欧阳子《秋声赋》，以为声即风耳，曰如风雨骤至，何也？"及阅陈明卿选本，亦嫌风字太露，深喜前人早已指破。后见西河先生云："声是声，风是风，《秋声赋》不是《秋风赋》，此文正惜其全似赋风耳，因取旧作《秋声赋书后）》一篇见示。予始爽然自失。"（附记：高氏日记未系年月，疑为抄者删去。清代画家戴熙日记，即被抄辑者删尽月日，似出一例。）

涉及万历时政的日记，先有文震孟，后有龚立本。震孟是文徵明的曾孙，字文启，长洲人。天启中殿试第一，授修撰。累官礼部左侍郎，兼东阁大学士。反对魏忠贤及温体仁，被劾夺职，归卒。著《姑苏名贤小记》。

他的《文肃公日记》手稿十四册，北京图书馆藏。起万历三十年（1602），迄万历三十五年（1607），所记当时朝章典故、友朋往来甚详。后附其子文秉跋。

龚立本字渊孟，常熟人。万历乙卯举人。任崇德县令，接壤乌程，鉴于宰相温体仁之子凭势骄横，立本绳之以法，体仁怀恨，使之一再贬谪。按其为文，初宗六朝，晚效秦汉，著《浪泊集》甲乙集、《松窗快笔》等。

他所写《北征日记》三卷，抄本。起万历四十六年戊午（1618）六月廿一，止天启二年壬戌（1622）三月初三。

其时撰者三上公车，凡所经历名都旧迹，无不留意考探，和同袍诸人诗酒酬饮；一时正义相投，偕魏仲雪（浣初）、顾仲恭（大韶）、钱受之、杨大洪等，披沥肝胆，忘形交契，生平节概，略见于此。

所记明末史事，详壬戌日记。一是述广宁破后，熊廷弼弃师逃入山海关，会试者纷纷私归。二是从徐州到瓜洲，船价顿贵，城门昼闭，一时混乱万状，非身历其境，不克作出如实的刻划。总之，是编遣辞真朴，不假琢磨，所赋诗什，均系篇末。

又万历中，以所记园林生活、文字简略见称者推潘允端。允端字仲履，上海人。系《笠江集》作者潘恩之子。嘉靖进士。官四川右布政使。恩致仕，允端筑豫园以奉养。占地七十亩，历时十八年。著《玉华堂日记》，稿本八册。起万历十四年（1586）元旦，止万历廿九年（1601）五月十一，凡十有六载，系其晚年寓居上海时作，而至绝笔。此十数年间，日记撰者往来于上海近郊各县，观日记，常遇者有顾炎武，万历甲午十一月初二日记云："晴。四更开舡，早抵青浦，遇顾亭林，归相会。"又互投函札者为王穉登，王字伯榖，著名诗人，著有《吴郡丹青志》。据日记，伯榖亲送所撰《豫园记》至豫园。再有上海秦凤楼，亦潘允端之友，往还频密，据《五茸志逸》称秦系酷吏，常用酷刑，臭名昭著。

潘氏旅游局限于上海附近各县，往往参考各地园林花卉之

美，移之于卜筑豫园之中，也可以说，日记作者园林生活，代替了游历。综观所记，一是载述豫园种花卉、栽果树等活动。如

> 万历十四年九月初六日。微雨。辰过园种树枇杷。
> 二十三日。晴。辰过园，种包锦菊花。
> 十月十九日。晴。辰过园。午后略修武康山。
> 十一月十五日。晴。午过园，归搬花梨床凉床至园。

潘允端曾游历各地，寻觅花卉佳种，如十四年三月十九日所记"午至乐寿堂种江阴牡丹十本"，即是一例。二是在乐寿堂种植、游宴诸事。如：

> 万历十五年四月十四日。早雨。因予诞日，乐寿堂设二亲像一拜，及园中各祠堂拈香。
> 五月二十九日。雨，彻夜不止。已午雨甚大，乐寿堂亦漏，庭除顷刻水满，大风拔木。
> 十六年十二月初二日。晴。余腰痛复炽，偃卧乐寿堂。
> 庚寅（万历十八年）五月十六日。晴。杜凤林来，三儿备膳乐寿堂，小坐。小厮演戏，黄昏已。
> 万历二十九年正月初十日。雪，午歇。陆三山等八位来，请余携尊乐寿堂。

综上称引，当时作者在园内生活情况，有若正月赏灯，客至宴饮，小厮演戏，除夕团聚。每逢生日，患病，往往下榻于此，反映出封建时代士大夫生活的真相。作者对豫园乐寿堂内，自然气候发生之较大变化，亦作如实简短叙写，仅万历十五年一年内，五月一次，庭除水漏，大风拔木，腊月积雪，几近半尺，从日记体制来说，潘氏之作属于简短篇章之一类，从其内容来说，不失为上海豫园第一手资料，也有若干珍贵之上海气象史料在焉。

第三节　天启崇祯时期日记作者和作品

明天启、崇祯共二十三年间，在朱由校、朱由检统治下，初则由宦官魏忠贤窃持国柄，屡兴大狱，冤杀东林党人，到处弥漫着黑暗、行将崩溃的情景。农民起义纷起，动摇了腐朽的封建政权。继则进一步加重赋税，增加兵力，全力镇压起义，最后挽救不了明王朝的覆灭。这一时期日记作品，就一些作者亲身经历反映了有关的见闻，以及自己和周围的遭遇。

首先揭露时政的，天启时，代表作者有萧士玮、朱祖文。萧士玮（1585—1651），字伯玉，别号三峨，江西泰和人。丙辰进士。辟园柳溪，湖水环之，若浮家泛宅，自为记，而春浮之名遂沸。嗣一忤于珰逆，引疾还里。生平博览，尤耽佛学，著《春浮园别集》及诗文。事具钱谦益《萧公墓志铭》。

日记六卷，起天启七年丁卯（1626），止崇祯八年乙亥（1635）九月。第一卷《南归日录》奉差南还杭州时记行之作。第二卷《春浮园偶录》，记述读《明诗选》《李长蘅诗集》《金刚经》等书心得。三卷曰《深牧庵日涉录》，病后入庵养疴，多论医论佛学语。四卷曰《辛未春浮园偶录》，五卷曰《汴游录》，六卷曰《萧斋日记》，皆以清隽之笔，记登临，记读书。撰者邃佛学，日常于《宗镜》《楞严》《起信论》《黄提遮女经》诸释家书，较多抒发，一注于日记。

以天启七年所写《南归日录》为例，撰者描摹道途景物，兼写民生困苦情状。如出城门，司门宦者收买路钱，民瘼痛隐，可以想见。

丁卯三月初二日。奉差南还，出平则门。时司门宦者，略与之金，亦不甚酷索，大约此辈如婴儿觅食，时其饥饿，遂复欣然。

初三日。次涿鹿，新桥甚整丽，年来将作繁兴，贫者存活甚众。北道虽少饥人，然东南民力竭矣。

萧士玮信奉佛学，寻求解脱，往往揭露弊政不深，相反，在燕客及朱祖文日记中，则尽情如实地叙写魏忠贤掌握下厂卫的罪恶行径。

一如燕客《天人合征录》。燕客讳其名，撰《天人合征录》，日记体。载明·黄煜《碧血录》卷三后。撰者于明熹宗天启五年（1625）易吏人衣，走燕都，日与舆夫马圉相欢狎，遂得以变服入狱中探杨涟等六君子。盖是时魏忠贤掌东厂，网罗奸邪，缇骑密布，民间偶语，辄遭擒戮。东林党标榜正义，杨涟公开抨击魏忠贤廿四条大罪状，阉党遂钩织诬陷，兴"六君子狱"，六君子者，即杨大洪、魏廓园、顾尘客、缪西谿、高景逸、李仲达是也。燕客出万死不顾一生之计，在探狱中，目睹魏忠贤陷害六君子之惨酷情状，逐日笔之于书。

六人亦知燕客为有心人，遗言遗札，多默附之。九月十九日记云："顾公尸出于狱，衣冠俱如礼。杨公有遗稿二千余言，又亲笔誊写一通，叩首床褥，以讬顾公。狱中耳目严密，无安放处，藏之关圣画像之后。已而，埋卧室北壁下，盖以大砖。后公发别房，望北壁真如天上，倩孟弁窃之以还，随寄弁弟持归。"按此编系一部探狱日记，留存明末东林党史料。

二如朱祖文《北行日谱》。祖文字叔经，号完天，又号三复居士，浙江嘉兴人。诸生。其先代久居苏州。天启六年，苏州人周顺昌因公开痛斥宦官魏忠贤，及其爪牙，被逮北上。祖文仗义营救，秘密随行，单骑间关千余里。至北京后，奔走设法为顺昌供给米粥、汤药，又多方筹款，冀得完缴顺昌被枉坐之"赃银"，藉可减罪。捃摭稍就，顺昌已被拷毙狱中。祖文乃护送其榇回乡，悲愤发病而死。事具《明史》，附《周顺昌传》。

《北行日谱》一卷，是天启六年（1626）北行时所手记。日谱所记。从顺昌在苏州被逮捕开始，直至顺昌被酷刑致毙，死后有关一切安排，均逐一详叙。

仅从是年三四月间，撰者叙由苏州启程，抵京后四出营救之实况，具体详尽地揭露了当时魏忠贤之厂卫控制下，到处侦骑四出，弥漫着极其恐怖、谈虎色变之气氛。

祖文北上途中，舟抵维扬（扬州），鹄候查验过关，又从清江浦（即今江苏省清江市）登陆，均遭差骑盘问，撰人以携有周顺昌被逮前留致鹿善继、孙奇逢两函，深以为虑。当时祖文从扬州至淮阴一带，厂卫侦谍狡狯者比比皆是！洎入都，宗礼两子峻拒借宿，记云："两君相对颦蹙告曰：此间大非昔比，即戚里侯门，无不惴惴危惧。倘客非其人，十家连坐。君以异乡入吾门，比邻已有密为觇伺者，君其务就逆旅乎！"据此，由于缇骑密布，凡留宿辄遭株连，而撰人更有身罹罗网之险。是时除厂卫专因祖文密遣缉事者逾三十余人外，宦官把持下之厂卫，对正阳门（北京前门）、东直门内外，在在禁卫森严，盘问过者，追根究底，确是一出一入，大非易事！

其时有蒋秉铨（字士衡）者，适贡馆于京，冒极大风险，既允祖文寄宿共榻，又转托徐如珂、顾宗孟二人，代致罗、孙诸君及朱汝忠参戎，了此铺堂（指用钱给衙门差役，叮嘱照应囚人之意）一局。考《明史》，祖文尝谓顺昌曰："脱有缓急，谁可告者？"顺昌对以徐如珂、顾宗孟等辈可。说与此同。但日记系由当事人所秉笔，故写来真切详尽，为史传所不能比拟。

崇祯时，记载抗清的军事活动，以及来自明末王朝内部的阻力之日记，推《戎车日记》。作者许德士，江苏宜兴人。据《明大司马卢公年谱》，崇祯十一年（1638）德士任象升幕客，以病留保定，闻象升抗清兵，卒以身殉，乃力疾趋赴，慨然敛之。

所著《戎车日记》，起崇祯十一年四月十八，止岁暮。据所知闻，排日详写象升抗击清兵直至殉难之经过：谓十月初三，象升见崇祯帝请战，当晚在安定门会议上，直斥杨嗣昌群珰之降议，激昂慷慨，一座皆嘿。嗣象升令十五夜，分四路十面袭击清军，誓刀必濡血，人必被伤，马必喘行，使敌警溃自散。令甫下，监军高起潜手书阻之，复调散其兵。杨嗣昌又仅拨宣云晋三镇之兵，于是象升名为督天下兵，实不及二万。十四日誓师巩华，高起潜坚阻之。十二月十一，进军钜鹿县之贾庄，召高起潜兵援，勿应。环顾情势，危机四伏，象升上马索战，舞刀大呼，敌遂窜奔。十二日援应俱绝，麾兵疾战，中矢死。此中所叙细节，可供治史者所考镜。

明末日记笔涉明王朝覆灭，李自成入京之掌故者，推冯梦龙日记。梦龙（1574—1646），明末戏曲家。字犹龙，长洲（今江苏省苏州市）人。崇祯中贡生，任寿宁县知县。清兵渡江时，坚持抗清。擅诗文，有《智囊》《智囊补》。重视小说、戏曲及通俗文学，辑话本集《喻世明言》《警世通言》《醒世恒言》，世称三言。又编《山歌》、笔记《古今谈概》等。

《燕都日记》系崇祯十七年甲申（1644）三月以后冯梦龙的日记。日记环绕李自成进攻燕都，明王朝灭亡之故实，带及许多方面有关实况，其中若干细节，为一般正史所未详。

如谓李自成攻占榆林之后，明王朝商议对付策略，冯梦龙逐一评述。三月初四记崇祯帝朱由检，召集"府部锦衣詹翰科道等至中极殿，问御寇之策。奏对者三十余人，有言守门乏员，当今之急，无如考选科道，余皆练兵加饷"。冯梦龙认为谋诸文臣，无济军事。评曰："使满朝尽科道，能以白简击贼否？"按其时李自成建国于西安，国号大顺，纪元永昌。朱由检命大学士李建泰出师，亲饯官军十余万，记作具体描述，谓"自午门排至正阳门外，百官俱至。列席十九，文东武西。御席居中，御用金台爵，皆嵌宝石，是累朝重器，诸臣则金杯也。上亲递酒三杯，曰：先生此去，如朕亲行。……上自送之，良久返驾。"史称建泰出都，道闻山西烽火甚急，因迟行，进退失措。至于此后建泰其人下落问题，冯氏记当时流传说法有二：一云"建泰在保定卧病，城破，执建泰，取敕书剑印焚之，三金杯亦取去"；一云"建泰在保定，早与'贼'通，城破而降"。类似传闻异辞，俱加载录。

次叙李自成据有居庸关以后，纪律严明，并出安民告示。记云："自成行牌郡县云：知会乡村人民，不必惊慌。如我兵到，俱各公平交易，断不淫污抢掠。放头铳，要正印官迎接，二铳乡官迎接，三铳百姓迎接。"凡此史实，可以映证李自成入关之初，确是秋毫无犯，深得民心。

是年四月，吴三桂引清兵入关，十九日与李自成"大战于关内一片石，日暮方罢"。时摄政王（记称大清九王）使三桂为前锋，先与起义军战。日记评及其目的曰："一以觇自成之强弱，一以观三桂之诚伪。"据日记，李自成率部西走之前，"纵其下大肆淫掠"，一反此前之约束军纪。

日记还载及李自成入京以后，有关留用降臣动态，变革科举考试等方面故实。如述明都司董心葵，为李自成及迎降者牵线搭桥，颇得宠幸。三月二十三日选用降臣分三次出榜，凡留用者分付在外，听候下午发榜。第一榜为选授宏文馆掌院何瑞征等九十二名，第二、第三两榜共五十名。又二十四日记李自成改明制度，不袭故常，曰："明朝制度任意纷更，改阁为天祐寺，名六部尚书为政府，翰林院为宏文馆，詹事府不用行人司，为文谕院。御史为直指给事中，为谏议主事，为从政布政，为统会。巡抚为节度使，按察为防御使，尚宝为尚契司，太仆寺为验马寺，通政使为知政使，中书为书写房，府为尹，州为牧，县为令"。

除上述冯梦龙日记外，记及有关李自成攻打开封的情况，是《守汴日志》。作者李光壂字康侯，祥符（今河南开封）人。崇祯十四、十五年（1641—1642），李自成率师攻汴，光壂参与守城，由贡生以知县用。著《守汴日志》不分卷，康熙四十七年刻本，《卷盦藏书目录》列为日记之属。

此记系崇祯十六年癸未（1643），流寓南京时作。记及李自成三次攻打开封，明方想破坏黄河大堤，引河水淹农民军，由于水势过大，淹没了开封城，李自成终于率军撤出。李光壂系身处围城，亲历其事，排日记载，故确实可信，一般为史家所依据。

又笔触李自成被守备陈德射瞎左目，时在崇祯十四年二月间第一次围攻开封时，《四库提要》谓"光壂登埤目击，当得其真"。足以纠正史载陈永福（陈德之父）所射的谬误。这部日记目前已被一些史家公认，是一份值得重视的珍贵史料。

天启、崇祯间有短篇记游日记，知名者推浦祊、马元调。祊字君惊，疁水（在嘉定）人。明诗人。著有《游明圣湖日记》一卷，光绪辛巳泉唐丁氏刻本。天启三年癸亥（1623）随叔父武陶作武林之游。起九月十一日，至十月廿三渡胥江，抵家而止，计共四十三日。按日记其游踪，止遗西溪云栖，记游诗颇多佳什，均附篇末。

浦祊抵西湖，游昭庆寺，谒和靖先生祠，岳忠武祠。登餐霞阁，观日出。至集庆寺，玉泉观鱼，放舟里湖，驻足放鹤亭。登宝石山、宝叔塔。再入龙井寺，上凤篁岭，岭上有万丈泉，"异石奇峰，累累然作奔狮舞象飞鸾浴鹄之状"。十月初八，到江口，江上有开化寺，再拾级六和塔。既趋断桥上，席地坐饮，以待月出。衍行文清丽详赡，不失为载述杭州形胜的佳构。

马元调字巽甫，上海人。寄居嘉定，为娄子柔入室弟子。博学，尤工古文，得归有光门径，著《简堂集》十六卷。又有《横山游记》一册，日记体，刊入《武林掌故丛编》。崇祯十年（1637）四月，元调偕友顾超士同作横山之游。山在武陵，形为横，而山之中外其民物淳朴，山水清丽，均笔之于书。此山即求之古人，如白居易、苏轼辈宦游日久，其诗文所垂，亦无考见。廿四日以后，宿曲水庵，入六松社，登横山草堂，访藏经阁、楼西小瀑、白龙潭、拥书楼等处，出之以雅驯简赡，读之有清新之感。

崇祯时，读书日记不多，之一为《志学录》。作者陆世仪（1611—1701），字道威，号刚斋，晚号桴亭，江苏太仓人。明亡，讲学于锡山东林书院，更绝意仕进，以著作为事。有《思辨录》等十余种。事具全祖望《鲒埼亭集》二八。

此录一卷，系崇祯十四年辛巳（1641）作，是《陆桴亭先生遗书》二十二种之一，光绪乙亥京师刻本。

世仪学术交游，过从最密者三人：一称夏，指陈瑚（确盦），崇祯十五年举人。二称圣传者，即盛敬，号寒溪。三称殷重者，为顾士琏（樊村），均相与切劘，屡载记中。

桴亭治理学，笃信不移，每有心得，具加载录。朋辈有好禅学者，如吴芟（修龄）究研佛学兼信神仙，著《围炉诗话》《西昆发微》《抚膺录》《舒拂录》。尝出诗稿，有《咏史》及《禹贡》六十韵，桴亭以为望尘莫及。桴亭主各宗其学，但不应攻击理学，当吴芟又出讥刺道学之文章，因持见迥异，遂争论不休。

撰者身丁明代末叶，绝意科举，及明社既屋，所交皆明遗民，其一即工骈体文之郎星纬（元翊），当清兵南下，闭门痛哭，旋走沙漠死。综览全记，多记治理学之心得，但每每事涉明末抗清的若干人物和史迹，有异于倭仁日记，专事说教，而枯燥乏味。

第四节　明清之际日记作者和作品

清初爱新觉罗·福临称帝，定号顺治，与此同时，事实上还存在着南明王朝，诸如明福王朱由崧即位南京，改元弘光。鲁王朱以海监国于绍兴。瞿式耜等拥桂王朱由榔称帝于肇庆，建号永历，一度领有粤桂赣湘川滇黔七省地等等事实。而抗清志士张名振、张煌言、李定国等纷纷起兵不绝。际此明清之交时。日记作者有季承禹、黄淳耀、黄向坚、谈迁、张煌言、黄宗羲、归庄、叶绍袁、瞿昌文等，他们主要的生活年代，是在明末。有的在清初，只活了一年或几年。而他们叙写的内容，或是惓念故国，或系记录抗清复明活动。甚至有的用纪年，干脆用了南明王朝的年号，或是改用干支，来代替清初年号，所以他们有些传记被后人列入明代史传，留存作品列入像《明诗综》一类的书籍。

但是从他们所写日记作品来看，都是写在顺治元年以后。

作为日记本身的简史,总是免不了要按作品写作的岁月,来作为归列年代的标准。因此,这些明清之际作者的日记,只能留待下节——《顺康雍时期的日记作品》,来加以叙说。

回顾当时,属于明清之际的作者,又是在明末清初写的日记长著,允推《祁忠敏公日记》。作者祁彪佳(1602—1645),字幼文,号世培,浙江山阴人。曾卜筑远山堂,因称远山主人。天启进士,任御史。甲申后,参预南都拥立大计。危难中,和史可法、刘宗周共伸正义,时江北四镇擅权跋扈,彪佳尽力排解,被马士英、阮大铖所衔恨,致使乙酉年卸职家居。及南京为清军所陷,在乡策谋恢复,任苏松总督。卒谥忠敏。事具《明史》本传。

《祁忠敏公日记》六册,绍兴修志会据远山堂原本印行。起崇祯四年(1631)七月,止弘光乙酉(1645)闰六月殉节前一日,先后十五年,首尾无缺。依生活阶段的不同,分名日记为《涉北程言》《栖北冗言》《役南琐记》《归南快录》《林居适笔》《山居拙录》《自鉴录》《弃录》《感慕录》《小捄录》《壬午日历》《癸未日历》《甲申日历》《乙酉日历》。邓之诚《桑园读书记》称是记"凡居官居乡,从政为学,事亲交友,无不记之。惜稍嫌简略,且友人多称字号,今皆不识为何人"。其间多及观剧种种,黄裳校录的《远山堂明曲品剧品》,已加附辑。

以《甲申日历》为例,记南都建国事至详。按李自成率领农民军入京,摧毁明王朝统治以后,四月秒,史可法等迎立福王朱由崧于南都。彪佳议暂称监国,请以金铸监国之宝,亲草蠲赦起废二十四条。并参加可法主持之会推(即明代推举重要官吏之制度）。

时马士英挟福王之名，扩张势力，扬言"已传谕将士，奉福藩为三军主，而诸大臣且勒兵江上，以备非常"。而江北四镇，若高杰、刘泽清、黄得功、刘良佐等，借迎立之功，骄横恣肆，不容许陪都诸人，再持异议。四镇中，高杰尤鸷悍，高兵杀伤扬州之民，不可数计。可法诸人为照顾大局，沉默寡言。彪佳为之苦心周旋，鉴于四镇未参预定策，以福王暂行监国，推迟即位日期，较属上策。藉使马士英所用之人，转而移之于史可法，具见苦心孤诣。

日记还罗列史可法督师，困难丛集。一如出淮阳视师，属下亲兵被总镇高杰所分，不肯受约束；二如史可法所留京口马兵，与浙之台兵因故哄斗甚剧烈，彪佳以情感动高杰，在在替可法排患释难！

彪佳又记述京口诸生结力忠孝、干城、大正三社守御，社首吴中奇、管元声，随祁氏到焦山视察军事形势，商讨沿江修筑军事防御工程。再谓顾杲系东林党顾宪成之侄，尝草檄文声讨阮大铖，名曰《留都防乱公揭》，复社诸生列名者一百四十余人。

综览全书，由于作者每日及时秉笔，有不少当时发生事实，能细大不捐地如实写出，有关人物之言和行，一一加以和盘托出，确具日记的特色，非一般史乘所能冀及。

〔第四章〕
清代前期日记的繁兴

清代前期一百七十多年间，日记作者辈出，无论从数量质量来看，均已超轶前代。揆其原因，清初各地抗清力量与清王朝斗争不绝，清统治者除镇压外，实行了网罗汉族知识分子的政策，集中学者文人让他们致力于编纂大型典籍。而许多作者身处各个阶段，各有其不同的生活经历和处境，常常把每天的见闻行事，及时手录成书。翻阅当时日记流传至今的，除明遗民在清初所写日记外，顺康雍时期的作者，著称的有屈大均、王士禛、方象瑛、高士奇、陈奕禧、查慎行、戴名世、郁永河、程庭、吴振臣、李绂、丁士一、允礼等。乾嘉时，又有杨名时、牛运震、孟超然、王际华、姚鼐、黄钺、钱大昕、蒋攸铦、李锐、焦循、洪亮吉、顾廷纶、张廷济、林则徐、倪稻孙、许宗衡等。凡此日记作者作品的众多，难以尽举，可以说，在日记史上，进入繁兴阶段。他们中间有的是政治家、诗文家、金石书画家、词臣、考官、御用文人等。由于所处地位遭遇有着差别，所叙或系频繁的生活活动，或记不同性质的于役记程，或谈从事学术研究的心得，都涌现为文情并茂的佳作。兹就作品写成岁月的先后，分为二节浅述如下。

第一节　顺康雍时期日记作者和作品

顺治十八年间，明末遗民以及抗清志士先后辈出，大多写有日记传世，其中或记述抗清守城的事实，或抒发讲求气节的情怀，或考求明末的真实史迹，或载录反清的地下活动，或直书参加军事抗争的经过。这些日记作品，均关涉明清之际的其人其事，堪资史事的佐证。

关于抗清守城的事实，见之于《江南围城日记》一册。作者季承禹，字文石，江阴人。所著日记，叙顺治元年甲申（1644）及乙酉间，清兵围攻江阳城时的史事。围城时，文石年二十一，城破潜出，终身不与试事。子北斗（星灿），工文，亦拒试。此书所记典史阎应元、陈明遇坚守江明城，凡十八日，击毙清方三王十八将。迨粮尽矢绝，效死勿去。而大臣刘良佐之流，当清兵下江南，率兵十万降。作者行文，曲达其事，寓痛感于叙事之中，确实能以董狐之笔，严于褒贬。

或载录反清活动的，如叶绍袁、瞿昌文等。由于作者经历的不同，参与各地区、各阶段的活动，因而有异，往往内容纷陈，各具特色。兹分述如下：

叶绍袁（1589—1648），字仲韶，自号天寥道人，吴江人。天启四年进士，曾任北京国子监助教、工部主事。因反对魏忠贤擅权祸国，弃官家居，家人多有文才，互相唱和。崇祯乙酉，清军进占苏州，地方人士吴日生领导之苏州抗清义师败绩，绍袁就率诸子行遁为僧，暗中仍和义师保持联系。绍袁擅长诗文词，著有《午梦堂集》《迁聊集》等。事具自撰《年谱》《续谱》。

《甲行日注》八卷，是明亡后绍袁所作日记。起乙酉（1645）秋，止戊子（1648）九月。因作者于乙酉年八月廿五日（即甲辰）出行为僧，故为日记颜名"甲行"。

日记略谓清军入苏州后，绍袁弃家为僧，自号粟庵。吴日生曾函达仰佩之忱,丙戌五月初四日记云:"己酉。晴。吴日生遣营校持牍至,云:武林诸义士来顾行幕,称说德义,颂叹无极。高风大节,固宜遐迩景慕,垂誉千秋矣。但山林嘉尚,独不念荷戈枕甲之瘁耶!弟血战经年,大仇未报,军孤饷乏,救援路绝,忧心如惔,未知所出,若得越中三千君子,军成犄角之势,亟图进取,所大快也。闻诸君入山问策,鲁连先生幸广引教之,无虚彼望。"即此一札,赖知吴日生固一文翰之士,而叶吴交谊,亦可见一斑。

其时作者行遁于浙西一带,一面与抗清志士暗通消息,一面对清兵之残酷镇压,志士之赴难不屈,地方官之献媚屈膝,士绅之醉生梦死,皆于日记中详述其事,抒发辛酸之感。如"九月初四日。……次塘西,又值房舟,幸疾雨飞注,虏遥不见。津梁废矣,迷途生怅。昏雾归鸦,荻花无语,又如楚道漏天,淋漓不止。正徬徨间,有漾永庵,屹然水湄,系缆而登。主僧嗣明,留宿水阁中。绿萍覆池,衰柳依依堤上,笼烟曳雨,满目凄凉。"初五日记又云:"钱唐公使者自香积兜夜归,云:虏闻江东兵至,日夕巡谯警堞,断桥秋色,半在羌笳胡柝中,未可问西子湖也。"按钱唐公即顾汉石,系钱唐令,挂冠而去。清兵搜捕,不屈死。盖作者身丁山河破碎,极目心伤,文字极尽凄迷!

时天廖托迹空门,缱绻故国,往还诸君多志在恢复明室。丙戌三月十四访匪若、初旭、吴若英。匪若徐姓,陈湖地方起义士也。若英,诗人,所作辄抒黍离之痛!他若韩公严、沈若一、严祗教(字仲日,作者外甥)、薛谐孟、叶学山等,俱衣僧服,砥砺气节,而受戒于圣恩寺者一百余人,大抵亦皆抗清志士。其中山中九子,又为清军所急于搜捕者,丁亥四月二十五日记云:"迨夜又闻虏于山中索九人焉:杨维斗、薛谐孟、姚文初、陆履常、顾端木、吴茂申、包朗威、警幾及余。"

日记作者还先后揭露明亡以后,吴江官绅地主吸吮民脂民膏之馀,宴请新县令,供奉穷奢极侈。如

丙戌十月二十八日。侄孙学山来,言吾邑宴虏令之盛,笾豆肴核,费至三十余金,倍席、赍从、伶人、乐伎、华灯、旨醴,俱不在内也。不知虞悰《食疏》中所载何物,耗金钱乃尔!国破民瘼之日,为此滥觞,贡媚膴肭,损俭约之风犹小,丧名义之防实大。余岂敢歌《相鼠》之章,以伤友道,不能不为君国心恫耳!虽有良朋,烝也无戎。我其诵此愧矣。

是篇附录诗篇达二百首,从日常生活接触,反映出明遗民生活动态,坚持民族气节,旨足多哉!

有以记述南明永历王朝治下史实为主之日记,推瞿昌文日记。昌文,字寿明,常熟人。南明大臣瞿式耜之孙。公元1646年,南明隆武帝在福建被清军攻灭。式耜等拥立桂王朱由榔即帝位于广东肇庆,次年改元永历。拥有粤、桂、滇、黔、川、湘、赣诸省全部或部分疆土。永历二年,式耜以文渊阁大学士兼吏、兵两部尚书留守桂林。昌文由家乡抵桂林探望其祖。永历四年,永历帝由肇庆退驻梧州,是年五月,桂林日益危急,式耜遣昌文向永历帝陈述情况,永历授昌文为翰林院检讨。十一月桂林城陷,式耜殉难。永历帝奔南宁。昌文走避山中,

为清将定南王孔有德所获,旋释放归里。

其撰有《粤行纪事》三卷,起隆武元年(1645),止永历四年(1650)。上卷记由离家起,到桂林与式耜见面止。中卷叙桂林梧州(时瞿式耜留守桂林,永历帝在梧州)往还之事。下卷记式耜殉难后,昌文被捕,直至回家时之见闻。

以中下两卷为例,大抵载述南明永历王朝治下以及最后灭亡之情况:

朱由榔驻梧州(在广西),朝臣分吴、楚两党,吴党劾楚党袁彭年等五人,把持朝政,目为五虎,乃将袁等五人,分别处罪。撰人不避时忌,坚持正义。记云:"顺治七年五月朔。昌文于梧州蒙召对,温慰有加。……时诏狱案定,爰书颁布中外。袁彭年功多免议,冠带闲住。刘湘客、蒙正发拟徒,丁时魁戍靖州卫(即湖南靖县),金堡戍清浪卫(即贵州清溪县),……正人遭陷,士气侵削。王父七疏之后,愤懑不食。文亦不避时忌,朝夕与四君游,以名节气谊相砥砺。"

按是年南明王朝所据湖北、湖南一带,面临重重困难,昌文返回桂林,时为瞿式耜驻守地,式耜悉焉忧之,遣王陈策(后为叛徒,即挟昌文至梧州者)迎瞿元铺于长乐。记云:"八月朔。王念楚疆方棘,特面谕守战事宜,即日辞陛返桂林。""十五日。叔父元铺自家乡泛海入粤,已抵惠州府长乐县。王父喜动颜色,即遣旗鼓王陈策迎之。文是时庭闱之志亟矣;然念疆事濒危,军务倥偬,王父卧不贴席,食不甘味,须发尽白,面目以时刻异。"

是年十一月初五,桂林城陷,水道梗塞。廿八日昌文渡梧江后,沿途极目"室无居人,白骨满地。禾困牛舍,燧烬狼藉"。"苍梧之西北，万山攒峙，僮瑶错处。深篁绝嶂，虎狼时出没林谷间。"据此，知南明王朝与清兵对峙期间，昌文跋山涉水，何啻百数，艰难险阻，更甚于往昔。

及辛卯正月十二，抵达剪刀源，知式耜殉难于桂林城北仙鹤岩，越七十余日，始与张同敞从容就戮，收尸者杨硕父一人而已！昌文认为清定南王孔有德劝降数回而不屈所致。日记中历数殉难者姓名及叛降者姓名，一褒一贬，何等泾渭分明！

作者旋入深山，至木皮楼，谒见南明兵部尚书刘远生，楚党党人刘湘客、按察使徐定国，拜谢杨硕父，咸属南明永历王朝坚主抗清之人物。昌文日记所载，留存了不少凿实史料，特别是瞿式耜抗清史迹以及殉难始末，内容详赡，超轶正史。

日记作者自记抗清斗争经过的，推《北征录》。作者张煌言（1620—1664），字元箸，号苍水，鄞县人。崇祯举人。工摘文，善骑射，常感愤国事，矢志请缨。明末南京之败，和同郡钱肃乐奉鲁王监国，入典制诰。又以佥都御史监张名振军，屡抗清师。逮舟山破，鲁王入闽依郑成功，煌言劝成功取南京，自崇明入江，所向克捷。撰人先移师上游，下皖廿余城，而成功自镇江败退，事遂不成。后鲁王卒，煌言散兵隐居，被清兵所获。甲辰九月七日赴市（杭州），遥望凤凰山一带。曰："好山色！"赋《绝命词》，挺立受刑，年四十五。著《水槎集》《采薇吟》等。

煌言日记——《北征录》，自述顺治十六年己亥（1659）军事活动，为《南疆绎史》中《张苍水传》载是岁师次崇沙事所本。

略称是岁仲夏，郑成功全军北指，以煌言习练江上形势，推其前驱抵崇明。既济江，议及首取瓜步。时清军于金焦间铁索横江，夹岸放置西洋大炮数百位，欲遏煌言舟师，煌言乃先率陆师，入金山，薄瓜城。七月，至芜湖，已兵不满千，船不盈百，惟以大义号召，感孚民心。厥后，叙成功分兵他去，清方得以倾巢而出截击煌言。日记所载归咎于郑张二人战略分歧，曰："谁意延平（郑为延平王）但舍石头城去，且奔铁瓮城行矣！留都诸虏始专意于余，百计截予归路。"篇末并进一步全面回顾抗清史事，慨乎战斗艰难，国事蜩螗，事关晚明史料，有参证价值。

距清王朝建立后二十二年，日记作者仍有借寄情于花卉，实则寓国破家亡之痛的，推归庄《寻花日记》。

归庄（1613—1673），字玄恭，号恒轩，昆山人。古文家归有光之曾孙，明末诸生。顺治二年，清兵下江南，昆山县丞阎茂才降清，归庄率众起义，杀县丞，固守县城。事败亡命，野服终身，往来山水间。晚年寄食僧舍。归庄与同乡顾炎武相友善，有"归奇顾怪"之称。擅长诗文书画，画竹尤称神品。著《恒轩集》《悬弓集》《山游诗》《寻花日记》等。

庄撰《寻花日记》二卷，顾氏《小石山房丛书》本。上卷收有《观梅日记》，康熙五年（1666）所作。描叙景物，清隽飘逸，疏散有致。盖撰人身处明社既屋之际，遁入山林之后，往还者多系反抗清初统治，而隐姓逃名、志同道合之士，随笔行文，字里行间，往往无形中流露出幽愤不平之气。

按清初庄廷鑨招聘名士撰《明史辑略》，触犯时忌，构成大狱，株连甚广，潘柽章、吴炎均预其祸。潘耒、沈笋在、徐枋（昭法）、管镜菴、葛芝（瑞五）、熊开元（字鱼山）等，皆遁迹灵岩等寺为僧，不愿与清朝统治者合作。如

> 二月十三日。……晤吴开奇及筇在、镜庵二僧于座上。吴生者，亡友潘力生（即潘柽章，弟耒，字次耕）之弟，吴赤溟（即吴炎）之门人也。二君以国史事被杀，家徙塞外，故生改姓，窜于山中。余见生，伤其兄及其师，为之执手号恸。生出诸诗古文相质，才笔惊人，志尚尤可嘉。筇在者，宁国沈眉生（即沈寿民）之侄，以其父佥宪公己亥之事遇害，遂戒荤酒，托迹空门，能词赋，著述甚多。镜庵，昆山人，姓管氏，与吾宗有亲，今为灵岩书记。

上述潘耒曾改名吴开奇一事，各书未载，堪资考证。明亡以后，有专以搜访明代真实史事的，推谈迁。按谈迁（1593—1657）系十五世纪爱国史学家。原名以训，字观若。明亡后改名迁，字孺木，浙江海宁人。屡任明代大官之幕友，先后任胶东高弘图相国、义乌朱元锡等记室。在京获识著名藏书家曹溶、吴伟业、霍达等。顺治十年，北上遍访明朝降官、贵族子孙、宦官以及明公侯门客，城乡居民，搜采遗闻，注意档案史料，多散见于以《北游录》为名的日记。著作尚有《国榷》《枣林杂俎》《枣林集》等。

《北游录》九卷，起顺治十年癸巳（1653），止顺治十三年丙申（1656）。详叙四年间之经历见闻，所作诗文，附载篇末。

据日记，作者为了访求明代信而足征之史实，客居燕山，广交广询，笔录见闻，掌握文字史料之失记。一如谓明太监有僧服潜隐，惓念故国者，甲午正月癸丑记云："出广宁门里许，入天宁寺，故阉赵连城之璧尝掌惜薪司，出曹化淳之门，僧其服，语旧事一二，不忍述。"二如称顺治二年（1645）明代著名藏书家汲古阁主人毛晋与高弘图时相过从，曾相约作虎丘之游，同游者为明工部尚书朱国盛。当横舟对月时，高弘图不箸，并于闰六月绝食而死云云，俱作具体细节描写，堪徵高坚持民族气节，拒作贰臣之决心，早已下定。癸巳闰六月己卯记云："崇祯甲申冬，胶州高相国弘图解绂，僦居姑苏城隍庙之南。明年二月，途返之常熟。毛子晋（晋）邀相国于虎丘，同云间朱太仆国盛、吴人徐元叹（波）、僧石林横舟对月，进河豚，相国不箸。……明日，相国出淳化阁帖，俱砆笔旁注，云文衡山，似未然。寻别相国，四月终相国趋杭州，五月终趋绍兴，闰六月，相国绝粒，卒。"三如遍访真实反映明代史事，而属于清初禁秘之书。如甲午（1654）二月丁亥，向曹太仆借刘若愚《酌中志》、孙侍郎承泽《崇祯事迹》，记曰："侍郎辑崇祯事若干卷，不轻示人，又著《春明梦馀录》若干卷，并秘之。"又若孙承泽撰《四朝人物传》，甚浩繁，秘甚。谈迁从吴伟业处转辗借钞，遵嘱录之勿泄，"勿著其姓氏于人也"。四如明清两代文物保管问题。明代"节慎库"内宋代文物，历经沧桑，俱加封存，至清人入关以后，则散佚殆尽。甲午七月己酉记云："晴。午过吴太史、周子俶所。太史疾少间，云先朝节慎库内图书，俱宋宣和物。金人入汴，归于燕，元仍之。明初徐中山下燕，封府库图籍。甲申之变，李贼遁，都人清宫，同年孙北海身入大内，见封识犹中山时也。今散佚无一存。"

谈迁身为明末遗民，对异族统治者入关后，出现民间种种惨象，感到痛心疾首。诸如"经东长安门而回，有竖标鬻其子者，闻畿以南，流亡载道"。"吴太史云：黄石斋先生子三人，今岁饥，为闽人啖其二，仅少子在。""过熊希周，希周买姬，云祁阳孝廉郑翀女，已卯榜。前年被掠，昨夏入燕，落北里，赎以百金。"有关访问，排日纂录，或叙其时饥馑载道，或述良家为娼，或谈惨啖人肉，经作者日事调访，写入日记，确补正史之缺。

清初明遗民在日记中，时寓怀念故国的悲思，如黄淳耀、黄向坚的作品便是一例。

黄淳耀（1601—1644），字蕴生，嘉定人。崇祯十六年进士。及福王南都亡，嘉定失守，偕弟渊耀入僧舍，相对缢死。治理学，著《自监录》《知过录》，工诗古文，有《陶菴集》，事具《明史·儒林传》。

所撰《甲申日记》（1644）一册，起一月，止三月。多谈治理学心得；一月日记，言心性居敬，以二程书、《近思录》为准绳。次月则分身口意三方面自检。三月又分早起、粥后、午后、灯下、夜梦诸时以自省，所谈多属"收心返性"问题。死前数月的日记，自表讲求气节，称"朝闻道，夕死可矣"。联系当时背景，字字句句，对清王朝的不满。

距此记七年后，有《寻亲纪程》。作者黄向坚（1609—1673），字端木，先世常熟人，后移居苏州。其父以崇祯癸未得云南大姚知县，举家迁徙，独留向坚。已而明亡，关山阻隔。途历半载，抵大姚，得见父母安然无恙。留五月，侍父母以归。事具归庄《黄孝子传》。

其间著《寻亲纪程》一卷，《知不足斋丛书》本。顺治八年（1651）十二月朔，担一囊一盖一草履启行，从吴江入嘉兴，至杭州，渡钱塘江，历严、衢、袁诸州，而入长沙之醴陵，渡湘江，历宝庆，而至武冈州。中途触冰雪，陷泥潭，涉深溪，攀峻岭，手常擎盖，足重茧。转辗至贵阳，入云南之平夷卫。又西出碧鸡关，历安宁，过楚雄，而达姚安，时翌年（1652）五月望日也。计在途一百九十五日，计约万里，从而可觇清初交通梗阻，道途难行。撰者身丁明社既屋，多怀黍离之痛，马思故枥，人思故园，常为之泣下。日记是在"茹荼拮据，笔砚尘封"下脱稿。行文凄迷悲恻，有窒息之感。偶摘一小则如下：

> 至平越府，山势巍峨，路纡折如羊肠。……今十里立塘，塘兵时被虎驮去。岭头坡足，骸骨枕藉，商旅绝迹。止见飞骑往来冲突，又见割耳劓鼻之人，更有两手俱去者，犹堪负重行远，惨甚！即有奇山异水，不敢流览。一宿山寺，一宿塘铺，炊饭烘火，不得倒睡。自高阳市入贵阳府，计程一月有余。由谷角，历关隘数里，验票进城。城内屡遭屠戮，民居寥寥。

向坚又有《滇还日记》一卷，起顺治壬辰（1652）十一月四日，止癸巳（1653）六月十八。盖其侍父孔昭自云南姚安归苏州之行程及旅途见闻。

据其自记，归来行资未备，先后行滇中及黑盐井诸门生家，斧资得不乏。遂于癸巳正月发云南。及贵州平坝，遇见骑兵载辎重，掳妇女数百千计，盖清兵战胜明军之反抗，所掳获者，取道黔中，故得遇云。

是记所叙行程，凡历省七，府三十有三，州县卫司关驿镇寨不可胜记，共行二万五千里，俱择要笔录。如述出滇黔诸关，严查验票，和后代的通行证或护照，不无类似之处，有助于了解清末统一疆土前之交通情况。作者所记其父沿途怀故国之思，往往触景生情，感慨系之。其一如"壬辰十二月十六日。过碧鸡关，行二十里，达滇阳驿。父见风景非昔，无限唏嘘"。即此寥寥六句，明遗民爱故国之思，跃然于纸墨间。

顺治中，还有明末清初思想家的记游日记传世，之一为黄宗羲的日记作品。

黄宗羲字太冲，号梨洲，浙江余姚人。为明末清初三大思想家之一。受业刘宗周，南太学诸生作《留都防乱公揭》，推宗羲为首。曾坚持反宦官之斗争，几遭杀害。清兵南下，其募义兵，进行抵抗。撰有《宋元学案》《明儒学案》《明夷待访录》等。

其有《匡庐游录》一卷，日记体。系顺治十七年（1660）八月至十月所作。按其时黄梨洲赴江西，作庐山之游。取白居易"匡庐奇秀甲天下"之句，爱颜日记名曰匡庐。至则穷香炉峰、遗爱寺诸胜。遇僧智瑞，作者亡友陆鲲庭之门人也。所赋《掩关》诗，颇多警句。经桐庐后，同范吉生共行止，遇江姓者，书诗于扇。点滴资料，均可供研究黄宗羲生平时作参考。

顺康雍时期诗文家、理学家、词臣、考官、御用文人等，继承宋代日记传统的，不乏人在。顺治时作者推姚廷遴、多尔衮、彭孙贻、窦克勤、陆嘉淑，所作或以内容见胜，或因工于叙写传世。略如抨击时政的，为《历年记》。撰者姚廷遴字纯如，上海人。明季御医永丰之孙。先任县吏，继为乡农，所交多布衣，深知民间疾苦。在他笔下，每多揭露县官酷虐，如顺治十八年（1661）一月至三月，上海多雨歉收。知县涂赟"征粮甚迫，比较严切，百姓无措，多借营债，情愿加二利息"，如过期未付，便"拿到家去吊打，惨状万千，顷刻几倍，破家者甚多"。日记还尽情叙述在此大灾之年，浦江两岸哀鸿遍野，而尚书、大将军、提督之类大官，"按临沿海等处"，"下属迎接，供应浩繁"，进一步搜刮民脂民膏。作者就知见所及，摊出了封建统治的罪恶事实。

清初诗人抒发黍离之感的，之一是彭孙贻《岭上纪行》。孙贻字仲谋，浙江海盐人。明末拔贡生。工七言律诗，被王渔洋所赞叹。痛父殉于明亡之难，终身不仕。著有《茗斋集》《虔台逸史》等。

《岭上纪行》两卷，系顺治六年（1649）所写日记。彭氏自故家起程，经苏州、镇江、芜湖、铜陵、九江，而抵南昌，所历三省多在山中行。时距明亡不久，战后伤痕，随处可见。日记所叙，弦外之音，大有河山虽存，面目已非之感。如八月初九，"荡桨金山下，缘山脚而登"，联想弘光时明代副将郑鸿逵"拒守兹山，叠石为垒"，而今安在哉！十三日亭午，抵达芜湖，到处见髀疽溃血，涔涔满地，为之凄然神伤，谓"俗于此日祀亡者，侨寓江干，临风凄恻"。他类似表达忧心惨切的文字，不胜枚举。

此年九月，彭孙贻登江西章贡台，旁询遗民有关当地抗清故实，纤悉必书。据称台附近是涌金门，顺治六年九月初，犹为集中饲马的所在。记及"赣城有马数千匹。舟泊涌金门,每旦饮马斯门者,不下二万余匹"。据此可见距今三百四十年前,江西省军马集中喂养地点之一,为涌金门。同年十月,撰者客居南昌,当地历经战火,所住寺观,坍败零落,已"无门扉窗楹,西北风作,衾寒如泼水,鼠大于狸,狼跳攫啮,彻夜喧豗,不得美寝"。战后情景,栩然入画。这时知清兵"入粤者络绎,水陆断绝"。要离南昌,船行已不可得,因附柴船走小港,下建昌。类似云云,堪供研究清初江西一带交通史者所考镜。

笔触有关书院故实的,推《寻乐堂日录》。作者窦克勤(1653—1708)字敏修,号静庵,河南柘城人。治经学,从师耿介于嵩阳。壮年中进士,授检讨。嗣后创办朱阳书院,成才称盛。有《朱阳书院志》《窦静庵先生遗书》等。

《日录》二十五卷,起顺治十年(1653),止康熙四十七年(1703)。综览日记,作者生活几与书院相终始,师友中与耿介、汤潜等过从很密切,所述重点,实亦在此。理学家登封耿介兴复嵩阳书院,一年之间,总是多次约游书院,下榻敬恕堂,一起讨论《易经》,赋诗联吟。凡是书院的教育活动,校舍的修葺,都按日记载。

特别值得注意的,是窦静庵致力朱阳书院教育事业,达二十多年之久。日必有记,事涉多端,确是攸关清初中国书院史的宝贵资料。日记载及书院命名朱阳,曾由其父翰林院庶吉士窦大任所订定。校舍几经修葺,圣殿、居仁斋、由义斋、藏书楼均分期开工,限日完成。他如定书院院规、讲教育法令,以及平日讲稿,皆附篇末,可和《朱阳书院志》并读。

日记撰者交游，多顺康间名儒耆宿，举其荦荦大者，若宋荦，字牧仲，精鉴藏善画，有《绵津山人诗集》，和窦家结秦晋之好，日记屡叙宋牧仲为其孙儿求聘窦氏三女的前后细节。次如李塨字刚主，系与颜元齐名的教育家，静庵与之互投书札，探讨学术，多详载于日记中，总之，此书是顺康间著名教育家的生活实录，很有参考价值。

清初记行日记之一，为陆嘉淑《北游日记》。嘉淑（1619—1689）字冰修，浙江海宁人，有《辛斋遗稿》。

《北游日记》一册，费演抄本，系顺治十四年丁酉（1657）作。此年四月撰者由水陆取道入都，六月即整装南返。其中北上道途的艰难，朋踪的聚散，以及登临、吊古、旅中唱和的诗什，有蒋沐（广文）别下斋校梓全集时所未及搜采者。清学者管芷湘推誉此记，堪与黄庭坚《宜州家乘》相媲美。

康熙六十一年间，在爱新觉罗·玄烨统治下，号为"治平"，一方面开博学鸿词科，编纂类似《全唐诗》《佩文韵府》之类大型书籍，汇集了大批著名学者文人，一方面兴《明史》《南山集》等文字狱，加强思想统治。

综观这一阶段日记作者辈出，如屈大均、王士禛、方象瑛、陆陇其、高士奇、陈奕禧、杜臻、高宅揆、徐炯、张鹏翮、张英、李澄中、查慎行、杨甲仁、戴名世、郁永河、顾彩、汪灏、高懋功、吴振臣、杜昌丁等。从他们日记中，可以反映出学者文人的学术动态，也表露了一些作者抨击当时弊政的内心世界，确是这一阶段日记的特色所在。现就具有代表性的作家和作品，略选若干于下：

清初诗人屈大均有日记。大均字翁山,广东番禺人。工诗,和陈恭尹、梁佩兰并称岭南三大家。撰《翁山文外》《诗略》《诗外》《广东新语》等。

翁山日记,颜名《宗周游记》。自称偕三原杜苍舒游陕西,其地"即宗周之地",便以宗周为名。起康熙四年(1664),止次年(1665)。

综览所叙,一是民间风俗。四年冬,入潼关,见陕人常服白色,值庆贺亦穿白而往。翁山既简记其事,复略考原因。如

> 是日初入关。见陕人皆麻葛巾,白袍,无有异色衣冠者。盖雍州居仲秋之位,色尚白,故以白为常服。遇庆贺亦皆麻葛巾白衣以往。吊丧则加一白布于巾上云。

又陕中元旦斗鸡,元宵悬灯于白杨之上,均相沿成习,堪资采风。据日记,陕地三原,泾阳早称繁富,二月二、二月三两日,均有庙会风习,一时丝竹管弦,百戏纷陈。距今三百二十多年前,陕中民间俗习,地方剧曲繁兴,经作者轻抹几笔,得见梗概。

> 二月二日。观会于桃花洞,洞去泾阳六七里,有东岳祠,士女至者数万人。百戏纷纶,迭呈妙幻,若走垣打碟,搊筝唱炼,相演元人院本杂剧。弹大小琵琶,歌讴风花雪月,琐南枝、玉娥郎,凡数十队,多边塞音声。

二是地方特产。他过潼关，抵岳庙，饮华明良酒槐曲酒，食形如鲥之石华鱼，还笔涉陕中肉类、饭类、酒类的品种，烹饪制法的不一，有关食品的方言，凡此不失为清初陕西食品史料。

三是载录文物。翁山至友王宏撰山史，精金石，擅鉴别，著《砥斋集》。丙午二月，往砥斋，常和山史析赏碑碣拓本，如观《华山庙碑》拓本，论"其结体运意，乃汉隶之壮伟者"。并到西安府学附近碑洞，观晋唐以来碑刻。

四是文苑交游。在陕和曲阜颜光修订交，两人均以诗鸣。又与研究九经注疏的李天生相往还，翁山规劝勿徒事注疏，应致力经文。

此外，尚有短期日记，一为康熙六年八月所写《自代东入京记》，二为康熙七年八月所作《自代北入京记》，抒写途见民生疾苦，"有生长不识布者"，确有助于认识封建社会贫苦生活之一角。

诗人日记另一作者是王士禛（1634—1711）。士禛字贻上，号渔洋山人。山东新城人。官至刑部尚书，谥文简。擅古文诗词，游秦晋洛蜀闽越江楚间，融怪荟萃，一发之于诗。著《带经堂集》《渔洋诗话》《池北偶谈》等数十种。

渔洋日记卷帙浩繁，惜皆散见。加以汇辑比勘，共得七种：（1）《蜀道驿程记》（1672），是和郑日奎赴四川典试时作。（2）《南来志》（1684），是康熙廿二年，奉使祭南海，记从北京到广州之里程见闻。（3）《北归志》（1685），记自广州到新城之行途及景物，并叙与文坛友好之频繁接触。（4）《北征日记》（1688），记北上时参加骈文家陈其年、姜宸英等评论诗文之活动。（5）《迎驾纪恩录》（1689），载及康熙玄烨南行，撰者往迎于山东德州，和诗人李之芳、钱钰等唱和。（6）《秦蜀驿程记》（1696），叙及趁赴陕西四川祭告西岳之便，遇到不少旧雨新知，鉴赏所珍藏之历代名书画。（7）《赐沐纪程》（1701），是康熙四十年告假返家时所作。既详与张英、陈廷敬等编次康熙诗文集之经过，又笔触王廷纶在福建替他梓行《池北偶谈》的实况。

据日记，渔洋在赴蜀途中，约宋琬、施闰章、沈荃、程可则、李天馥等，一起唱和。北上以后，交接词人约近百数。一些学者如陈奕禧、靳熊封、焦毓鼎等，也有不少诗篇，留存渔洋日记中，无异是清初诗史。

渔洋还评论了诗文创作，缕述了诗友活动。当时姜宸英特邀朱彝尊陪同拜访渔洋，把新作《游上方山诗》，请加斧正。查慎行、陈奕禧也是一有著述，马上就寄奉乞加润饰。渔洋对后辈掖奖备至，见到奕禧《皋兰随笔》，赞赏地说："譬噉谏果，当是余甘回齿颊矣。"

朱彝尊和王渔洋友谊极深，经常带着宋元善本名椠，要求渔洋审定，从版本讨论到书籍内容，大多是一以渔洋意见，作为评论之依据。无论是宋刻本《唐摭言》，还是宋僧文莹《玉壶清话》之鉴赏语，都是这样。

日记撰者擅长书法，见震钧《国朝书人辑略》。其书法活动，日记载述甚多，如赴蜀途中，曾应沈荃之索求，为写陆游《阆中诗》，按阆中离成都六百余里，渔洋抵此，挥笔至"俱是邯郸枕中梦，坠鞭不用忆京华"句，不禁为之低徊，情见楮墨。在阆中，渔洋赞赏胶州童子宋世勋题壁，"大字方圆径寸，势甚飞动"。又推崇北方女书家姜淑斋，"工枕晋人书",骏逸飞洒,超轶前人。因此京师士大夫获其纨扇便面,片言只字,无不珍若拱璧。

在前往临潼县途中,饱览秦中名士藏画,将见到的题跋,一一随手札录。在靳熊封寓所,激赏黄鹤山樵、王蒙画之竹木流泉,认为甚古淡,尤其是上面有铁笛道人、郑元祐、虞集、柯九思、牟巘等,题诗殆遍。寓目心赏,全盘加以抄录。与此同时,其还结识一些古器物收藏家,其一为迁安籍老收藏家刘鲁一,日记称:"年七十七矣。聪明如少壮人,家藏书画鼎彝之属最富,世号精鉴。"上述称引,显见所记事关书画文物史话,堪资征引。

清代李元度纂《国朝先正事略》,谓渔洋诗文,"融怿荟萃",其日记七种,确是同样如此。

理学家以著日记见重者,推陆陇其(1630—1692),字稼书,浙江平湖人。康熙九年进士。历任嘉定、灵寿知县、四川道监察御史,谥清献。治理学,宗程朱。著《困勉录》《三鱼堂集》《松阳讲义》等。《清史稿》有传。

《三鱼堂日记》二卷,起康熙丁巳(1677),止己巳(1689)。大抵以论理学为主,服膺朱熹居敬穷理之说。丁巳八月初二记云:

> 讲千岁之日至,可坐而致。觉此章易为良知家所借,盖凿与不凿,其辨在毫厘之间,非居敬穷理,未易明白。

其次商榷经史舆地天文律算。虽酬宴之顷，舟车之中，亦寝馈不废。盖系一部理学家治学生活之日记。

陈康祺曾就日记所载，品评陆稼书为人笃厚。《郎潜纪闻》卷七曰："《三鱼堂日记》云，始见魏环老，一见如旧识，言及丙辰冬推闽臬之时，皇上问嘉定、无锡两县俱好，朝议方推，而参疏夕至矣。环老言及之，尚怒形于色。余但自谢，至诚不足以感动上台，无足怪也。"

康熙间，以御用文人而有多种日记名世者，推高士奇（1645—1704）。其字澹人，号江村，浙江钱塘人。以国学生就试京闱不利，卖文自给，新岁为人作春帖子，自凑句书之，偶被康熙玄烨所见，旬日中三试皆第，遂供奉内廷，官至礼部侍郎，卒谥文恪。撰《左传纪事本末》《春秋地名考略》《清吟堂全集》《江村销夏录》等。事具《清史稿》。

他有日记五种：（1）《松亭行纪》，系康熙二十年（1681）三月至五月间，随康熙至塞外时记行之作。撰者自北京启行，经遵化城外，至喜峰口，其地古称松亭，故名日记曰：《松亭行纪》。书除考证地理外，余无足观。（2）《扈从东巡日录》，是康熙廿一年（1682）正月至四月间，随康熙赴沈阳东北，谒祭福陵（又名东陵，系清太祖努尔哈赤陵寝），陵在盛京（即沈阳市）城东二十五里。又谒昭陵（一称北陵，为清太宗皇太极陵墓，在盛京北八里许）。所纪有关清初帝皇三大陵寝之二故实。（3）《扈从西巡日录》，是康熙廿二年（1683）二月，至次年三月随行日记。自述如何获宠于康熙，多阿谀之辞。如曰："上解御服文貔裘及麋鹿裳命臣衣之，顿觉阳和被体，真异数也。"此录内容，概见《四库全书总目提要》，称康熙"至山西，驻驿五台山，士奇时以侍讲供奉内廷，扈从往来，因记途中所闻见。……凡山川古迹，人物风土，皆具考源流，颇为详核"。（4）《塞北小钞》，系康熙廿二年（1683）六七月间日记。是时从玄烨由京出塞，记其山川阨塞，道里风俗，及与康熙所问答者，赋诗十余首，均附篇末。（5）《蓬山密记》，为康熙四十二年（1703）作。撰人至宜春苑，遍观苑中诸景，及内藏图书、鼎彝古玩、西洋乐器。康熙并与偕入深宫燕寝，登楼见楼梯宛转，凡四曲折。抵东岸，眺山林，皆种塞北所移山枫、婆罗树，隔岸，则红霞万树。频去，将御书《千字文》赠之。在此前后，还屡得满洲桌全席。清例：除出师大将军外，无此先例。玄烨还亲用内造西洋铁弦琴弦一百廿根，为之抚《普庵咒》一曲，堪征作者备获异宠云。

并时学者日记、记录所见文物者，推陈奕禧（1648—1709），字六谦，号香泉，海宁人。任安南知府。工书及诗，有《皋兰载笔》《金石遗文录》《春霭堂集》等。

其《益州于役志》，系康熙廿一年壬戌（1682）日记。时作者"奉山西布政司，调安邑丞，转饷廿五万赴四川"。取道湖北襄陵、陕西汉中而抵成都，共水陆四千八百余里。

作者所见古代文物，逐一详录。如在汉中得观汉石。记云："九月廿一日。观汉石于郡堂，高二尺六寸，围八尺。志云：围长如鼓，相传汉时物。余按其形，不类于鼓。其制仿佛于罍腹间，作四兽面，口平有刀痕，身径抚摩间，生光泽，细辨之，乃碧玉也。志谓具苍玉色，殊未究矣。汉高祖拜将台，在郡署内。"此用一百字左右，叙述汉石所在地、高度、广度、形状、雕饰、色彩及其他。又如过陕西武功县后，在雍原发现唐碑，记曰："八月二十九日。……有《唐司空苏瓖墓碑》，在道南野中。卢藏用序，并八分书。张说铭，景龙元年十一月，前两行书撰姓氏，今已模糊不可辨，余尚完好，如此石迹，恨不能抚榻藏之，唐碑不可得矣。"类似文物史料，不失为具有较高的学术价值。

作者往往路经一地，作实地观察，从而诠解某些诗句确切含义。如经四川盐亭县西八十里，望见"紫荆河南流即鹅溪，溪水漂绢最白"。爰断谓苏轼"爱煞鹅溪白茧光"诗句指此。陈香泉还从实地勘察，作前人集外诗的辑佚工作。如至陕西扶风县，出城渡沣水，上南山，谒马援祠，祠有苏轼《题天和寺诗》，其诗东坡本集未收。句为"远望若可爱，朱栏碧瓦沟。聊为一驻足，且慰百年头。水落见山石，尘高昏市楼。临风莫长啸，遗响浩难收"。日记除录此佚诗外，且述有关创作背景，暨碑刻轮廓。其言曰："碑在南墙下，掩没尘埃，拂而观之，笔法俊丽，公少年时书，具平原风骨，当是会判凤翔以后，挈家来游，而有此作。其诗本集已失，碑系宋刻，精微可宝也。"

清代经学家惠栋（定宇）尝谓此记具有学术价值，在著述时曾多次加以引用，事见谢章铤《赌棋山庄集·赌棋山庄笔记·稗贩杂录卷二》。

戴名世以《南山集》招致大狱，为清初最惨酷文字狱之一。名世（1653—1713）字田有，号褐夫，安徽桐城人。晚岁中进士,任翰林院编修。才思萌发,长于史传,尤因考访明史著称。撰《南山集》,多采方孝标语,用明永历年号,遭杀身之祸,株连竟达数百人。事具《清史稿》。

褐夫从康熙廿五年(1686)后,写日记,凡十五年,惜多散佚。今存四种:一曰《乙卯北行日记》,康熙卅四年作。二曰《庚辰浙行日记》。三曰《辛巳浙行日记》,系康熙卅九年、四十年两度应浙江学使姜楱之聘时所撰。四曰《丙戌南还日记》,康熙四十五年所记。综览残稿,重点有五:

1. 叙交游 戴氏好友百辈,多耿介之士。莫逆交之一允推方苞,苞以《南山集序》牵连入狱,两人同籍桐城,同客江宁,常怀愤郁,志同道合。苞每当稿成,常请褐夫为之点定。岁庚辰,褐夫年将五十,子息尚虚,差可告慰的,获交朱字绿,字绿有《杜溪稿》数十万言,戴替他写序,两人滁州相遇,携手徒行,纵谈道旁,备征深情。

2. 记生活 自述幼时,赖裴妪鞠育,及妪病故,时系梦寐,痛悔重恩未报,深感愧疚。及年近五十,记中时时流露世不我与,怅触神伤之感。

3. 揭时弊 清初关卡勒索,百般刁难,虽燕都亦在所难免,康熙卅四年秋,作者抵京师,"执途者横索金钱,稍不称意,虽襆被俱欲取其税",目睹情景,发出祸端将起细微之叹。渡淮以后,目击洪水泛滥,桥操皆断,陆行数十里,才能登舟。对此慨叹清政废弛,安得明代左光斗而兴北方水利耶?距此十年后,日记屡载北方灾情严重,草木枯槁,颗粒无收,弥望灾民枕地而卧,风尘蔽体。信手勾勒出一幅哀鸿遍野图,干旱、歉收、饿荒,令人领略到其谁之过欤!类似载述,揭露了二百九十多年前封建统治下的阴暗一角，堪供治清史者所考镜。

4. 谈治安 康熙四十五年戴名世从燕山来吴门，途经河北省，见治安失控，盗匪横行，有所谓老爪的，佯装商人或官宦，狡诈多端，往往诱致行客，掘坎缢杀，然后洗劫而去。褐夫亲遇车夫行踪诡秘，知系老爪党羽，由于警觉提防，幸免毒手。对此，作了惊心动魄的描绘。

5. 载风物 按其搜访胜迹，着眼于世人所未经意的，如赴杭州，西湖十景则一笔带过。对菱湖一角，刻划其烟水茫茫的风致。往绍兴，详考行署的历史，垂意遗留文物。综观诸记，赖以考见撰者的行止，友朋的聚散，愤世嫉俗的绪思，鲁殿灵光，应加珍视。

清初日记涉及自然科学内容者，应推《采硫日记》。作者郁永河，浙江仁和人。康熙卅五年，福州军库烧毁，损失火药甚多，作者奉命前往台湾采硫，以补充损失。此行由福建经厦门而至台湾鸡笼，时在卅六年二月。

所著《采硫日记》三卷，作于康熙三十六年（1697）。全书除了记述采硫经过外，对于三百年前台湾省山川形势、民情风俗、生物特产，记载至详。是一部有关科学内容的古籍。

郁永河叙写产硫地区、采硫奥秘、炼硫土法至详。从他关于地热区的许多描述看来，有它独具的科学意义，已见本书第七章，此不赘述。

《采硫日记》一书，就整体看来，的确极富于文学色彩，兹节录五月初五日日记如下：

余问番人硫土所产，指茅庐后山麓间，明日拉顾君偕往，坐莽葛中，命二番儿操楫缘溪入，溪尽为内北社，呼社人为导，转东行半里，入茅棘中，劲茅高丈余……。复入深林中，林木蓊翳，……复越峻坂五六，值大溪，溪广四五丈，水潺潺巉石间，与石皆作蓝靛色，导人谓此水源出硫穴下，是沸泉也。余以指试之，犹热甚。扶杖蹑巉石渡，更进二三里，林木忽断，始见前山。又陟一小巅，觉履底渐热，视黄色萎黄无生意，望前山半麓，白气缕缕，如山云乍吐，摇曳青嶂间，导人指曰："是硫穴也。"风至，硫气甚恶。更进半里，草木不生，地热如炙，左右两山多巨石，为硫气所蚀，剥蚀如粉，白气五十余道，皆从地底腾激而出，沸珠喷溅，出地尺许。余揽衣即穴旁视之，闻怒雷震荡地底，而惊涛与沸鼎声间之，地复岌岌欲动，令人心悸。盖周广百亩间，实一大沸镬，余身乃行镬盖上，所赖以不陷者，热气鼓之耳。右旁巨石间一穴独大，思巨石无陷理，乃即石上俯瞰之，穴中毒焰扑人，目不能视，触脑欲裂，急退百步乃止。左旁一溪，声如倒峡，即沸泉所出源也。还就深林小憩，循旧路返，衣染硫气，累日不散，始悟向之倒峡崩崖，轰耳不辍者，是硫穴中沸声也。自赋二律：

　　造化钟奇构，崇岗涌沸泉。怒电翻地轴，声雾撼崖巅。碧涧松长槁，丹山草欲燃。蓬瀛遥在望，煮石还神仙。

　　五月行人少，西陲有火山。孰知泉沸处，遂使履行难。落粉销危石，流黄渍篆斑。轰声传十里，不是响潺湲。人言此地水土害人，染疾多殍……

基上节引，郁永河以优美文笔，抒写走进地热区的种种感受，诸如沸泉的声响、色彩和异味，硫穴周围的奇观险景，均经如实刻画，跃然于楮墨间，确是不失为绝妙篇章。

《佩文韵府》编纂者之日记，应数查慎行钞本日记两种。慎行（1650—1727），字悔馀，号初白，海宁人。工诗，有《敬业堂集》，黄宗羲比为陆游。又著《经史正讹》、《江南通志》，事具《国朝先正事略》。

日记钞本两种：（1）《庐山纪游》。为康熙壬申至癸酉（1692—1693）间事。涉及所见文物，尤垂意壁间碑刻，不失为书史资料。壬申七月辛未记云："出九江作庐山之游。访濂溪先生（周敦颐）祠遗址，祠废，石坊犹存。逾蛇岗岭，访太平宫，唐时钟鼓二楼，犹岿然对峙。入东林寺，入神运殿，古碣寥寥。西壁嵌《虞伯生碑》，尚完好，刻于元至元间。李北海碑在东壁，亦元时重摹，已中裂。……游西林寺，尚存断碑三：大抵皆景德间免粮牒文。"（2）《陪猎笔记》二册，吴骞钞本。起康熙四十二年（1703）五月，止四十四年（1705）九月。盖查初白系癸未入翰林，夏随康熙至口外，与汪灏、蒋廷锡、钱名世等同行，途见珍异，及与康熙承对之事，辄笔录之。次年，参加纂修《佩文韵府》工作，因此所载纂修情况，较为详尽。

或称十三元韵部分，为慎行所纂，康熙对条目出处先后，确也提出过中肯意见。如曰："乙酉五月二十四日。黎明驾发畅春苑，同直八人俱随行。时方分纂《佩文韵府》，奉旨携带书籍以往。惟蔡方麓前辈以阁务留京。余与杨玉符前辈，钱亮功、蒋扬孙两同年，派在揆院长处，一切衣食马匹，俱以相累。""六月十八日。奉旨，问盘根错节四字出处。廷等查《后汉书·虞诩传》回奏。再查《韵府群玉》诸书，亦止引此条。上复谕云：此语《后汉书》以前，当别有所出，可查明增入韵书。因十三元韵，系慎行所纂，随奉旨命臣作字，寄武英殿纂修孙学士，将此段详考增注。"

或谈纂修《韵府》时增删经过。七月初十日记云："午后京报至，发下下半先字韵府廿二页，又松坪前辈回字，查得盘根错节出处，东汉以前《邹阳传》蟠木根柢一则。又《北魏书·甄琛传》，唐萧颖士《伐樱桃赋》二条，皆东汉以后事，应否增入韵府，嘱转清旨相复。""十三日。前武英殿查覆盘根两字各条，今日臣慎行启奏，奉旨着将蟠木根柢一则增入一屋韵。将后二则增入十三元韵下。即写字复竹坪前辈，从宫报附去。"类似资料尚多，不失为中国辞书史之确凿资料。

清初遣戍者之有日记，推吴振臣《闽游偶记》一卷。振臣字南荣，隶籍吴江，其父吴兆骞因事被戍宁古塔，穷居塞外二十年，卒因顾贞观谱写《金缕曲》，缓颊乞援于纳兰性德，才得赎归。振臣生于兆骞戍所，兆骞遇赦，便从入关，终身不仕，著有《宁古塔纪略》。

此记起康熙四十七年（1708），止康熙五十二年（1713），自谓冯协一出任福建汀州郡守，邀其同行，得便遍访父执。综览所叙，可分赴闽前后，转至台湾两大部分。戊子二月，振臣偕冯同抵吴门，往杭州，请李颂将任案牍诸务。随后乘舟循钱塘江，过富阳，登钓台，记及"杜鹃花盛开，山谷如锦绣，画眉鸟声啧不绝，若互相应答"。最后由南丰越黄竹岭，而抵汀州府治。寄情山水，意不在仕宦。及入闽，对风物特产，有见必录。或述写芭蕉之特征，或载述榕树的用途，或叙雕琢树根之艺术，或记交通工具的竹兜，或神往于武彝茶的韵味，或赞叹泉州纱灯之精巧，曰：

> 戊子四月十六日。泉州街市中所出纱灯，工制甚巧，款式颇多，名为洋灯，漳州出；乌缎及剪毡，漳浦镇出，桃核素珠，每粒镂空，镌刻罗汉三四尊，须眉毕肖，亦绝技也。

类似笔录，无异是闽中风物掌故谈。特别是汀州府署位于山林蔚郁的胜地，具园林亭堂之佳筑，四时不同之美景，作者赏心悦目，欣然濡墨曰：

> 府署在卧龙山之麓，城垣延蠹。山岭松柏蓊郁，烟云缭绕，颇有山林幽趣。署后有园甚旷，东边梅亭三间，绕亭老梅数十树，冬至前花即大放。亭之西为射圃，有观射堂，两旁木芙蓉、乌桕树，约百余本。秋则芙蓉娇艳，冬则枫叶成丹。其余阴晴晦冥，紫绿万状，莫可殚纪。

即此一则，使人领略到撰者信手拈来，自然成文，堪称克绍箕裘。

岁癸巳（1713）四月，闽抚以台湾疆土新辟，荐冯协一调任该省郡守，从行者仅振臣及李颂将，十七日取道厦门，见海防严密，"艨艟桅橹，森罗星布"，随着渡海进台，风浪颠簸。按当地迷信习俗，上舟前作好种种无谓的准备。二十七日舟近鹿耳门，"浪高如山"，"又忽飓风大作，天气昏黑，无从下椗"。终于在事实面前，始恍悟迷信之不可信。

抵台以后，列叙台省简史、官府设置，从府治县治，一直到寺庙概况、风俗人情，以及各种物产。特别是讴歌物产富饶，着墨最多。略如："二十九日。有渔人进活龙虾二只，每只重有觔余。其头逼肖龙形，命厨人取肉作羹甚美，而以其壳为灯，点火其中，鳞鬣须足俱明。"总之，日记名为闽游，实质上留存了不少台地掌故，颇具史料价值。

雍正十三年间，在清世宗爱新觉罗·胤禛的残酷统治下，一变康熙时所采用的笼络政策，而边搞宫廷斗争，边兴多次文字狱，对汉族知识分子进行镇压，因此，日记作者相形锐减，敢于触及议论当朝时政的，更是寥若晨星。堪称有代表性的作者，为李绂、丁士一、允礼、牛运震。

李绂（1673—1750）字巨来，江西临川人。康熙进士。授编修，充会试副考官，累官广西巡抚。著《穆堂初稿》，附《穆堂别稿》各五十卷，事具《清史稿》。

他的《漕行日记》四卷，系雍正元年（1723）赴山东催漕时日记。是岁五月廿九，户部以漕艘过淮逾限，漕务多积弊，从前催漕官有因缘为奸者，撰人时署吏部侍郎，赴山东催漕，六月初六出京，详所见闻，畅论当时漕运之弊，并改定济宁漕规。记至次年（1724）四月十二日止。在一定程度上侧面反映出地方官场的贪污现象,但未触及雍正王朝的腐败根源。有些叙写,仍有参考价值,不失为雍正时漕运史料。

先此李绂尚有《云南驿程记》二卷,康熙五十六年(1717)出使云南时作。时值云贵乡试,绂任云南正考官,四月廿五出都,详叙清例翰林出使,骑马匹数、随者人数,视授官大小而异,有关故实,表襮出封建制度等级森严。他从真定,经直隶、河南、湖北,饱览山川壮丽,必笔之于书,至八月初六,抵达云南省城,记遂戛然而止。

丁士一,山东日照人。雍正初,任监察御史,简授闽臬。著以《此游计日》为名的日记,二卷一册,书名系取宋苏轼泛舟时语,谓此游甚壮,可冠平生意。计日指无一日的遗漏。日记起雍正二年(1724)正月,止次年二月底。撰者凭监察御史资历,巡视台湾省,道经五大省,程历九千里,凡有见闻,及时备载。

丁氏出都后,返山东,挈儿南行,取道福州、厦门,而达台湾。据载,其地民间疾苦,一是徭役繁重,"官弁兵役,动拨夫车,番民苦累"。二是米价昂贵,"台地缺雨水,又值青黄不接,米价日昂,贫民苦之"。三是吸毒成风,因拟《禁约四则》,之一即禁开鸦片馆。此外还记及台省兵制、赋税徭役制、考试制等。

他在台时,还录存治多痰、治痢疾、治齿痛等大量丹方,还大量载录如槟榔、文旦、落花生等物产,突出描绘的,之一是绿珊瑚。记云:"甲辰八月戊寅。海声如雷,午集斐亭,亭前一树,高丈余,碧色,多桠枝,无叶,如鹿角,名曰绿珊瑚。"

书前李兰序,认为诗歌赋序,都可发风土草木虫鱼鸟兽之奇，但皆不及此一日记的详悉。从资料角度来说，二百六十五年前台省的物产、风土、丹方，赖以保存。

距丁士一后十年，有《西藏日记》之作。撰者允礼是清圣祖玄烨的第十七子。康熙时，常从行塞外。雍正初，进亲王。擅诗文，工书画，撰《春和堂诗集》《静远斋诗集》《奉使纪行诗》等。

日记二卷，起雍正十二年甲寅（1734）冬十月，止十三年乙卯（1735）夏四月，允礼奉命使泰宁经管达赖喇嘛归藏之事。按其时准噶尔拟将侵藏，清王朝于雍正八年移达赖于泰宁，直至十二年准噶尔请和，诏允礼送达赖由泰宁返藏。允礼此行共六月，从燕晋以历秦蜀。驰驱一万二千里。考山川的原委，审风景之异同，记人物的动态，藏俗之礼数，出之以诗情画笔，随意轻抹，具见行文自如。

允礼雅善书法，沿途题诗刻石，抵四川邛州，住鹤山书院，曾题石书匾，继而在行途中，刻石于潼关城楼，过三峡，复书匾曰："河山在望。"及取道山西，宿正定府治，既题诗勒石，又著录古碑刻。允礼复工点染，每涉胜迹，往往就眼前景物，与印象中前代名画加以联想。例如他到了华岳庙，登阁上，神往于"三峰削成，翠落天半"，即事摹写，并浮想明代画家黄鹤山樵、陈汝言随着雪景而写生的故事。记称：

> 因思昔时王蒙知泰安州，张绢素厅壁，日对泰山，兴到辄一举笔，图成示陈汝言。值大雪，汝言张小弓，夹粉笔弹之，遂为雪景，一时推为神笔。王陈以绘事擅艺千古，然必临摹真景，才肖天然之趣，余

今亦同此意耳。

由此可见，自古画家早已力主即景写生，是必须遵循的传统，允礼同样有深切的体会。

其次，凡是蜀中珍异特产，允礼必定记录。如绘叙四川名山县出产的蒙顶茶，并援引《禹贡》《水经注》《寰宇记》《茶谱》等书，作出茶名的考证。

综观所记，允礼叙写重点盖在和达赖喇嘛的接触，双方宴饮规模的盛大，作者午宴达赖及僧徒、酋长人数达二千之多。而达赖设饯宴于都冈楼，尤加隆重，日记笔触到楼筑结构、彩旗林立，迎者鼓吹、座次仪式、乐舞阵容的千姿百态，使"观者目为愕眙，心神震荡"。事具雍正十三年二月朔日日记，文长不引录。

在此前后，还有八种短篇日记作者牛运震。运震（1706—1758）字阶平，山东滋阳人。雍正时进士。任甘肃秦安知县，重视农业水利。嗣又设立并讲学陇川书院、皋兰书院。罢官后，搜考金石文史，世称空山先生。有《空山堂全集》一百〇一卷。

日记八种，除《九日记》，《乙卯春游记》系雍正十三年乙卯（1735）作。他如《筮仕秦安纪程》《游五泉记》《兰省东归记》《太原纪程》《晋阳东归记》《蒲州东归记》，均乾隆时（1738—1755）所写。

按《九日记》系乙卯三月和友人汤皋问，高允持上泗堤，坐林石间，静观远山烟云。《春游记》则系同月到武田城，出访桃林，眺望东北徂徕诸山，堪见牛运震寄情于大自然中，大有忘怀一切的姿态。

第二节　乾嘉时期日记作者和作品

乾嘉时期，日记撰者辈出，尤其是乾隆时作品，留存于今的，远比顺康时为多。按乾隆间六十年中，在清高宗爱新觉罗·弘历统治下，先后开博学鸿词科、四库全书馆，笼络了一大批学者文人，使之投入并完成了像《明史》《续文献通考》《皇朝文献通考》及《四库全书》等大项目的编纂工程。这一阶段，有不少人在致力专业的同时，还每天着力于写日记。据现存篇章可稽查的，如杨名时、程穆衡、高宅揆、陈法、周天度、韩梦周、孟超然、周裕、吴钟侨、王际华、姚鼐、王昶、王初桐、胡季堂、朱维鱼、赵钧彤、黄钺、钱大昕、吴骞、蒋攸铦、吴锡麒、李锐、焦循等。其中有一部分作品，还是世所熟知的名家名篇，兹选述如下：

清代文苑有二理堂，前为韩理堂（梦周），后是焦理堂（循），二人均撰日记，后先辉映，弥足珍视。梦周（1729—1798）字公复，号理堂，山东潍县人。乾隆丁丑进士。任安徽来安县令，治严明，一时大江南北，无不知有韩来安者。来安僻处江北，韩振兴蚕织，整修水利。嗣客淮阴讲学，与彭尺木、鲁絜非等相友善，推为齐鲁醇儒。其治宋儒之学，兼事博涉，复工诗文，撰《理堂文集》《诗》《日记》，事具陈用光《太乙舟文集》六。

梦周写日记，终其身而勿辍。据其《庚寅以后日记没水记》一文，知其生活日记，大多淹没于乾隆八年水灾。今所存《理堂日记》八卷，当属残帙。分名为《衔恤庐日记》《客渠日记》《客燕日记》《来安日记》《程符精舍日记》《客鄜日记》。起乾隆廿五年（1759），止四十八年（1783）。举凡天时变迁，风景殊异，家居动态，朋友往还，多已删略。仅存"读书所得，讲习所发"部分。

是书读前儒著述者居多，如明末清初孙奇逢与左光斗相尚气节，光斗被祸，奇逢倾身营救，和鹿正、孙承宗称范阳三烈士。其学主慎独，初法陆王，晚宗朱子，尤衷心服膺孙夏峰，屡形楮墨。其对时贤之嘉言懿行，更多垂意。如顺治间名儒，工部尚书汤斌，学出夏峰，沈潜易理，尤以俭朴持身，梦周简叙有关"豆腐汤"故实曰："我朝汤文正公巡抚江南时，日食豆腐，时人谓之豆腐汤。盖自古未有肉食而能远谋者，夫子以耻恶衣恶食为不足与议。孟子以养小体者为小人也。甲申二月二十一日。"

再如顺治时理学家张贞生先宗王阳明，后师朱晦庵，撰有《圣门戒律》。梦周赞其廉俭自守曰："张学士干臣贞生，庐陵人。为国子司业时，刻邹南皋《宋儒语略》，颇阐阳明良知之学，后乃一宗朱子。尝书邸壁云：至危是人禽之介，吃紧在义利之关。居京师，寓吉安馆中，蓬蒿满径，突无炊烟，以言事贬官回籍。临行，至不能具装。故人馈赠，一无所受。"

其次，偶记与友朋月旦人物，考校故实者。乾隆四十四年夏，徽州戴东原（震）将所著《原善》见示梦周，即于日记中，用较大篇幅，评述戴氏"力辟程朱气质之说"。据日记，韩氏又与孙良忠纵论左光斗（记作浮丘生）及方以智（记称其字密之）故事，并考葬处之所在。作者景仰先哲，学习楷模之情，溢于言表。此外，评论文以人传，文贵在真情实感，凡十数则。

除韩理堂外，尚有焦理堂。按焦循（1763—1820），字理堂，江苏甘泉人。擅经学，与阮元齐名。寻以母病，不入城市者十余年，葺其老屋曰半九书塾。循博闻强识，经史历算声韵训诂，无所不精。撰《雕菰楼文集》。

其《理堂日记》（钞本），嘉庆元年（1796）作。七月初，以儿廷琥患臀肿，为浙江庸医朱某所误。乃偕往苏州，就诊于名医顾雨田，抵库前雷家买大补阴煎。至扬州，延李钧（振声）、赵仰葵二医诊脉。用较多篇幅，叙李医擅治伤寒症，临床诊脉，屡奏神效。谓有江姓者，患伤寒已四十日，药石罔效，卒据"寒症无服寒药之理"，使煎服大量人参附子而愈。循叹为喻嘉言（昌）复生。余如治疟、治肝、治大疫、治脾泻，均能妙手回春，并录有关方剂。又记及如何治愈严重脾泻一例，谓有八十老翁脾泻日十余次，医不能止，李日用鸡子五枚、猪脂四两，长期治之而愈。类此称述，不失为中国医学文献资料。八月以后，为考官日记。在衢州、金华阅卷，记及沿途山川风物，兼附诗作。对童生痛苦，略有笔触。如九月一日，记府学教授汪之隽索新进童生钱三百千，长兴皂隶熊某因生员、损大指诸案，对科举制度之毒害，作出一定程度之揭露。

乾隆时，多奉使行程日记，其中不乏名家佳构，略举孟超然、王昶、姚鼐三家以明之：

记行日记笔涉书院者为孟超然（1731—1797），其为雍正嘉庆间理学家。字朝举，号瓶庵，福建闽县人。乾隆进士。曾先后典试广西，分校顺天试，督学四川。归主鳌峰书院。著有《丧礼辑略》《诚是录》《晚闻录》及诗文集等。事具《清史稿》及陈寿祺《左海文集》。

其《使粤日记》二卷，木刻本。系乾隆三十年（1765），典试粤西时日记。起五月廿九自都门启程，迄十月廿七返养心殿覆命为止。按其行程，经河北，历河南，入湖北，过湖南，而抵粤西，止于桂林。

此书简记各地书院，揽其胜概。书院多设于风景幽静之区。《吕思勉读史札记·山长》云："书院之主讲席者称为山长，乃因其缘起本在山中也。"此考山长一名之源自，实亦证书院之设于山明水秀之地无疑。孟氏经湖北蒲圻县，下榻龙门书院。记其周围之胜曰："七月初五日。至蒲圻县，宿县治龙门书院。蒲圻境内官路坦平。四面青山苍翠，村烟蠹蠹，晓景夕岚，俱为绝胜，而林木之多，又北来三千里所未经见者。山率种松，长者百尺参天，新植者渐渐列行。田旁多树，花卉石桥曲涧，野趣甚佳。又时方收获，陇上腰镰，妇子俱集，信一乐土也。龙门书院前邑令王某建，久废。今邑令安君洛德重修，生徒有二十余人。"

湖南省文风鼎盛，书院林立，除岳麓书院外，湘潭尚有昭潭书院，超然寄宿于此，列叙其位置、规制、生员人数等。此外，笔触到衡山县之文昌书院、李邺侯书院，并居于桂林流恩书院。据实地考查，谓广西漓江书院有二：一曾在桂林，一在广西东北部兴安县，一废一存，俱见载述。

其次记述掌故，谓广西贡院，皆位处粤西绝胜处。作者所居贡院系明靖江王旧府，后即独秀山，山拔地五十余丈，旁无依附。是时广西考官，除孟氏外，尚有乙丑进士积善（字宗韩），题为知者乐水二句，赋得"秋风生桂香"，得香字。两人评阅荐卷，较能协调。按法式善《清秘述闻》，是岁广西解元袁珖，平南人。日记称袁系积善所擢首选，实不及潘生之有笔力，而潘生选置第二，实出作者引荐云。孟氏兼谈阅卷经验，以为反复研读，有如披沙拣金，方能发掘佳处。

据日记，粤西俗字叠见，如霞、闽、奎、歪等字，考生试卷多用之。由见二百多年前，广西一度盛行地方俗字，堪供研究文字史者所考镜。

作者擅绘写，如勾勒大悲阁之胜概、岳阳楼之壮观，俱为佳篇。

撰有多种出使记行日记者推王昶。昶（1725—1807）字德甫，号述庵、兰泉，青浦人。邃于考证。古文宗昌黎、眉山，有《湖海文传》《诗传》《金石萃编》等行世。事具《清史稿》。

兰泉有日记七种：

（1）《滇行日记》。起乾隆卅三年（1768）十月，止次年三月。时其随阿里衮赴滇，历樊城，取水道，抵永昌，然后止于腾越。旅居多暇，与因以口语落职之赵文哲（升之）相唱和。入云南，更富吟咏，附于篇末。十月住樊城有诗云："望里溪山罨楚云，萧条迁客竟何云？伤心赋已同开府，誓墓书真愧右军。铁鹿连樯江外渡，铜鞮旧曲夜深闻。莫辞坠泪碑前过，衫袖啼痕已不分。"吴县严荣《述庵先生年谱》称戊子昶年四十五,"所历楚黔诸境,搜奇觅险,诗益富"。

(2)《征缅纪闻》。乾隆己丑庚寅(1769—1770)年日记。时清政府遣经略大学士傅恒,副将军阿里衮出征缅甸,作者从焉。记述战争情况外,结尾道出清军从缅甸回师原因,在于"士卒染瘴病,殁者甚众"。

(3)《蜀徼纪闻》。乾隆卅六至卅七年(1771—1772)所作日记。时昶从右副将军温福,佐军事。会四川土司泽旺之子僧格桑等,发兵占地,兼及明辖正土司浓等塞。温福移师督办其事,昶随行志所见闻。嗣随阿尔泰往北山、木雅斯底征战,详及温福、阿尔泰、科尔沁亲王等各路兵战况。

(4)《商洛行程记》。乾隆五十一年(1786)作。是岁河南伊阳县秦国栋等三十余人,杀知县孙岳灏而逸。巡抚毕沅搜捕未获。伊阳接壤湖陕,恐逃入商洛,昶奉派先赴商州。事竣入都,乃遍历雒南山阳,由曼川关,下汉江,过湖北郧西。途经胜迹,信手必录。

(5)《雪鸿再录》。乾隆五十三年(1788)日记。此年昶本拟赴江西一行,及抵下关,闻缅甸入贡,遂徂大理。出贵州,入常德,以江水浩漫,遂由龙阳出长沙,过岳州,取道武昌。昶亲见武昌城水深三四尺,汉口亦被淹。十月底,入江西,会江湖水溢,近江十五县尽淹,昶由水路覆勘,详记当时水灾实况。

(6)《使楚丛谈》。起乾隆五十五年(1790)七月,止次年二月。时湖南湘乡书吏折色重征诸弊事发,乾隆使兵部侍郎吉庆往谳之,昶亦有入楚之行。除记沿途风物外,尤详入楚所闻见之自然灾害。如述汉、沔、洞庭、彭蠡之水腾溢,齧江陵堤决。所绘写江水泛滥，是一份生动、真实之水利史料。

（7）《台怀随笔》。乾隆五十七年（1792）三四月间短期日记。时乾隆弘历赴山西五台，作者从焉。途经房山县，访贾岛墓；抵五郎村，吊宋初杨氏父子百战之区，行文清丽，兼辞章考据之长。

桐城文派姚鼐有日记未刊稿，鼐（1731—1815）字姬传，斋名惜抱轩，一称惜抱先生，桐城人。历任山东湖南乡试考官、会试同考官。主讲江南紫阳钟山书院四十余年。论学主兼义理、考据、词章三者之长。以擅古文诗见重于世，严于义法，有桐城派之目。著《九经说》《老庄章义》《三传补注》《法帖题跋》《惜抱轩诗文集》等。

其《惜抱轩使鲁湘日记》稿，是乾隆三十三年（1768）至卅五年（1770）典试山东湖南往还记程之作。使鲁时，详与正考官朱克斋同行事。如徂洪恩寺、甘露寺，临紫泉，过赵北口，遇水决。其中所载闱试考官名单，至详尽。戊子八月初六记云：

司道遣人送速帖。及未申时，凡三速，乃往巡抚衙门公宴。酒三行，即入闱。少待，内监试及帘官俱入。内监试沂州守湖州蔡彩霞（名应彪），及春秋房濮州牧归安潘退庭（名汝诚），皆伯父旧交。书三房福山令安乡潘经峰（名相），癸未同年。诗一房，邹县令献县孔□（名传□，庚午同年。易一房，莱芜令秀水张愚髯（名庆源）。易二房安邱令中部张（名东）。书一房，博兴令山阳王（名溥）。书二房，寿张令忠州彭（名时清）。春秋房，海丰令休宁黄（名树棠）。诗二房，夏津令兰阳范（名汝载）。诗三房嘉祥令娄县瞿（名朝宗）。诗四房，房陵令黄安吴（名沂）。诗五房，青城令钱唐周雨塍（名嘉猷）。

使湘时日记，惜抱多叙暨正考官孙补山同程事。六月旬启行，八月始达，途历险阻，时有述怀，其一如长歌《愁思冈歌》。间亦填词，如泊清江浦，作《蝶恋花》小词。《使湘日记》亦载闱试考官名单，如使鲁时。

经取惜抱轩诗集粗勘一通，觉有几方面可作浅说：

第一，日记附诗词约六十余首，内《愁思冈歌》《邺下怀古》《唾冰联句》等，似为诗集未收（附录《愁思冈歌》于后）。

第二，附录诗词，前边日记均详创作时日，事情原委，无异为自己诗词作注脚。又读者能从原稿之空格、脱字、异字中，与诗集互校，得知点改时之思路。

第三，所叙鲁湘闱试考官名单，兼及字履关系，沿途所遇友好，或冠以辈分关系，对研究姚鼐交游，不无一得之助。

附《愁思冈歌》：

乾隆三十五年六月二十六日。以驮子疲甚，易以车，出城，雨甚。四十五里过荡水桥，至汤阴，饭。令君诸城李君来晤，闻道上水骤涨，不可行。午后晴，乃行。谒岳王祠，出城，潢潦没毂，行极艰，可一更乃行。二十五里至宜沟驿，《水经注》宜师沟入荡水驿，当以是名也，是日作《愁思冈歌》，冈在安阳南十五里。太行山断青云薄，愁思冈头日西落。契丹欢笑晋女啼，南望中原北沙漠。河北千军未一战，矛头已入含元殿。水磨大剑钝如椎，玉貌黄尘皆掩面。石郎天子翻手为，一尺面吐权谋奇。君始以此终亦此，沙陀婿作耶律儿。君不见前有荆棘铜驼陌，后有五国城中客。时危万乘困奴虏，道泰明堂受夷貊。武臣体说犁庭功，文士空读御戎策。古原草绿连青空，怅望悲歌千载中。冥冥天道隔人意，往往奇才连势穷。汤阴下马岳王庙，松栎萧萧吹北风。

乾隆时学者，洽金石、版本、校勘之学的，纷纷崛起于学术之林，且多撰写日记，留传于世。若钱大昕、吴骞等皆是。

钱大昕（1728—1804），字晓征，号辛楣，又号竹汀，嘉定人。乾隆进士。累充山东、湖南、浙江等乡试考官、翰林院侍讲学士。一生治学勤敏，旁通博涉。研治文字、音韵、训诂、天算、地理、氏族之开学，均卓有成就。尤肆力于金石版本之学，以考据精审著称。撰述等身，略如《潜研堂文集》《诗集》《十驾斋养新录》等，并与修《续文献通考》《续通志》等。事具《清史稿·儒林二》。

现存日记两种，首先是刊于《藕香零拾》内，《竹汀日记》一册，是乾隆四十三年戊戌（1778）所写的生活日记。这一年，应绍兴守秦石公之邀，出游南镇及兰亭，再赴杭州游西湖。归途接受主讲钟山书院之聘，旅中得诗十八首，均附篇末。

日记涉及交游，若沈镜塘、金拱辰、王方川、陆筱饮等凡百辈。其中如四库馆纂修官邵晋涵（记称其字二云），以循吏著称的汪辉祖等尤著称于世。按其将访会稽，道出青浦、嘉善、嘉兴，而小驻海宁州，多与诸友相往还，并观赏安平寺内外许多经幢石刻，着眼于考录文物所属时代、经幢全文、书写者镌刻者捐款者的姓名。继入宝珠寺，观佛像及元代石刻，发现蒙古古字，"今蒙古人亦不能识也"。

日记重点在详写绍兴之行，如登府署大观楼，欣然曰："城中烟火万家，历历可数。南望怪山，如相拱揖。"二度游松风阁，谛视遗迹，发现朱熹，及明太守汤绍恩手迹尚存。继登望海亭，极目骋怀，濡笔曰："四望空阔，直北海气微茫，一线紫白；东南则千岩万壑，青翠叠映，西则平畴方罫，浅水通舟，纤悉可数。"记中还随录所见宋元明石刻，类似泰不华篆额的去思碑、邱琼山所写《水利记》等，则又攸关艺苑史料。

他在绍兴，先后游戒珠寺（王羲之故宅）、兰亭、大禹庙等处，除录石刻外，并赞美一路上"水波清泂，山光倒映"，天章寺门外"修竹夹道，葱翠可爱"，"四山环抱，青松弥望"。所记距今已二百一十多年，为后人考查绍兴古迹文物，提供了一份翔实的资料。

综览是书，未经删汰，乃钱大昕"去官归养，游览胜区"的生活实录，后一百二十年后的缪荃孙在作跋时，感叹自己处于晚清时期，尽管和钱氏行止相同，而所遇却判然有异。

又一种《竹汀先生日记钞》二卷，起乾隆五十三年（1788），止嘉庆九年（1804），凡十六年。其弟子何元锡曾简述其书内容曰："先生主讲吴郡之紫阳书院，过从者众，所见古本书籍、金石文字，皆随手记录，究源穷委，反复考证，盖古人日记之意也。"

按卷一为所见古书部分。大抵以寓目史集名椠为多，文集孤本次之。钱竹汀与黄荛圃（丕烈）、吴槎客（骞）等探讨宋本、元刻之《史记》，赏析宋板《汉书》大字本，元板《辽史》、宋椠《经典释文》等，每有心得，均加著录。不失为治版本目录学者之重要参考。

卷二所记为所见金石部分。竹汀与并时藏家多往还，论学相长。笔触之一，为其高足何元锡，屡视新出土碑碣拓本，如谓何梦华寄武康县新出《风山灵德王碑》。梦华系元锡字，家富善本。有《秋神阁诗钞》，与竹汀切磋，相互依傍，一时传为艺林佳话。

竹汀曾获读兰亭各种临本，逐一详加记录。其一曰："蒋春皋招午饭，同席陆谨庭及仲升观游丞相所藏兰亭，一为绍兴御临及江南麻道堂本，一为复州九江二本，一为九江唐安二本，一为不知所出本，皆以十千标次。尚有百本，今止得其八，而范大师本，又仅存题跋耳。"

按游相，即游似字景仁，号克斋，淳熙五年拜丞相。一九八七年中日书法讨论会上，顾廷龙教授曾发表论文，题为《宋游相藏兰亭述略》，谓"《兰亭》在唐代已有很多摹本，宋代则士大夫家刻一石，摹拓之本，不知凡几。宋理宗收集《兰亭》有一百十七种，丞相游似亦收集得百种。"则竹汀所见，当属瑰宝无疑。

吴骞（1733—1813），系乾嘉间藏书家。字槎客，号兔床，浙江海宁人。笃嗜典籍，所得不下五万卷，筑拜经楼藏之。黄丕烈颜其室曰"百宋一廛"，骞自题所居曰"千元一架"，指拥有千部元版。其兼好金石，以庋藏之商鸟、篆戈等作《拜经楼十铜器诗》。且能画工诗，词旨浑厚，气韵萧远。著《拜经楼诗话》《论印绝句》《拜经楼诗文集》等。事具《清史列传·文苑三》。

《兔床日谱》三卷，起乾隆五十五年（1790），止嘉庆庚申（1800）四月。凡作者所见书画，既事评述，复录题跋。如叙何焯《朱子早朝图》、项子京《抚琴图》、黄道周《狱中墨迹》，则深具识鉴。道周工书善画，尤以气节名世。兔床获见周春（记称其号松霭，有《松霭遗书》）所藏黄石斋遗迹，记之特详。略如"过著书斋，松霭旧藏黄石斋二迹，时方刊其所辑《杜诗双声叠韵谱》，拟售二迹，以佐剞劂，而绿饮适欲求石斋书画，予因代以二十四金，购之二迹：一为《孝经赞义》，乃先生在狱中所书者，末题崇正辛巳秋某又识，书法精楷，有钟王遗意。……其一乃写其游历所见奇松，或三或五，离奇诡怪；上方各记其所在，开卷题'云海来朋'四大字。又云：壬申阳月二十九，集诸髯朋为寿，皆八分书……。"

其次，日记所载多为考校孤本善椠，互勘异同，或获读史料手稿，必加著录。前者如论宋椠明板《汉书》异同者，乾隆五十七年六月朔日记云："宋椠《汉书》较今所得明板者，复然不同。其师古注，明板删去甚多，如《金日䃅传》：捽何投何罗殿下。孟康曰：捽胡若今相僻卧轮之类。宋祁曰：卧轮改作卧输。及上病属霍光，以辅少主。宋祁曰：及上下当派疾字，南北监本皆无之。余不可悉举，姑书其一二。"后者如明代杨继盛深恶严嵩，劾其十罪，竟为嵩所害。关于杨氏劾严嵩疏存佚经过，兔床手录汪琬题跋，以见梗概。嘉庆元年三月朔日记云：

　　明杨忠愍公《劾严嵩十罪五奸疏》手稿尚藏其家。宋牧仲为忠愍鼎新祠宇，其裔装潢将以遗牧仲，于驴背上失之，见汪钝翁题跋。

　　乾隆时，继康熙之后，垂意于科学者，不乏人在。其一应推李锐所写日记，所叙纯属自然科学方面内容。李锐（1767—1817）字尚之，一字四香，元和人。邃于数学，旁通天文。嘉庆中，阮元抚浙，延往西湖校《礼记正义》《元辑畴人传》。著《天元句股细草》《弧矢算术细草》《开方说》等。

　　其《观妙居日记》稿，记乾隆六十年（1795），止嘉庆十八年（1813）。开端即涉及科技书籍及实物，记述南怀仁《地球图》、梅文鼎《历学骈枝》、新制《灵台仪象志》等内容。尤其对《地球图》，特别心赏。曰：

　　乾隆六十年乙卯三月初七日，戊午。书友朱姓持卷子八幅求售，乃康熙甲寅岁治理历法南怀仁所造《地球图》也。前二幅系总说，后六幅每合三幅，为一圆图状。地球之半合两半圆，则地球全图也。其相接处为赤道，四旁注二至昼夜刻数，分大地为四大洲：曰亚细亚、曰欧逻巴、曰利未亚、曰阿墨利加。因索价太昂，即还之矣。

　　作者李锐还重视古代科学书籍之版本校勘。或著录所见数算天文书。略如"嘉庆九年十二月二十六日，辛巳。见宋本《九章》《孙子》《张邱建》三种，与今微波榭所刊行款大略相似，纸板精妙，千顷堂旧物也。《九章》止前五卷，缺均输不足方程勾股四章"。或自记购求所得，如"嘉庆十年二月初五日，己未。买知不足斋所刊《益古演段》及《弧矢算术细草》"。

据日记，其撰《明代朔闰考》时，曾向钱大昕借《岁实朔闰考》，还由吴春斋借《大政记》作参考。确是做到互通有无，转益多师。如

乾隆六十年四月初十日，庚寅。吴春斋来，因余近著《明代朔闰考》，携《大政记》见示。自洪武迄隆庆朔闰皆备，大喜过望。

又如对江声等谈星宿语，多所记述。称：

闻江艮庭、王朴庄两先生皆云：比来昴宿不明，其光仅如鬼宿积尸，以现行时宪法，推得二十三日子正躔为四宫一十九度五十四分，在胃宿五度五十分，距昴宿六度四十分。两先生所见昴宿不明，当因近日之故。

日记作者重点笔触书画事者，乾隆末应推吴锡麒，嘉庆初，当数丹徒张崟，后先辉映，各有千秋。

吴锡麒（1746—1818），字毂人，钱塘人。乾隆乙未进士，授编修，迁祭酒。先后主讲扬州安定乐仪书院。工诗文，

善倚声,浙中诗派奉为圭臬。著《有正山房集》。

日记三种,多涉画事。(1)《有正味斋还京日记》稿,乾隆五十八至五十九年(1793—1794)作。是年假满,由杭返京。及抵京,与孙星衍、罗聘(两峰)、张问陶(船山)、伊秉绶等相往还。所记赏析书画,作月旦评。如观《横波夫人画兰卷》、田山薑《大通桥秋泛图》、黄鹤山樵《夏日山居图》、罗聘《伏生授经图》等皆是。(2)《南归记》一卷,系嘉庆二年丁巳(1797)自京返杭时日记。按其在京整装待发前,二、三月间,洪亮吉饯于卷施阁,翁方纲招饮法源僧舍,赵怀玉集饮亦有生斋,罗聘等宴送于陶然亭,赋诗联句,极一时之盛。在陶然亭诗会上,罗两峰即席作《江亭饯别图》。两峰擅绘罗汉及鬼,所载此画故实,替治清代画史者,提供两项资料:一为此幅作画时间,在丁巳三月八日清明。二为具体著录画中十四人姓名:罗聘、洪亮吉、赵怀玉、查堂、汪端先、金孝继、马履泰、方体、伊秉绶、魏成宪、王霖、彭田桥、查有圻、吴锡麒。(3)《游西山记》,嘉庆五年(1800)九月游北京西山时短期日记。所叙同游者韩旭亭(是井)、赵味辛(怀玉)、法时帆(式善)、姚春木(椿)等。

张崟(1761—1829),字宝岩,号夕庵,江苏丹徒人。工诗画,与阳湖洪亮吉订交,写《万里荷戈图》赠之。亮吉答以二诗,末一首云:"荷戈人在夕阳边,宛马如龙不著鞭。欲貌鸿濛万里雪,别施轻粉写祁连。"洪北江为之倾倒如是,书必每称高士。著《逃禅阁诗集》。事具张履《积石文稿》一文。

夕庵所书日记,积稿甚多,存者惟嘉庆九年甲子(1804)

一册。笔触日常见闻，以书法绘事居多，诸如余京之书法，奚冈（铁生）之绘佛，不超轶太仓派等，均边叙边议。还兼及遗闻轶事，若曾燠之重建沧浪亭，吴锡麒之病指，右手中指不能握管，均有关一时之掌故。

夕庵，曾纂修《丹徒县志》，日记曾详纂修经过。据谈：始其事者王文治、蒋宗海，未竣而卒。而甲子总其成者为夕庵，主其事者万庭兰。志内《地里表》《周鼎瘗鹤铭考》《画家小传》等全出作者手笔。其间谁斥资修志，谁代庖若干序传，信手拈来，历历如绘。他若记王恒告茅翊衢藏志书底本，左牻与邹莲浦为志书相互抵牾，俱属于兴修地方志史话。

关于经济方面的记载，乾隆时较少。有则如安吉《古琴公日志》。吉字汇古，号古琴，别署十二山人，无锡人。乾隆举人。治经学音学，著述颇富。心力所萃在《夏时考》《韵征》两书。事具秦瀛《小岘山人续文集》一。

《古琴公日志》钞本二册，上册起乾隆五十九年（1794）八月廿七，至次年。撰者自河南怀庆府孟县启程还家，排日详记沿途车船饭费。抵家迁祖坟，附录祖坟图样、《安氏世墓考》，坟田收租情况。甲寅腊月，修葺大厅中厅，大量添置梁木柱木、日用八卦文碗、茶钟、螭虎酒杯等物，间附购价。小除夕并推算七八年来用布细账。乙卯，详各户收租情况。在此具体叙录中，既可考见当时具体物价以及物价之涨落情况，又能了解乾隆时地主阶级生活之一角，不失史料价值。

下册起嘉庆九年（1804）四月十五，止十四年（1809）十一月。附诗文稿、寿联、挽联、楹联等。

清代旅游日记，乾隆末有朱维鱼、黄钺等所写作品，今存者多属短篇。

朱维鱼，字牧人，号眉洲，海盐人。擅诗，邃于考据学，曾师事戴震。著《驴背易水村集》（见《海盐县志》）《眉洲诗钞》五卷（见《两浙輶轩录》）。

今存《河汾旅话》四卷，枕碧楼木刻旧抄本。系乾隆四十二年（1777）六月自西安入都，约田方千（畿）、王宜之（垣长）同往汾阳，述所闻见。日记取名河汾，因从长安到潼关，渡河溯汾，直抵汾阳，语及此行始终未离河汾。每日必记某尖某宿，文仿桑钦《水经》，惟所过之地，话及者记下，所以取名旅话。

在日记中，重点记述了民间流行剧种。之一如谈梆子腔起源一条，论列此腔别名秦腔，并据《东坡志林》驳斥秦腔"俗传东坡（苏轼）所倡"的谬误。

朱维鱼是吾浙考据家，记于山川脉流，剖析很详。引用典籍考证，几乎超过百种。如考证狐歧山等条，论者以为诸甘光《三江辨略》所勿及。

比朱维鱼日记篇幅较长者，是黄钺的两部日记。黄钺（1749—1841），字左君，安徽当涂人。乾隆进士。嘉庆时，督山西学政，两典山东乡试，任全唐文馆总裁。工书画，山水得萧云从余韵，与董浩齐名。内府名迹，多经其鉴定。撰《西斋集》。

日记两种：一曰《泛桨录》二卷，卷上起乾隆五十二年丁未（1787）正月，止同年十二月廿八。时参两浙学使幕。十八日由芜湖启程，入杭，拜钱王祠，读《苏文忠碑》。抵宁波，访范氏天一阁。过余姚，谒曹娥庙，读蔡卞《重书邯郸淳碑》，遍观壁画。至金华，志试院所见。迨九月晦，佐试台州，由嵊县渡剡溪，穷雁宕诸胜。及归，已岁聿云暮，杭俗风物，略作缕述，诗所不能尽者，悉著于录。

卷下，起次年戊申（1788）正月，止十二月。时偕张茗柯、魏星来游龙井，并往返于绍兴、宁波、嘉兴、无锡、宜兴之间，多所记游，得遇友朋多辈，若朱蔚堂、吴玉松、廖荼畦、王润生（泽）、魏知年（楷）等，行文遒丽可诵。

又《游黄山记》一卷，系乾隆五十六年辛亥（1791）八月二十，撰者任徽州紫阳书院山长，课徒多暇，偕生徒十三，作黄山之游者凡十日，宿于山中者凡五夜。饱览黄山诸胜景物变幻，遍观诸寺铜佛及题跋，出以长篇描述。

乾隆末，也有较朱、黄二家略长的遣戍旅游日记。推《西行日记》。作者赵钧彤字絜平，山东莱阳人。乾隆乙未进士。任唐山知县，因事由唐山发配新疆。工诗，遣戍诸作，尤多奇气。著《澹园诗草》。

他的《西行日记》三卷，吴江吴氏辑刊本。起乾隆四十九年甲辰（1784）三月，止次年三月，系遣戍伊犁途中所作。重点记遣戍时的遭遇，也顺便作了一些游历考察。

是书重点有三：一是交游行止。遣戍途中，囊无分文，"狱官台吏，峻色哮声"，但赵始终得同里戚清苑令李宪宜、诗人李振声等之助，完缴狱费罚项，计逾千金。与此同时，他仍然游访胜迹，驻足古刹，如过正定大佛寺，拜谒通《周易》的大光僧，记曰："大光自出迎，身伟然七八尺，须眉雪皓，"风姿不同寻常。

二是途中见闻。作者经肃州，望见严家山，是"十罪五奸"严嵩子孙聚居为娼的地方，不禁抒泄愤之感，说："明季迄今数百年，而山以严名，族以娼聚，天之罚奸人至矣。"

作者走关外，重视记载交通工具的名称、构造、功能，以及比较凉州车、兰州车的利弊，所称有助于研究二百多年前的交通。乙巳二月初五日记云：

> 走关外者，皆凉州大车。车轮高八九尺，名高脚车，而轮裹厚铁，一轮重数十斤，坚固禁大风，故又名铁车。车高大轮，中间悬水桶及草袋，而上坐人。凡衣服囊箱、金钱米粮、斋盐饼榼，无不载驾一马，而车载满必千斤，故过百里，或七八十里中，过山往往不能到。余在兰州雇车，念行车轻，可一直抵伊犁。及抵哈密，走北路，翻打坂，行雪泥中千五六百里，马力遂绌，亦所必然也。

三是揭露黑暗。封建统治积弊丛生，其特权渗透在每一生活细节。作者笔下的某侍郎，拜佛于隆兴寺，"而健仆如哆虎，呼县官家人，进盘餐，必素必洁，侍郎斋也"。又叙及遣戍公文，至迪化州后，仍然积压不办。及赴军门，治事府分粮饷、驼马、功过、营务、印房五大处，繁文缛节，不一而足。

在嘉庆间二十五年中，清仁宗统治下，政治腐败，农民纷纷揭竿起义，沉重打击了封建统治。际此清政权日趋衰落之际，反映在这一阶段日记中，清王朝加紧镇压和遣戍，如洪亮吉、林则徐（最后五年的日记）、朱凤森等日记皆是。同时作者尚有陈佐尧、李鼎元、潘世恩、顾廷纶、张廷济、陶澍、倪稻孙、谢兰生等，兹选述如下：

洪亮吉（1746—1809）字稚存，号北江，江苏阳湖人。乾隆进士，授编修。嘉庆时，以评议朝政，遣戍伊犁。及赦还，改号更生居士。诗文富奇气，与黄景仁齐名，治经史，和孙星衍并称孙洪。撰《春秋左传诂》《洪北江全集》。

《伊犁日记》系嘉庆四年（1799）至五年（1800）北江遣戍记行之作。记及己未八月廿六，上刑具后，押至御史衙门，听候军机王大臣会同刑部严审，本判斩决，嗣改发配伊犁，交将军保宁严加管束。廿八日出监，押出彰义门，即行就道，诸友欲送者，"皆误以为明日，是以皆不能及"。幸已到御史衙门慰省的，有王苏庄、赵怀玉、张惠言等；至南监送别的，有王引之、吴鼒等，廿九日王念孙、法式善、汪端光、张问陶等，都追送不及，为之怅惘神伤。不久，北江"抵芦沟桥左，觅店投宿"时，张惠言"已扶病相待"，记云："张君……执弟子礼甚恭，余不敢当也。"

按王氏父子——王念孙、王引之，一著《读书杂志》，一写《经传释词》，饮誉学林。其他诸氏均治学各具专擅，堪征翰墨因缘，情谊笃挚，洵亦管鲍之交。

观其所叙为期半年多的旅途生活，一是购书读书不废，友朋赠书不绝，足能解忧破闷。如宿霍州城内，刺史蒋荣昌赠以《夷坚志》，生员范尔照"以《元百家诗》相赠"。经华州，"至书坊购书十余种"。

二是一路上知音慰藉，仰慕情深。宿榆次县，知县陈日寿访谈至夜，料理甚周。华州州判钱岿约请到署住宿，一起骑马至少林山半，憩息白衣庵、绿天阁、莲屏阁。沿途邀宴馈食相接，如赴安西州，刺史胡纪勷求"书篆字楹帖十余副"，"饷食物及短襟皮衣兼赠贶"。中间榆次县教谕崔登云率诸生何郁曾等，"坐门外待曙"，希望一见。北江为之感动，记及"崔君选拔贡生，何生年已七十，各携酒果来饷。余嘉其意，受之"。

三是塞上冬景春光，躬履其地，妙得真趣。北江抵哈密西关后，时在嘉庆四年十二月廿三，所见祖国风光，不侔寻常。二十六日记称：

> 平明入南山，一路老柳如门，飞桥无数，青松万树，碧涧千层，云影日辉，助其奇丽，忘其为塞外矣。过岭，风色顿殊，雪飘如掌，阑干千尺，直下难停岭头。一外委率十余兵，助挽始下。

综览北江日记，特色之一，除宿咸阳城内客馆，于月光皎洁下，追忆孙星衍外，其他有关贬谪叙写，确无伤感之笔。

要全面了解历史人物的一生，莫如林则徐于嘉、道间所写的日记。则徐（1785—1850），字少穆、元抚，福建侯官人。嘉庆进士。道光十七年，官湖广总督。时众议禁绝鸦片，林氏驰赴广州办理，亲焚烟土二万余箱。嗣英兵侵粤，不得逞，因移师北上；清廷惧，谪则徐戍伊犁。旋又官云贵总督。太平天国军兴，清王朝授以钦差大臣，行次潮州病卒，著《政书》《云石山房诗集》等，事具《清史稿》。

林则徐日记，起嘉庆十七年（1812），止道光二十五年（1845），自叙了领导禁烟运动之全过程，可补正一般传记所未详或失记。

据所载，在虎门焚毁鸦片以前，则徐曾向汉阳县郭镜堂、六安州牧田溥（小泉）等，先后吸取缉获鸦片毒品之经验。缘郭以搜拿鸦片烟最多，加知州衔。田任香山令时，曾缉获鸦片一万数千斤，则徐与之作长夜谈。此前，槌碎所获一切烟具，焚毁大量烟膏，事见道光十八年七月以后日记。

道光十九年二月，由洋商代交英领事义律递禀，英方应缴鸦片二万二百八十三箱。十八日邀集邓士宪、陈其锟、蔡锦泉、张维屏、姚华佐等，商议如何有效地收缴烟土烟具。最终决定令英国副领事参逊，赴澳门传谕趸船，至虎门外龙穴洋面呈缴烟土，并在大佛寺增设收缴烟土烟枪总局。时与邓廷桢、关天培商议，几无虚日。

关于验收日期，自是年二月廿八日起，至四月初八，实际验收共用二十多天。至于消化烟土，则从四月廿二始，至五月十一，历时十八日。嗣又于六七月间，连续提讯贩卖烟土许多案件，九、十月中还接连处决勾通英国贩卖烟土之汉奸，并在靖海门外继续收缴焚化。并将道光时《钦定禁烟新例》、刑部奏定《夷人带卖鸦片新例》，抄附篇末。堪见日记撰者在广东、浙江领导禁烟运动，是何等持久、彻底。此年还和邓廷桢时相唱和，留存不少历史诗篇。

至道光二十年，侧重记述英帝国主义攻我沙角、大角炮台，清方死伤实况，以及不久英军撤退、交还沙角之经过。洎道光二十一年，英帝国主义进犯厦门等处，关天培英勇殉难。

清琦善擅许英人割香港及其他种种无理要求，而受到处分，类似反抗外国侵略之具体内容，均陆续多所笔触。

其次，为有关林则徐所作诗文书画之大量记载，有助于考索其具体作品之创作年月，又可从而探求嘉道间文坛上有关人物。前者如为蓝嘉绩、蒋寅作《沅两君歌》，代撰《黄仲则诗集后跋》《和姚春木》七律二首；后者如作《杏花红雨图》、题陈石士《韬光步竹图遗照》；题徐宝森《漓江话别图》、为医者陈凉圃题《采芝图》、为吕星垣题《江山万里图》，日记中涉及人名将达千数，往往擅词章，为则徐所服膺。其一即焦山退院老僧巨超，号借庵，出诗钞相质，诗亦清隽。时姚鼐掌教钟山书院，吴锡麒长安定书院，蒋知节讲学广陵书院等，林则徐一一抵谒，攸关文苑掌故。

再为有关科举、书院掌故。如嘉庆二十一年八月，撰者典江西乡试，入闱后，凡拟题、书题、刻题、刷印、阅荐卷（十七天）、吊二三场卷比较、点阅落卷（四天）、磨对中卷、排名次，一直到缮草榜，均逐一缕载。典试者进出乘八人大轿。此次乡试魁榜殿榜，俱姓欧阳，谓之"欧阳榜"，又所录清贫绩学者甚多，谓之"清榜"。葳事后，翰林院又转颁《全唐文》一部，类似科举史话，屡见不鲜。日记还载录书院各类题目。道光十四年紫阳、正谊两书院之甄别，次年六月紫阳、正谊、平江、锦峰四书院之合试，有不少类似书院故实，均散见于日记中。

再次为有关水利方面记载。如对修防工程，林则徐花了大量时间，作全面实地勘察，情况既明，遂作出有效决策及兴治方案，大多散见于道光十四至十八年任江苏巡抚、署两江总督及湖广总督时日记。

最后必须一提者，《荷戈纪程》是道光廿二年（1842）林氏谪戍伊犁时途中见闻之记录。按自西安启程，抵乌鲁木齐，转辗戈壁。其于山川阨塞、风土谣俗，尽情刻划，文多遒丽。途经戈壁大山头，见"此地附近有金矿，故多挖矿淘金之人及千户"。记之甚详。清陈康祺《郎潜纪闻》卷一，曾以《荷戈纪程》，与倭仁《莎车行程》比美。

嘉庆时有关人民起义、清廷镇压为内容之日记，其一为朱凤森日记。凤森（1776—1832），字韫山，广西临桂人。嘉庆辛酉进士。曾充河南濬县知县，濬与滑县相距廿里。其时以李文成为首之白莲教起义，即在滑县活动。朱凤森则系镇压濬县境内白莲教起义者。事具归安叶绍本撰传。

《守濬日记》起嘉庆十八年（1813）九月初，止同月廿八。撰者站在清方立场，环绕"守濬"为中心，历叙镇压白莲教起义有关情况。从反面提供史实，约三方面：

一为在滑县境内起义军声势甚盛，如冯克善率众数千，夺东门，迫使清王朝官吏死亡相继。另一方面，笔触当李文成被执后，清兵对李"敲折胫骨监禁"，手段极毒辣！

二为当起义军占领滑县后，朱凤森加紧追捕与起义有关人物，并在东南西北四城及大街，利用地主武装，负隅顽抗，各城头目名单及具体兵数均附篇末。

三为自供惯于谍觇，以水灌灭起义军火攻，又用麻斫刀暗斩义军马足，使陷入泥潭。综观所记，是攸关河南濬县周围白莲教起义的第一手资料。

嘉庆时，有以奉使日记著称的，推李鼎元。鼎元字墨庄，绵州人。乾隆进士。官兵部主事。著《师竹斋诗集》。

其著《使琉球记》，起嘉庆四年（1799）八月，止五年（1800）十一月。是岁奉旨遣赵文楷为赴琉球正使，鼎元任副使。鼎元自启程起，除记其行程外，所叙重点有二：

（1）交游行止。据日记，频行，泊舟苏州、嘉兴，与王文治（梦楼，有《梦楼诗集》）、钱大昕、王昶等相晤。嘉庆五年四月初五日记曰："丁亥。泊苏州府姑苏驿，织造全公德来，恭请圣安。闻王梦楼先生在号船，因访之。以梦楼曾从全公至琉球，可资考闻。是日谒见少詹钱竹汀前辈大昕，承赐《金石文跋》十九卷。"十四日，丙申。晴。往拜敷文书院山长王兰泉昶先生，学有渊源，为海内闻人。致仕十余年，精神尚健，惟耳聋，是亦老人寿征。"

作者有僧友范衡麓，擅诗书画，复攻佛典，屡记之曰：

嘉庆五年闰四月十八日。午后至将军署，见壁间有寄尘字画，诗僧大名，耳熟已久。问知其人现挂锡乌石山。将军三度访之，乃肯见。其品可谓高矣。

二十三日，乙亥。晴。再至温泉浴，便访寄尘于乌石山。寄公，衡山人。名衡麓，别号八九山人，寄尘其字也。姓范氏，五岁度为僧，略窥内典，好吟咏，工书善画，有奇术，人莫测也，喜作方丈书，新于乌石南崖，刻寿山福海。字结密无间。余卒至其室，图书满架，邀之遍游各峰，欣然同行。

二十四日，丙子。晴。寄尘遣其徒李香崖来，苏州人，亦善画，将待寄尘渡海。

观乎上述，一月之间，两人过从频密，相互唱和，留有诗什，均附篇末。

（2）珍奇异物。鼎元在赴琉球途中，遇到异物，感到新奇，必加载录。其一如"食品有石鉅，似墨鱼而大，腹圆如蜘蛛，双须，八手攒生，两肩有刺，类海参，无足无鳞介，味如鲍鱼。徐录作石鉅。余前游登莱，见所谓八带鱼者，以形考之，当是石鉅。""初见五采鱼，有红绿翠黄诸色，绿鳞红章，五彩相间，土人就形式呼之，无定名。又有一石眉巴鱼，色红如金鱼，余俱不敢食，养盎中，以为玩品。"

陶澍（1778—1839），字子霖，号云汀，湖南安化人。嘉庆进士，授编修。任两江总督。撰有《诗文集》《陶桓公年谱》《陶渊明诗辑注》等。事具《清史稿》。

其《蜀輶日记》四卷，系嘉庆十五年（1810）作者偕编修史评典四川乡试时所记。

撰者于是岁八月六日入四川贡院，闱事别记。间亦略加笔触，如九月初一胪列主要试官姓名，群集衡文堂书榜，翌旦子刻揭晓。又称当时四川贡院，规模宏敞，古墙犹在。闱内东西号舍，为孙可望、李定国旧居，类此云云，仍不失为嘉庆间四川省科举史料。

陶云汀经历山川形胜，间或考证蜀中人物古迹。一如论列蜀都分满汉二城，其言曰："八月初五日。……蜀都古有大城小城之别，今则分为满汉二城，将军都统及驻防兵在西，即少城也。其余各衙门俱在东城。"二如考三苏遗址。"二十日。泊眉州，南揖大峨，北枕长江，川原平旷，古名州也。三苏故宅，今为书院，问及州境，无一苏姓者。苏东坡颍滨宦游未归，子孙世居汝颍故乡，邱墓遂无主者。老泉坟冢亦失。明嘉靖，州守杨秉和遍索，始得之于石龙东岸柳沟山中，构祠以守云。"陶澍行文贵在着墨不多，而所叙知所抉择，片言只语，仍攸关四川省乡土资料。

嘉庆时金石书画家，有日记留存、专涉艺事生涯的，先为张廷济，后是倪稻孙。

张廷济（1768—1848），字叔未，浙江嘉兴人。嘉庆三年，举乡试第一，应礼部试，辄蹶，遂以图书金石自娱。建清仪阁，庋藏古器，名被大江南北，事具《清史稿》。

《清仪阁笔记稿》系嘉庆十年（1805）生活日记。凡所寓目之古器物，若古泉、古砖、古印、古铜镜等，俱详每一古物之名称、形状、评价、收藏源委、当时藏者姓名等。并随时发掘各类古物之专门收藏家。如"十一月初四日。杭州孙辅元，号黼之，藏古布甚富，住贡院东桥文星巷后，其古钱大可拓。"是岁叔未酬唱诗什或咏事诸作，若《赋得春事看农桑》《咏建文钱》等，又书画题跋，往还书牍、贺輓联语，不特随笔附录，抑且随原稿作篆隶者，一仍其真。还有与吴兔床、陈仲鱼等之学术交流，对诸名医所开脉案、方剂之探讨，订书裱画之设计，均一一备录。

倪稻孙，字米楼，又号鹤林道人。浙江仁和人。邃于篆隶书法，擅绘兰，工诗词，为吴毂人入室弟子，著《芦中秋瑟谱》《酒边花外词》。性嗜金石，所至搜采考据，多载于日记中。事具震钧《国朝书人辑略》、李濬之《清画家诗史》。

其《海沤日记》手稿，系嘉庆十九年甲戌（1814）作。所叙鉴赏金石古器物，既略事叙写勘订，复较论价值所在。诸如谓周虎镎一器之青绿入骨。记云：

> 二月八日。阴。过梅东巷汤友琴，知其睡未起，候之久。携出周虎镎一器，形制尺寸，与博古图所载第二器吻合，而青绿入骨，古趣盎然，逼真三代法物。诚希世之珍，绝无仅有者。本无铭识，古人用以节鼓，如庾子山《华林马射赋》所云，则属絷马之节。不特是也，即舟行津鼓，亦用镎以节之，虎之用，属武属阳者耳。……

次如详叙翻唐镜、回文唐镜之款文，古刀币及外国奇品之种类形状，东汉献帝时建安弩机之精绝，等等，均有资于考古。

米楼寓目明清名书画，多属上品。展赏之后，呒毫纵笔，鉴裁精严。评董香光小楷书《黄庭内景经》一卷曰："脱去董书蹊径，胎息深微，他人亦不能办此，当属真迹。"评嘉定李流芳（记称其字长蘅）、贵阳杨文骢（记称其字龙友）、陈洪绶（记称其号老莲）之作品曰："修能旧藏有李长蘅山水画册十六幅，每幅俱有旧人题跋，系陈则果所收之物，精品也。""（顾）秋屏出观蓝田叔（瑛蓝）临富春山卷，有董跋。杨龙友画及陈老莲万年四跋，字出一手，画亦如之，俱断以为未真。"米楼往往从诸家字迹中，辨别作品之真赝，堪供鉴赏家之参考。

乾嘉学者有日记的，乾则钱大昕，嘉则顾廷纶。廷纶（1766—1834），字郑乡，会稽人。工诗擅文，曾受知遇于阮元，为高第弟子，并入浙抚署任幕宾。又尝肄业诂经精舍。嗣膺尚书栋鄂铁保之聘，馆于金陵。晚岁补官武康道，卒于任所。撰《玉笥山房要集》。

其有《北征日记》一册，《顾氏家集》所收。盖嘉庆八年（1803），清仁宗颙琰避暑滦阳，阮元以浙抚入觐热河，郑乡从行。记起七月廿五起程，迄九月廿五返浙止。往返三阅月，行程七千里，中历江苏、安徽、直隶、顺天等省，信笔挥写，文献足征。

阮元为清代学林巨儒，其《经籍籑诂》推不刊之作，所与游皆当世名士。据日记，经苏州，钱大昕登舟相送，途中复与吴荣光、王引之、法式善等相晤。并接纳甘肃青年诗人陈均为入室弟子，延见登州贡生毕以珣，赞其"学问为东省第一人物"。

郑乡复谓阮氏备受清仁宗异宠，既抵热河，召见无虚日，称其抚浙四年，"安静无为，不但朕说你好，中外同声称好"。时满汉大臣在与宴规格上，轩轾有别，而阮元一蒙勤政殿赐宴，除汉人军机大臣外，仅阮一人在座。次又应召参加避暑山庄外交盛宴，亲历其内万树园山庄隆重场面，堪征阮文达深获嘉庆皇帝之优渥礼遇。阮氏治浙，政声卓著。郑乡排日详叙其离杭时，出现热烈欢送之实况，如"水陆相望，不下数千人。各家铺面，设香花灯烛焉"。泊泊舟嘉兴城外三塔寺，"见水面灯光，照耀如昼"。送者不下七八百人。凡此种种，不失为撰写阮元详传时所佐证。

作者自叙途遇乃师孙星衍，上舟谒见，留饭久谈。且和书画篆刻家钱十兰（坫）、诗人何梦华（元锡）等相奉手。一路上，与阮元畅论诗文，共登泰山，阮口占一联赠之，句云"于山见泰山之高，其文有经术之贵"，崇扬之情，溢于言表。

郑乡每涉一地，瞩目大量题壁诗、楹联，辄择优甄录。其一如梅花书院壁上，高悬朱用纯所书三十四字长联，句为"文贵师古圣贤，自树立而不因循为其能者。士必学有经术，通经济而知时事真大丈夫"。类似载录，无异楹联丛话。其途涉四省，又垂意戏曲演出。小驻燕京，偕同行者林小桐往广德楼看戏，谓"班名四喜，目下都中最时者。是日演《粉庄楼》，大约南边风台风光，故人数较多耳"。

综观此记，绘写游观之美，一是两度往游扬州平山堂，志其概貌、颜名、内景，及登临后印象。二是避暑山庄，羁于资历，仅能在外眺望内部远景，行文则别具特色。

【第五章】
清代中后期日记的鼎盛

从道光时期以迄清末九十一年间，历经捻军、太平天国起义、小刀会起义、回民起义，斗争始终不绝。又经历了鸦片战争、中法战争、中日甲午战争、八国联军之役、戊戌政变、辛亥革命等。此时日记作者身处各个历史阶段，各自有着自己的处境和经历，不免要把他们日常的所见所闻所感，及时笔之于日记。再加上学者文人先后辈出，长期从事的学术活动频繁，不免要把每天的行止，形诸楮墨间。特别是门户开放以后，有些作者参加了中外文化交流的活动，视野开阔了，思想活跃了，因此有事可写，有事应记，自然而然地形成了勤写日记之风。至今传存作品，为数宏富，超越了清代前期。

更值得注意的，此一时期，长篇巨帙的日记，占了较大的比例，确是前几代从未有过的现象，因而可以说，是出现了鼎盛的阶段。当时长篇的名作，世所熟知的，略如曾国藩《求阙斋日记》（1841—1872）、赵烈文日记（1852—1884）、陆嵩《意苕山馆日记稿》（1854—1885）、李慈铭《越缦堂日记》正续及逸稿（1854—1889）、郭嵩焘日记（1855—1891）、翁同龢《翁文恭公日记》（1858—1904）、谭献《复堂日记》（1862—1891）、何兆瀛日记（1864—1890）、吴汝纶《桐城吴先生日记》（1866—1903）、袁昶《渐西村人日记稿》（1867—1897）、王昶日记（1868—1892）、王闿运《湘绮楼日记》（1869—1916）、叶昌炽《缘督庐日记》（1870—1916）、张謇日记（1874—1926）、周家楣《期不负斋日记稿》（1876—1886）、唐景崧《请缨日记》（1882—1885）、何荫柟《钼月馆日记稿》（1888—1917）、薛福成《出使英法义比日记》（1890—1894）、皮锡瑞《师伏堂日记》（1892—

1908）、孙宝瑄《忘山庐日记》（1893—1908）等。

上述称引长篇日记，仅是一部分，例如李星沅、杨恩寿、曾纪泽、康有为等日记均不在内。少则数十万字，多则二百余万字，其特点为时间之久，篇幅之长，内容之广，影响之深，确是已为学林所肯定。确是还有不少著述，行文自然畅达，不失为文学之快读。

兹按时间的先后，内容的差别，粗分为道咸时期、同光时期二节，试作简介如下。

第一节　道咸时期日记作者和作品

道咸之际，留存日记为数至多，以长篇著称者，若曾国藩、赵烈文、陆嵩、李慈铭、郭嵩焘、翁同龢、王韬、吴大澂等所写日记。不但为一个阶段之珍贵史料，而且是独具特色的文学佳构。从作者真实的反映中，或多或少地可以听到作者的心声。有些日记，虽然只有一年或数年，却也在某一年月，某几方面，记录了不少第一手资料，堪为后代学者进行学术研究时，提供了重要的参考。兹分别略述于下。

一、长篇日记的代表作

曾国藩（1811—1872），字涤生，湖南湘乡人。道光进士。为清末湘军首领。咸丰二年，为对抗太平天国革命，以吏部侍郎，办团练于湖南，后扩编成湘军。历任两江总督、督办江南军务钦差大臣、直隶总督、通商大臣。在任职期间，始终指挥镇压太平军、捻军起义，并"借洋兵助剿"。日记留存了不少的直接资料。著有《曾文正公全集》，事具《清史稿》。

《曾文正公手书日记》四十册，起道光二十一年（1841）元旦，止同治十一年（1872）二月三日，即曾氏卒前一日。前后约四十三年。撰者缕列与太平军、捻军长期作战情况本末，有关内容已为近代史研究者常加抉择征引，无庸喋喋。撰者排日纂录，时时流露出真实内心活动，是日记独具特色。如咸丰五年，曾国藩在湖口被太平军击败，退守南昌以后，连年军务棘手，"为之悲泣，不知所以为计"，日记一再称"平江各营俱至祁门，未得（李）次青实在下落，殊为凄咽"。"日内因徽防败兵、宁防败兵、楚军败兵，共不下二万人。纷纷多事，日不暇给，目力大坏。""余五十生日，马齿虚度，颓然遂成老人。"类似云云，将其心绪日劣，体质日衰情状，和盘托出，从而侧面可见太平军何等善战。

咸丰十一年以后，曾国藩以两江总督节制浙苏皖赣四省军务，借助李鸿章、左宗棠、曾国荃等兵力，伙同英国戈登"常胜军"，法国德克碑"常捷军"，企图夹攻太平军。但据先后数年日记所载，仍然不免时遭败挫，黯然神伤，憖焉忧之！如"建德失守，心怦怦大为不怡，竟夕不能成寐"。"贼窜至铅山之吴坊湖坊，……忧灼之至。""贼破大洪岭而入；……竟日惶惶不安。""休歙之贼已窜婺源，将续犯江西腹地，忧灼之至。……旁皇不知所以为计。……寸心忧焦，不能复治一事。""建昌被围，……贼窜婺源，左军之势颇弱，……意思无聊，精神亦倦。"其间还大量笔触清方战前密谋策划、双方战况、人事名单等等，均具参考价值。

同治初，曾国藩任钦差大臣，对捻军作战，亦屡屡败北。记及"闻捻匪张牛任赖二股，均集于徐州城外。各军熟视而无如之何，焦灼无已"。"闻贼已于（同治五年五月）廿八日至赣榆，入江苏境，焦灼之至。"类此云云，堪资映证捻军善战奏捷，使曾国藩为之忐忑不安。相反，清军缺乏斗志，称"又闻人言，淮勇近日骄惰骚扰，实不可用，大局日坏，而忝居高位，忧灼曷已"！凡此数十年间，近代史事之探索考索，大小战役之始末原委，设加以鉴别参考，仍不失为可用之第一手资料。

关于日记撰者缕述文艺界交游、治学鉴赏心得，亦多可取之处。王君原校编曾国藩《求阙斋日记类钞》，分类纂辑，便于检索。分类目次是：卷上《问学》《省克》《治道》《军谋》《伦理》。卷下《文艺》《鉴赏》《品藻》《颐养》《游览》。观其并时交游，大抵文坛名宿，何啻数百。若龙翰臣、朱伯韩、陈兰彬、倭仁、唐镜海、吴南屏、张廉卿、张文虎、张斯桂、汪士铎、邵蕙西、邓辅纶、孙鼎臣、莫友芝、窦垿、何绍基、汤海秋、李壬叔、柯竹泉等，相与析赏诗文，鉴赏书画及其他文物，语皆散见于日记中。

赵烈文（1832—1893），字惠甫，号能静居士，阳湖人。早岁任曾国藩机要幕客，三十岁时，由上海经水路至安徽，时值曾国荃攻天京，又任曾国荃机要幕客，一切清方文书计划，多出其手。

赵烈文日记，累四十七年勿辍。今流传者两种：

1.《落花春雨巢日记》。起咸丰二年（1852）正月，迄咸丰六年（1856）六月，记太平天国事甚详。咸丰二年至四年日记所载，广西洪秀全及安徽江苏河南等地太平天国军勇骁善战，地主武装狼狈脱逃情状，历历如绘。撰者虽站在清方立场看问题，但客观事实，无法尽加掩饰。述太平军典章制度至详。如：

咸丰四年三月初五日甲辰。晴。……开孙来，言江宁管小异从贼中来，曾见伪示甚多，其《招贤榜》云：江南人才最多，英雄不少，或木匠，或瓦匠，或竹匠，或铜铁匠，或吹鼓手，你有那长，我便用你那长。你若无长，只可出出力的了。又出示改小便曰润泉，大便曰润化，尾闾曰化关。又云：尔等军民交头接耳，殊为失体，以后说话，止许化关对化关，违者重处云云。

八月初十日丙午。晴。许异甫言：贼凡一物一事，皆立一馆，而以典字冠之。如掌金物器皿，则曰典金馆之类。馆有一总制，僚属咸备。所辖繁剧，则置丞相、检点一人。伊在贼中所隶曰典天袍，掌画天王袍。丞相名唐正才，湖南道州人，骁勇善大刀，现已升殿前丞相。别有典东、典北袍馆，分掌东、北二王袍。舆则有典天舆馆，亦有丞相。前管小异云，典天舆八人，皆位丞相，盖误也。官制：王以下有侯，次六官正丞相，次丞相，次检点，次指挥，次将军，次师帅，次旅帅，次百长，次两司马，次五（伍）长。女馆之中设官亦同，皆以湖广人妇女领之。各王府俱有典丞宣衔，亦置丞相，计所署丞相无虑数百人，检点位亚于丞相，而尊崇过之，每出皆以鼓吹导引。丞相惟刀矛各二为卫而已。军法，分前、后、左、右、中，凡四十八军。水军皆以沿途裹胁水手为之，故帆桨便利云。

咸丰五年，撰者年廿四，曾国藩约为幕府，偕龚定庵子龚橙（孝拱）至江西，次年春，辞别返里，于江西往返途中，除详太平军战况外，沿途游历，多所绘述。

日记中笔触到交游，有郭嵩焘（筠仙）、沈葆桢（幼丹）、黄赞汤（莘农）、李元度（次青）、钱松（叔盖），均学有专擅者。

2.《能静居士日记》。记事自咸丰八年（1858）起，至光绪十五年（1889）。原稿五十四册，其子赵宽少年时曾录副本，藏武进文献社，书多错字漏句，后经武进徐震先生校正。

所见节钞部分，内容有参考价值者，一为有关清军杀人放火若干叙述，较真切。如连续载述之李世忠，以镇压太平军起家，极为专横残暴。同治二年十二月初九日云：

辛巳，阴。中丞见召，示以十一月十八、二十日内廷密寄。内云：曾保奏李世忠克复一摺，已准与开复提督矣。曾具奏时，似尚未知李世忠在寿州下蔡跋扈情形，本日僧格林沁奏称云云。又吴棠奏淮北防患一摺，内称李世忠盘踞滁六一带，奸淫掳掠，甚于寇贼；又淮北西壩之盐，被封数千余包。

上述李世忠靠屠杀人民，得到胜保赏识，擢官江南提督，像这样残民以逞之达官，其实又何止李世忠。观咸丰年所书日记，苏抚徐有壬三令纵火常州城，同样是罪行累累，使人发指。初四日云：

> 下午逃将大名镇总兵马得昭至，告徐抚欲守城者必尽焚城外民房而后可，徐抚遂出三令箭与之，首令居民装裹，次令移徙，三令纵火。马部兵以三令一时出，顷刻火光烛天，徐率僚属登城坐观，署臬司苏府朱钧痛哭下城。城外遂大乱，广潮诸人尽起，溃勇亦大至，纵横劫掠，号哭之声震天。自山塘至南濠，半成灰烬。

二为记述清王朝官吏，利用战争，巧取豪夺，致哀鸿遍野，嗷嗷待哺。同治二年正月十一日记云：

> 戊午，晴。沿江野地，匍匐挑掘野菜草根佐食者，一望皆是。鸠形鹄面，鸟聚兽散，酸楚之状，目不忍视。而江北一带，俱属李世忠管辖，下至仪、六，上抵滁、和，环转数千里，一草一木皆有税取，民至水侧，掘蒲根而食，犹夺其镰劚，以为私盗官物。其稍有资本趁墟赶集者，往往为其兵勇凭空讹索，所有一空。民生之艰，诚不啻在水火。

赵烈文与曾国藩经常聚谈评论，同治六年间几无虚日。

历诋少帅（指李鸿章）、芸仙（指郭嵩焘）、季高（指左宗棠）、眉生（指李鸿裔）等，由见曾湘乡在血腥镇压人民之同时，与清廷内部人物，存在着种种矛盾。

烈文广交游，记及者逾数百人，皆咸丰同治光绪间知名人物。如钱应溥（子密）、陈璃（六笙）、方宗诚（存之）、窦垿（兰泉）、张维屏、欧阳晓岑、吴汝纶、薛福成等，足备掌故。

是编纪行部分，辄系以所赋诗什，借代绘叙。如咸丰十一年六月二十八日记曰：

乙酉，晴。午刻舟行，申至吴淞口，曳一夹板大舟，故行甚迟。酉至刘河口，夹板舟浅，不得行。喷涛卷雾日光窅，万斛艘凭两翼捎。手把纯钩看舟尾，浪山错认夹舟蛟。（《乘轮舟发沪》）一线荒沙此是家，凭栏东望泪如麻。丈夫虽有东西志，乱里分离亦可嗟。（《海中望崇明》）

观此，烈文日记不但有大量史料，而且还留存具有一定数量之诗文。

陆嵩（1791—?），字希孙，号方山，元和人。道光壬寅，在太平军进攻京口时，任镇江府训导，为清方策划收复江城。其学出多途，著述甚多，有《五经心解》《说诗琐言》《诗地理证今》《说文引经异字考》《意苕山馆诗》等。事具《吴县志》。

《意苕山馆日记》稿三十册，起咸丰四年（1854），止光绪十一年（1885），共三十余载。除自记有关著书立说简况外，侧重于咸同间太平天国军事，及作者长期悬壶生活。

按清代日记笔触太平天国史事者，纷见叠出，诸如周长森、王韬、侯炳麟、徐日襄、范其骏、蓼村遁客、吴大澂、鲁叔容、谭嘘云、汪士铎等，均就见闻，排日纂录，留存着正反两方面之史料。而陆嵩此稿涉及上海地区有关史事居多。如述咸丰五年春初，上海城中太平军撤退原因，传闻异辞，似属他书所未详。正月初六日记云：

> 闻上海城中，贼已于元旦尽数冲出，有言其浮海而去者，大约与夷鬼争利，不惟失其所恃，城中食尽，不能居也。次日即有官兵数百、突出松郡，以追捕余贼为名，远近居民无不震惊，吾苏亦六门昼闭。而一路遍张告示云："贼首刘丽川、小镜子辈，俱已生擒正法，余贼悉歼。其然乎，其不然乎？慨自贼踞沪城，已十有八月，今始散去。"

十二日又记：

> 上海之复，传说不一。有言水涸舟膠，不能载米入城，始浮海而去者，此恐或然。

尽管撰者阶级立场，对太平军多所贬诬之辞，但类似太平军攻驻上海年月，撤退他去时日暨具体原因，仍可供史事之比勘。

手稿中还留存了大量时事掌故，且有不少新鲜内容之故实。一如明代科学家徐光启，久居上海徐家汇，编著《农政全书》，译写《几何原本》，主译《崇祯历书》，蜚声于世。陆嵩所写同治二年二月初二日记，载及"下午闻有张姓子孙，发掘祖墓，而卖地于夷人者。开棺见明代衣冠，面目犹存，白须如故。询之其地为徐家圩，是明大学士徐文定公之墓。徐名光启，精于算学，确信利玛窦西洋法，而开天主教之端者也"。即此寥寥百字，堪资拾遗补阙。

二如清代科举制度，弊窦百出。咸丰八年顺天府试，发生行贿抢替大案，量刑之余，考官被判入狱，考生被处死刑，为清代科举史上之一大奇闻。咸丰八年戊午十二月初三日云：

> 闻顺天科场案发，上大震怒。正考官柏葰、副主考程庭桂得贿取中，及刻卷顶替所中卷多至五十余名。而第七名平龄，则系梨园子弟倩人代作者，案经刑部严鞫，有平龄已经正法，同考普安亦已肆市，两主司已就狱。

同治壬戌以后，撰者息影里居，以业医为主。主攻内科，擅治一切疑难杂症，举凡伤寒、胃病、发狂、心悸不寐、单腹鼓胀、耳脓作胀等病，一经诊疗，俱奏神效。对病者诊状、脉案、处方、诊后疗效、诊治原理，辄一一笔之于书。间亦对医学理论文献进行探讨，如论列叶天士医治之用诸则，即其一端。与丁士一、焦循、赵彦俪、潘霨、薛宝田等医事日记，均为中医文献史料。

李慈铭（1829—1894），系清代著名文学家。字爱伯，号蒪客，浙江会稽人。屡试不第，至光绪六年始中进士，官山西道监察御史。见朝政日非，屡疏纠劾。光绪甲午中日战败，感愤而死。生平通览四部，以逮稗官小说，著作等身，达数十种。如《十三经古今文义汇正》《后汉书集解》《北史补传》《绍兴府志》《越缦堂文》《湖塘林馆骈体文钞》《白华绛跗阁诗词》及日记等。事具《清史稿》。

越缦博览群书，兼精四部，毕身精力，尽萃于日记。其《越缦堂日记》五十一册及《日记补》十三册，凡数百万言。起咸丰四年甲寅（1854），止光绪十五年己丑（1889），不惟记述卅五年中读书心得，并且于朝野掌故、日常生活等，亦多缕述，其文笔典赡，篇幅浩繁，成为近代日记中之杰出力作，一直为学者、文家所征引参考。文廷式尝为之手钞诠注。

越缦日记载述面广，评者首推论史。李氏许为"博闻强识"之平步青，在其《樵隐昔寱》中，论列清代学者凡三百余家，最推崇越缦之明史研究。谓其"所致力者，莫如史"。王存撰《徵刊日记启》，更肯定其所从事明史研究及学术价值。曰："乙部浩瀚，非无阙文。寻按缀集，时有订补，得失臧否，因事以明。而于明季遗闻，乡邦掌故，尤三致意焉。"

综观越缦所记，在明史研究上重视几个问题：

首先，极重视掌握并整理大量史料之艰巨工作。凡曾寓目许多未刊稿，不论孤本名椠、断简残编，均置于兼收并蓄、等量齐观之列。如谓无名氏《国初人传》（钞本），实系乾隆中会稽人所撰。大旨主于儒林，而明之遗民为多。其体例有专传、合传、附传。有论。越缦不但是对此种未刊稿多留意搜访，而且凡是值得浏览之史籍，皆循提要形式略事介绍，如对钱田间《所知录》一书，先介绍作者，继而概括全书要点、成书背景、价值所在，谓"是录所记，较诸野史为确"。

其次，在熟悉明史基础上，提出读史时应注意之处。单从明末人名容易混淆一点而论，作出若干说明。如咸丰六年丙辰七月初十日日记，附录偶作《崇祯五十相考》（实为四十九人，举其成数）："崇祯十七年头，而更五十辅。"名单是施凤来、张瑞图、李国㰒、来宗道、杨景澄、李标、刘鸿训、周道登、钱龙锡、韩爌、成基命、孙承宗、周延儒、何如宠、钱象坤、温体仁、吴崇达、郑以伟、徐光启、钱士升、王应熊、何吾驺、文震孟、张至发、林釬、孔贞运、贺逢圣、黄士俊、刘宇亮、傅观、薛国观、杨嗣昌、程国祥、蔡国用、方逢年、范复粹、姚明恭、张四知、魏照乘、谢升、陈演、蒋德璟、黄景昉、吴甡、魏藻德、李建泰、方岳贡、范景文、邱瑜等，而崇祯元年，竟连换十一相。类此读史剳记，有助于熟悉明史，亦可推知当时政治混乱，觥觖到何等程度！

再者，或记及明代史实之传闻异辞，如李世熊《寒支集》，详叙黄道周死于江宁后情况，不同一般史载，极见当日国事纷呶。或补明代史乘之阙失者，如弘光时工部侍郎刘士祯、隆武时兵部侍郎刘季鑛之起兵经过及殉难史实，为《明史》及《胜朝殉节诸臣录》所未载。或订正《明史》讹传者，如叙诚意伯刘孔昭之子永锡，于清兵下舟山时，偕英义伯阮骏应战而死之史实，订正《南疆逸史》谓甲午正月朱成功兵败于崇明，永钧战殁之误。或辨正南都亡时殉难人名，如工部尚书何应瑞，《南略》误作何瑞徵，《明史·高倬传》漏列。上述工作确是为订误补阙，提供若干条件。

越缦诗文，工于绎思，辄附篇末，取其集中诸作比勘，藉知其如何点改，完成月日，有助于进一步了解具体作品。至其论析古今诗词，见地精辟，超出一般蹊径，如论凌廷堪《校礼堂诗》格调之高，自出名论。沈隐之《清梦盦二白词》研究律吕，严于阴阳去入之辩，为道光七子之翘楚。

历来选辑诗词，有赖用宏取精，而评论者非有更高才识不可。越缦确兼而能之，如谈朱彝尊《明诗综》曰：

光绪十年闰五月初八日。卧看《明诗综》。竹垞此书精心贯择，与史相辅。余自十七岁即喜阅之，平生得诗法之正实由于此，惟其议论先惩王李（王世贞、李攀龙），后恶钟谭（钟伯敬、谭友夏），故于沧溟、弇州（攀龙、世贞）七律七绝诸名作，概从汰置。即子相（宗臣）之五古七律七绝，明卿（吴国伦）七绝亦大有佳篇，而于子相尚有恕辞，明卿置之不理。其于公安略有采取，而集中五律七律名句络绎，十不存一。伯敬、友夏五古近体亦有佳者，竟以妖孽绝之。而嘉定四先生（唐时升、程嘉燧、娄坚、李流芳）以牧斋表彰太过，亦等之自郐。长蘅五古如南归诸诗岂在四皇甫（皇甫冲、涍、汸、濂）下，亦憝置之。子柔五言入选尤稀。又以牧斋力推（程）孟阳，称为"松圆诗老"，故訾之尤力，其中五古深秀之作以及七律之高婉，七绝之温丽，世所传诵者，一首不登。此则选政之失平，矫枉之过正，故为异议，遂近褊衷。致一代之制作不完，使所选之常留遗恨，是可惜也。有人能为补之，且补注晚明诸人仕三王（福王、鲁王，桂王）后官职出处，殉国降窜及乾隆时之追谥，则尽善矣。桑海诸公遗集，其时尚多忌讳，十九不出，尤宜搜辑存之也。

按钱谦益《列朝诗录》，先于《明诗综》。越缦深感彝尊鄙夷牧斋之为人，取舍标准故意变动，对《诗录》内牧斋激赏之若干诗人，特加贬抑。按越缦诗法本诸彝尊，但于褊衷成见，不无遗憾。并提出如何增补辑佚之具体意见，有助于补辑明诗者所考镜。

日记起于1854年，迄于1889年，正值帝国主义觊觎中国的时代，撰者经历许多历史事件，不断抒所见闻，附录邸钞甚详，既是直接有关之史料，又属及时秉笔之时评。王存曰："断烂朝报，有关一代之典章。乡里逸闻，考见百年之兴废。先生所见者大，更事尤多，不虞传闻之异辞，可备史料于他日。"

越缦日记又一特色，是敢于揭露官场黑幕，描摹丑态。其一如同治十一年四月十三日记云："卧阅吴梅村诗，对门王洢指挥嫁女，送份子二千。王为山阴人，不知其所出。吾邑人专为此等杂流官，内而兵马司光禄寺，外而巡检典史，盈千累万，盖皆驵侩之变计，胥吏之穷途，士类所不通，乡评所不及。"

最后必须一提者，越缦治学拓面极广，难以概述日记之内容。由云龙先生曾辑《越缦堂读书记》二厚册，选九十四万四千言。内分哲学思想，政治社会经济、历史、地理、科学技术、军事、语言文字、文学、艺术、宗教、综合参考、劄记等十二大类，颇便检索。因此，在清代日记发展角度来看，应该可断言：此是一部特大型之日记宏著。

关于《越缦堂日记》残缺部分下落，众说纷纭。一般认为光绪十五年以后尚存八册，为樊增祥携去。据苏继卿先生说，抗战前，见樊长女于北京旧书铺，始悉日记残稿，尝由增祥庋藏，并未焚毁；直至溘逝后，鬻于书贾，未知尚存天壤否？

清代日记长达二百多万字之巨著，除越缦外，当推郭嵩焘日记。嵩焘（1818—1891），字伯琛，号筠仙，晚号玉池老人，湖南湘阴人。道光进士。官署理广东巡抚，任出使英法大臣。与曾国藩、左宗棠、李鸿章关系密切。主张学习西方科学技术，晚年归湖南，筑养知书屋，著《养知书屋遗集》《毛诗馀义》等，事详《清史稿》。

日记起咸丰五年（1855），止光绪十七年（1891）易箦前一日，共卅七年。据《郭氏佚书叙目》，此外尚佚十三年。郭以熟悉洋务著称，日记著录年代，几与洋务运动相终始。所涉内政外交、军事、经济、文艺、科学、朝野风气、人物动态等，均写来翔实，不失参考印证之价值。偶摭几方面，加以简介。

郭氏交游遍天下，屡见日记称引。学者若王闿运、王先谦先恭昆仲，其既评骘湘绮《湘军志》之得失，复对曾国藩之起湘军，寓贬于褒。先谦主岳麓、城南书院，撰《十朝东华录》《汉书补注》《续古文辞类纂》。郭又分别载述成书原委、编纂故实。友人治自然科学者，则如周成、邵懿辰，陈世镕，郭又论列其天文数学上之业绩。筠仙之随员杨文会（仁山）及周腾虎，咸邃佛学。文会与日本名僧南条文雄相友善，因得从东瀛觅访佛教遗书，悉加翻刻，为传播佛典之功臣。据云同治四年，文会移居金陵，和武进刘开生订交，相聚切磋。光绪初，筠仙驻法国，尝登门造访，议论释学。是年十二月十三记曰："往巴拿新克客栈，回拜刘开生诸君。语及李眉生近刻《佛顶模钞》一书，钱牧斋辑《历代楞严经》注而为之名也。"他若记与书法篆刻家莫友芝、霁月和尚，史家徐鼒、何秋涛之深交。

筠仙所记，还蕴藏着大量书院史实。先后笔触叠山、信江、宾阳、崂山、胶西、越秀、越华、岳麓、城南、龙洲、格致、濂溪、求知等书院及思贤讲舍，共六七十则。如述城南书院之规制、考课之具体措施，足资补阙。

日记撰者鉴赏历代名书画古器物，寓目之多之精，堪称独绝。单从咸丰十年三月初八一天来说，详录所见内府书画五百余件之作者、题记、内容。内述草圣怀素世传有草书千字文，而其所见内府珍藏草书手卷，更属稀世珍秘。特别是内府文物，流失在外者甚夥，当时筠仙尚得饱览，其一为圆明园御物两种，有张廷玉等鉴定，为举世瑰宝。

按其日记内容广泛，戋戋短介，难以尽达。单从其出使部分来看，在使英使法时，既垂意西方科技先进之所在，又着眼于流失在国外之善本古籍，多所秉笔，不失为值得重视之中欧文化交往史料。

翁同龢（1830—1904），字叔平，晚号瓶生，又号瓶庐，常熟人。咸丰进士第一。光绪初，任军机大臣，力主停止圆明园工程。甲午战争时，与李鸿藻均主战。嗣任户部尚书、协办大学士，因赞同康有为改行新法，开缺回籍。戊戌政变后，受到"革职永不叙用，交地方官严加管束"处分。卒谥文恭。书法自成一家，文近桐城派，诗喜西江派。著《瓶庐诗稿》《文稿》。事具《清史稿》。

《翁文恭公日记》四十册,起咸丰八年戊午(1858),止光绪三十年甲辰(1904),凡四十年。一定程度上反映了当时国家大事。如光绪九年所记,正值中法战争。翁同龢以主战称重,对主和派李鸿章一味媚外,颇致愤慨。日记撰者以审慎笔触,流露在法军不利情势下,李鸿章仍一意屈辱,既对坚持主战者加以压抑,又搁置战电而不覆,对李卖国行径,表示忧虑。如

> 癸未正月十五日。……法越事,合肥相国力主在宝胜(按:越南地名)通商,而视刘永福为眼中之钉,此可虑者也。
>
> 四月初二日。法越事,自准红江(即红河)各国通商后,杳无消息;且粤滇之兵亦未能锐进,合肥相亦无回电也。
>
> 五月初四日。晴,热甚。今日李相电报,则言新使脱利古到沪,勉强来见,面有愠色,盖疑刘永福之胜,我师助之。
>
> 六月廿三日。张霭卿来辞行,谈越事,深诋□□□(中空三格,疑指李鸿章),伪执畏葸,其尊人颇欲有为,而苦粤东之空虚,甚为难也。

按霭卿系两广总督张树声之子,是清流党人,深诋李合肥。和记及粤东何秀琳关心刘永福军战胜捷讯,均反对委屈求和之人。有关此类时事实录,撰人"小心寅畏,下笔矜慎,然

记载所及，偶有一二流露之处，观微知著。"（见张元济《日记跋》）

甲午战争后，清王朝割地赔款，耻辱深重。翁同龢对此极为忧虑。一再记之曰：

> 光绪二十一年正月初六日。上初至书房，孙兄（家鼐）续假十日，余仍独值，已退。复召以读到五电，今番则南台尽失，海舰依刘公岛泊，而岛上击沉倭船两只，一鱼雷艇，一兵船，大局糜烂矣。焦灼愤懑，如入汤火。
>
> 三月廿日。数日无封奏，而电亦稀，惟李相频来电，皆议和要挟之款，不欲记，不忍记也。
>
> 廿五日。……得台湾门人愈应震、邱逢甲电，字字血泪，使我无面目立于人世矣！
>
> 七月初九日。晴。是日李鸿章到京请安，与枢臣同起。召见，上先慰问受伤愈否？旋诘责以身为重臣，两万万之款，从何筹措；台湾一省，送予外人，失民心，伤国体，词甚骏厉。鸿章亦引咎唯唯，即命先退。翰林院代递六十八人连衔摺劾李鸿章。
>
> 初十日。合肥今日谢摺用封，可笑也。

戊戌政变时，翁同龢由于论荐康有为，嗣后受到革职处分，别有滋味在心头。光绪廿四年五月十六日日记，随笔叙述离京回籍途中见闻及心情，并与出为留学生监督蒯光典交换一些意见。五月十六日云：

辰正，过威海卫，隐隐见英兵船，闻演炮声也。噫，伤心极矣！蒯礼卿、王君承洛皆同船来过，礼卿以练兵须更番，学堂须由小学堂起二事，慷慨论之，极透切。

在翁同龢日记中，涉及宫廷戏剧，着墨较多。单以光绪廿一年一天日记来看，就详述宫内戏班之组织、来源、变迁；曲本之撰写，演出者人选及待遇等。有关清代昇平署之史实，却又为《清史稿》所删略，能起补阙之作用。

六月廿六日。晴，而有云气。热甚。本朝不设教坊杂伎，其领于内务府（按即管理内府财政之衙门）者，曰昇平署，皆中人也。乾隆时所制法曲，词臣等撰进，如张得天辈曾秉笔焉。嘉庆时，有苏扬人投身入内者，往往得厚赏。至道光时，一概屏绝，昇平署遂封禁矣。咸丰季年，中官习戏者颇多，亦尝传民间戏班，在内供应。同治时，稍稍开禁，至光绪十七八年而大盛，闾巷歌讴，村社谐笑，亦编入曲，而各戏班排日可稽者数十人。其时廷臣听戏无外班，近年则专用外班，内官所演不过数齣。典重吉祥，旧花样而已。即如此二日：一四喜，一同春，皆外班也。识此以见风气推移之速。

翁氏日记，最可贵之处，在于说真话，记真事，抒真感。

涉及对立人物，尽管下笔谨慎，却仍能寻绎其内在含蓄及隐讳之处。如光绪二十一年闰五月初九日所记："饭后，李莼客先生来长谈。此君举世目为狂生，自余观之，盖策士也。"按莼客系李慈铭号，早死于光绪甲午（1894）。此处所记，疑指康有为，恐触时忌，乃借以代称。有时日记中故意空三格，或用笔涂去三字，似指李鸿章，意者出于回避时忌之缘故。

又按光绪九年、十年间（1883—1884），翁同龢《军机处日记》，是任军机大臣时日记。对当时人事调动、来往封奏，均作札要。同一光绪时日记，另立二册单记军机处见闻，在清代日记中，允属别创一格。

《蘅华馆日记》手稿，系海内孤本。作者王韬（1828—1897），初名利宾，后改名瀚，字懒今，号蘅华馆主。嗣改名韬，字子潜，号天南遁叟、弢园老民。江南长洲人。咸丰八年，太平军兴，曾为清吏徐君清划策（见赵意诚《考证》，载旧杂志《学风》六卷一期）。当李秀成攻沪，韬尝转变态度，用黄畹名义上书，书为清军所得，深恐获罪，讬词说辩（参考谢兴尧《王韬上书太平天国事考》，北大《国学季刊》四卷一期）。同治六年，应理雅谷之约，赴英法佐译经籍。旋至香港，任《循环日报》主笔。光绪廿三年自港来沪，任《申报》主编。工诗，擅骈体文。著作二十六种，最熟知者《瀛壖杂志》《淞滨琐话》《弢园文编》《外编》《蘅华馆诗录》等。

韬比康梁早生三四十年，已力主中国非变法不可，剖析开矿造船筑路之利，先见远识，识者多之。洪深以为彼生于外国侵华最烈，"而中国最不晓得怎样应付的时代"，"已能看事清楚"，论中外关系，华洋贸易，见解也很好。（见洪深《王韬考证》，载旧杂志《文学》二卷六号）关于撰者及其作品，国内外学术界多所论列，在此无庸喋喋了。

《蘅华馆日记》手稿四册，起咸丰八年（1858）冬，止咸丰十年（1860）夏。署名王瀚懒今，记上海掌故甚详。内《悔余漫录》，系同治元年（1862）在香港时客居日记，内容綦广，试分别引述如下：

（一）咸丰初叶，文坛耆宿新隽，云集沪滨。韬广交游，相与嘤鸣会文者，何啻百数。手稿既详其日常行踪，复述其品性惯嗜，信手写来，不加讳饰。笔触较多者，允推龚孝拱、沈梦龙、蒋敦复、李善兰、管嗣复等。

按孝拱，名橞，龚自珍之子，藏书宏富，博学多能。寝馈书城，抄录勤劬。咸丰十年二月三日记云："孝拱……世族婵嫣，家门鼎盛，藏书极富，甲于江浙。多四库中未收之书，士大夫家未见之本。孝拱少时得沉酣其中，每有秘事，篝灯抄录，别为一本。以故孝拱于学无不窥，胸中渊博无际，后互毁于火，遂无寸帙。惜哉！"在此寥寥数语中，孝拱治学严谨，得以略见。撰者相与纵谈学术，极赞其校注五经，时发新意。又悉其拟修宋辽金元四朝之史，颇感元史史料散佚，亟待访求。日记引其持见，如"元疆域殊广，印度以西皆隶版图，而《大元疆域志》，世无传本，遍搜冥辑，竟不得见。惟邱处机《西游记》，略足见元太祖兵力之所至"。韬亦认为增修元史，更待征引外国资料，谓"闻西人言，其国典籍略载元事。当太祖威力极盛时，法国已遣使通好，并赂以重器，即此一条，已足补《元史》之阙"。两人评骘史籍，持见往往契合乃尔。据日记，孝拱豪饮，擅骑精射，兼通民族语言。如"孝拱兼能识满洲蒙古字，日与之嬉，弯弓射云，试马蹴日，居然一胡儿矣"。

手稿还记及魏源之侄盘仲品性癖嗜，略如"壬叔言前日魏默深之侄盘仲来访，人品学问，卓然异人。雨窗无事，戏谈狐鬼"。

撰者另一至友管嗣复（记作小异），古文家管同（异之）之子，工诗文，善译述，文附《因寄轩诗文集》中。日记多载录有关著译情况。如：

> 咸丰九年三月十三日。往小异斋中闲话，见其案头有吴子登（嘉善）诗一绝，婉约深远。不蹈禅语窠臼。小异近于裨治文处，译改美理哥地志，已得数卷。美利坚新辟之地，人至者少。是编乃裨君纪其往来足迹所经，见闻颇富。倘得译成，亦考证海外舆地之学之一助也。

据此，远在一百廿二年前，嗣复已从事美国史地书译述。此外，还记及小异译写医学著作简况，并论评海外医书。如

> 咸丰九年二月晦日。偶阅小异所译《内科新说》。下卷为《西药本草》，而间杂中药。……小异谓合信氏始著《全体新论》时，远近翕然称之，购者不惮重价，及译西医略论，备极审证治疗之法，而见者反谓无奇。

《啸古堂集》作者蒋敦复（记作剑人），诗名满大江南

北,尝以策干杨秀清,不能用,乃遍游各地。咸丰间,卜居沪渎,与韬往还颇密,其与蜀中诗人李士棻(《天瘦阁诗草》作者),均恃才自负。记称"酒间,剑人抵掌雄谈,声惊四座,自言所作诗词骈体,皆已登峰造极。海上寓公无能抗者"。

海宁李善兰(记作壬叔)少治训诂,工词章,兼精算学,曾充同文馆总教习,与韬论学无虚日。撰有《则古斋算学》十三种,补译《几何原本》后七卷。与蒋敦复俱有狂名,几目无余子。记称"壬叔亦谓当今天算名家,非余而谁?近与伟烈君译成数书,现将竣事"。

韬多海外交游,日记曾笔触西方名医合信氏,精于医理,同侪中之佼佼者。尚有英国学者慕维廉、韦廉臣等,相与评骘外交人才。类似载录,百年前海上文坛情况,赖以窥见一角。

(二)当时书画家旅居海上者,人才辈出。手稿缕列最多者,为徐近泉、陆履泰、吴嘉善、尹小霞、周韵兰、钱云门等。

近泉雅善书法,旧为张廷济代笔,兼长篆隶花卉。记称"徐近泉携金笺二来舍,隶书苍古浑老,直逼秦汉,梅花疏秀妩媚,而有劲骨,不愧为书画名家也"。

时以禅意入画,独辟蹊径,推吴嘉善。韬在日记中,叙其事曰:"子登人甚谦抑,工书画,为壬叔写箑,但于尾署无声诗数语,不著一字。又为画《太素图》,空无所有,其中颇有禅机。……文人好奇,喜为人所未为之事。"

韬时能发掘艺苑新才,录附篇末。如松江周韵兰善画,自写《九峰三泖图》乞题。昆山尹小霞工绘仕女,称"颇娟秀,非同俗笔也"。当时亦有以绘西画见长者,为粤籍人物画家罗元佑,如谓"入城,住栖云馆,观画影,见桂花两星使之像皆在焉。画师罗元佑，粤人。曾为前任道吴健彰司会计，今从西人得授西洋画……眉目明晰，无不酷肖。"

此外，尚有友人钱寿同、张璲、江开泰，均擅篆刻。其中江开泰，字西谷，韬誉之为"赵次闲后起之秀"。对制笔名手童书祥、李馥斋等，也有零星笔录。

（三）有关上海地方志文献，自宋杨潜《云间志》、明郑洛书《嘉靖上海县志》、张之泉《万历上海县志》以下，版籍众多，有待比勘研究。王韬对此或事较论旧志得失。如谓"旧志修于嘉庆十九年，主纂者为李秋农（林松），不过两月竣功，故太草率。所采事实，于前明为详，于国朝反略，可见搜访之疏。"或事增补志传缺漏。如"见《浙江通志》主修者，系上海人施维翰研山也。研山事迹，未知曾载入邑志否？暇当检阅之"。或垂意上海籍作者作品。如"偶阅《吴中水利书》，为上海王圻撰。圻字元翰，明嘉靖乙丑进士，曾撰《续文献通考》者。圻以吴人而谈吴地，宜其无误。然不明赭山有二，源流未清，犹不免有舛谬也"。

其重视海上乡土史料辑录，见诸日记者，若黄均珊《海上蜃楼词》十余首，皆述洋泾浜风景。其一《咏墨海馆》一绝，云："榜题墨海起高楼，供奉神仙李邺侯（指壬叔）；多恐秘书人未见，文昌光燄借牵牛（谓印书车以牛曳）。"又若孙瀜《洋泾浜诗》六十绝。再如记述太平军起，清方设江南筹饷局，加紧镇压，上海捐银一百六十九万余两，"占苏省之半"，"以江苏一省，其数可以当北方数省"。从经济上捐纳数量，侧面反映出清末上海在全国经济收益上，占领先地位。

作者还用大量篇幅，纂录上海市郊桥阁寺观有关情况。稿本内涉及三洋泾桥,三茅阁桥等处,当时乃一河道,为英法租借地交界处。而三茅阁桥旧址,约在今车辆辐辏之河南路口。其又对当时北郊附近景物,陆琛第宅改为茶寮等等,均逐一绘写,并作简单考证。

吴大澂(1834—1902),字清卿,一字愙斋,号恒轩,吴县人。同治六年进士。累官广东、湖南巡抚,河道总督。能文,工篆书,参以古籀文,兼擅丹青。著《古籀补》《古玉图考》《权衡度量考》《恒轩吉金录》《愙斋诗文集》等。顾廷龙先生有《吴愙斋先生年谱》,载旧《燕京学报专号》之十。

吴氏日记甚多,咸丰十一年辛酉(1861)撰《愙斋日记》,此外尚有《北征日记》《皇华纪程》等,辑遗补阙,尚待踪寻。

《愙斋日记》称《恒轩日记》者,存咸丰十一年辛酉(1861),同治六年丁卯至戊辰(1867—1868),己巳至庚午(1869—1870)。以咸丰十一年所记为例,是年太平军兴,愙斋应吴云(平斋)之招,客居沪上,所记约可分为五方面:

1. 叙所见历代书画 除魏文靖手札真迹外,以读画文字居多。如获观明代多面手画家徐渭精心制作之画册,诗文书画四绝,融为一体。二月朔日云:"居停接到新河镇寓中寄出书画,箱内有徐青藤(按渭晚号)册三十六帧,人物山水花鸟虫鱼,无一不备,且无不精妙绝伦。用笔奇恣,天趣生动,勃勃纸上。"又如获读清初画家周荃之代表作,荃号花溪老人,工蔬果,驰誉艺苑。正月二十七日云:"夜饭后,于金兰生明府案头,见花溪老人《蔬果册》,程松门设色山水册,绝似耕烟。"窓斋除留意各别名家画作外,于各阶段画家名作选,更倾注全力,从事编纂。二月初六日云:"潘椒坡送来扇面三册,前明名人书画原合扇面六十幅一册。又人物书画一册,自前明袁尚统、丁南羽起,以迄国朝翟琴峰、改七薌止,共计书画各十六幅。皆名人真迹,精妙之品,无以复加。"类似记载,不失为明清绘画史料。

2. 记载所见历代器物 或为钩符诏版,附该物名称,收藏经过。如:

正月初九日。候徐子晋,见拓本小品数种,中有长寿钩,愿君毋相忘钩、鱼符二、龟符二、斗检封二、秦铜诏版三,皆诸城刘燕庭方伯所藏。至名精品,李锦鸿手拓本,向为吾外祖宝铁斋所集,彙装成册。

或为古窑器,色泽不凡。称:

二十八日。夜至金兰生明府,案头观古窑器十数种,紫绿缤纷,宝光四溢,惜余门外汉,不能道一字,人非薛烛,乃遇青萍,但觉可爱可重而已。

或为内府中物,稀世珍宝。如:

三月初八日。见颜鲁公《书赠裴将军诗》真迹,卷有元明人题跋,及乾隆御笔御玺,此内府中物也。又见一物如顶,大而圆,色带紫,腹中空明,如晶球，照之有影。一片斜界球中，如蝶翅。外有小册图，其形二十四幅，按二十四气，每候换变，至小满后，则蝶翅不见矣。……其外匲雕刻精工，并镌御制诗及当时诸名臣题咏，亦内府中物。去秋京师之警，为夷人盗出，传至上海，遂使先朝故物，流落人间。

或田黄田白，系罕见珍品。若：

> 正月二十五日。晴。居停吴平斋太守留榻以待，……出示田黄印章三十馀方，皆极精珍品。中有田白数方，质尤湿润，而明净微带萝蔔葡纹，得未曾见，罗列几案间，炳烛而观，令人银海生花，应接不暇。

3. 自述客居上海时书画篆刻情况　撰者工青绿山水，客沪三月，日临王石谷（翚）、徐青藤、戴醇士山水。偶亦仿戴及汤禄名人物，为吴云画帐颜，三月十四日云：

> 阴。气蒸礎润，春云覆墙，欲雨不雨，窗黑闷人。偶仿石谷意，作小轴，轮廓粗具，设色未竟。

与此同时，先后为郁子楳、方金舆、金润芳、方鼎文、吴云等镌印章，或朱或白，以元朱文居多。吴云以田黄精品，属刻"归安吴云平生珍秘"八字，细朱文，可藉以了解愙斋印事如何进行。

4. 阅读历代诗文及自述填词情况　撰者对郑板桥诗文致力

最勤，观板桥集竟，即步《贺新郎》倚声一阕：

烽火江南遍。最可怜毁书裂画，焚琴碎砚；只恨仓黄携不得，付与荒烟一片。却辜负琳琅万卷；腹笥空空私自悔，悔当年触手牙籖便。奈不读，遭天谴。

残灯今夕题黄绢，还剩得零编断简，动人留恋。转笑枯肠填未饱，诗债都成积欠。那敢问风骚坛坫。

多谢荆州□□我，恐故人怪我求无厌。一展诵，如针砭。

5. 记述当时太平军进攻上海一带之简况 如：青浦方面太平军席卷而至泗泾、真如、大场。二月初四撰者在"上海北门城上，望见真如、大场等处，火光焱焱"。太平军军威甚振，致使清军畏葸不前，记谓"中丞调夷兵往援，仅守新闸，不肯前进"。二如谓咸丰间，上海骨董铺集中于南市。窓斋时抵四牌楼天主堂前旧教场骨董铺，遍览古器玩物，兼获太平军与清军作战简讯。二月初六日，知清军在南翔一带，遭到太平军严重打击，仓皇败北情状。称"有败兵入西门，徒手带伤而归，询系抚辕武巡捕方连三带兵七百人，攻打南翔贼巢，竟为所败，死伤不计其数，狼狈进城"。同日又记上海过境清军，骚扰民间，混乱万状。像马自明（德昭）镇军兵船过境，即属一例。

初七日。阴。晨出北门，至人和里晤曹陶轩，大昌晤韶泉叔祖，询知昨夜城外惊皇万分，马自明麾下兵勇强买食物，骚扰店铺，以故居民阒然迁避，不知所之。且马兵与夷兵争舟,竟为夷人捆捉六十馀人,执马自明,拘诸东门外天主堂,一时人心慌乱,彻夜不安,而城内人或未之觉也。

由此可见上海附近太平军勇骁善战,影响所被,"奉贤为漕事民变,烧毁衙署"。一时传说纷纭,若"接周庄探报云:苏城贼首陈坤书于(三月)初六日动身至青浦,欲攻宝山等语"。

此外,同治六年丁卯,愙斋致力理学,对性命之学日定功过格,日必三省,记中言:"一谈竟日,肆口臧否人物,又多狂放语,群居时如此纵肆,近敬之谓何?慎言之谓何?"盖自责之严若此。戊辰勤为诗文,校读《说文》勿辍。己巳与莫友芝(子偲)、潘遵祁(顺之)过从切磋。庚午,李鸿章入陕,随幕西行,一路记行见闻,悉笔之于书。

二、短期日记的代表作

道咸之际,短期日记为数更多,笔触广泛,事涉多端,如赵彦俪、姚觐元即是。或偏重学术、文艺方面,如周星誉之谈诗文。陆以湉、杨廷桂、祁寯藻之论戏曲。钮树玉之语版本目录。帅方蔚、李钧之叙科举。邵懿辰之重视科学。潘遭根、曹晟、王萃元、沈宝禾等记地方故实。张维屏、许宗衡之记游。罗森之访日感受。王培荀之鉴赏书画,兹分别简介如下:

赵彦俪,字君举,江苏丹徒人。擅经学,不立门户,著述甚丰,散失过半。工书法,善词章。撰《三願堂遗墨》手稿,以记金石文字居多,末附诗文稿,有杨守敬、沈曾植等题跋,比之于包世臣。事具《丹徒县志·儒林传》。

日人桥川时雄《中国文化界人物总鉴》误称《三愿堂日记》作者赵鸿谦，其说实误。据日记手稿，自题赵彦俪，书后鸿谦跋文自称孙男，柳翼谋为遗墨作长跋，详叙彦俪身世，均是明证。

按彦俪积学工文，自道光十九年起，排日记所见闻，凡二十二册，咸同之间，有所散佚。今印行者，为道光二十九年（1849）家居时所作，装一厚册。

综观所叙，首先事涉明清诗文。如评说黄宗羲《黎洲文约》、储六雅《存研斋集》、王猷定《四业堂集》等。其中述刊刻《文约》之原委曰：

> 己酉正月辛巳。晴。辰刻同张五子者，向何友云借观《黎洲文约》。黎洲文初有文定之刻墨，一时友生相与梓之也。后黎洲雅不自惬，即文定初二三四集诸刻本，删存如干篇，题曰文约，即是本也。郑氏义门（性）锓而行之。

彦俪幼嗜诗赋，尝拟《雁字赋》得乃师李大中激赏，后以治八比中辍。己酉前后，有志古赋之学，甄录成书。既将朱梅崖赋雅近昌黎者附列，复采黎洲赋入选，谓黄赋虽未足取，"特以人存之耳"。由是知其抉择标准，一在文字优异，一在人格高尚。此外，赵氏亦治版本目录学，经常备阅购求善本，评骘具体版本。如述评《守山阁丛书》（钱熙祚辑）、《珠丛别录》、《指海》三种，论列蒋宝素所藏《内经》，误"以明板充宋板"，颇具见地。

其次，有关画学理论、艺苑掌故方面，亦多濡笔。或析中西画异同，或涉艺林轶事，其一如谈人物画家汉阳闵贞素（可亭），笔墨入神，名重当世，有以千金求画者。其除诗文书画外，尚研究数学，论列李锐《天元句股细草》、张作楠辑《古细草》，又擅岐黄之术，凡平时知见脉案、处方、疗效，逐一笔录。七月庚午日记，详介明代董其昌及清初诸老有"久饮延寿之丹方"。谓"公年至耄耋，精神不少衰者，此丹之力"。

末了，值得考检者，是有关天灾人祸之记载，如1849年五月黄河、洪河水势漫溢，米麦豆油等大幅度涨价。六月汉口特大水灾，"堤长水四五尺，人家每于楼窗上舡"。类似云云，不失为清道咸间水利史料。柳翼谋先生谓此书枧缕佚闻，可备史料，堪与李慈铭、王闿运、翁同龢日记相颉颃。

姚觐元，字彦侍，归安人。撰《大叠山房诗集》，尝刻《咫进斋丛书》，世多称之。

其日记稿之一，颜名《咫瞻日识》，系咸丰十一年（1861）作。时值河南捻军起义，声势甚盛，清政府派金国琛署襄阳道，赴樊城防堵。觐元本拟湖南之行，因改期十月启程。行前所记，侧重交游行踪。略如：

何绍基，字子贞，工书法，卓然一代大家。觐元常共宴饮，九月二十四日云："次翁招同何子贞太史、子愚观察饮李氏园林。"

宋小厓能文章。记谓："宋小厓来，叙世谊。小厓之叔名佩纬，后改佩缙。道光乙酉选拔，先文僖公（按即姚文田）丙戌阅卷所取士也。"

卢午桥擅鉴别古董。略谓："饭后与卢午桥游皇仓街骨董肆。皆敝败不堪之物,不得谓骨董也。"

及觐元登舟启程以后,叙舟中生活,系之以诗。如:

十月二十一日,丙子。晴。辰刻开船,西北风。三十里三义矶泊。早辛桂来。……夜半解维,已熟睡矣。闻橹声始知之。推篷闲睇,月色皎然,因成一律:敧枕续残梦,忽闻柔橹声。大江流月白,曙色接天明。贾谊才难及,屈原恨未平。长沙凄切地,凭吊不胜情。

类此若干则,信笔驰写,文皆朴雅。

《日识》尚具一特点,即有见闻有偶感必记。前者如:"晚观汉砖砚,及小琅环田黄石印,皆阮文达公（按即阮元）故物也。""徐树人方伯《咏炭》警句云:一半黑时犹有骨,十分红复便成灰。颇佳。"后者如回忆所读诸书,考小便二字起源甚古。十月二十七日记云:"《汉书·张汤传》:郎有醉,小便。殿上主事白行法。安世曰:何以知其不反水浆耶？又张仲景《伤寒论》,亦有大小便云云。是小便二字甚古,今人以为俗说,谬矣。"

其日记稿之二——《弓斋日记》十二册,起同治十三年（1874）,止光绪十六年（1890）,多涉及购求善本、浏览书画等事。一如购得翻雕宋本王安石文集,与周辉笔记所载刊本同。"光绪十年正月丁丑。日昨购临川文集一百卷,与《清波杂志》所载临川刊本相符的是翻雕宋本。每半叶十二行,行二十字。

惜无叙跋题志,不知何时何地何人所刊耳。"二如购得唐代刘长卿《刘随州集》,长卿官随州刺史,工五言诗。觊元漫记收置颠末,堪资书林掌放。光绪十五年正月初二日记云:

阴,日昳雪。阜儿购得《刘随州集》十一卷,棉纸蓝格,明人钞本也。有朱本甚佳,不知出谁手?无题识,亦无印记,可惜也!先是阜儿于除夕,至观前闲曙,见有以此书求售者,天将曙矣,而无人顾问,遂以千二百钱收得,置诸世经堂。至是取归呈予,挑灯读之,漫记于此。

按觊元晚年寓苏,卜居张家巷萧家巷,颜名《寓苏日记》。往返多苏州园林主人,记中齿及仲复、荫甫者,即沈秉成、俞樾也。如至留园,追忆旧游,略语园林布置及变迁。其言曰:

光绪五年五月初三日。晴,大风。季文邀同海门鲁卿培之,作留园之游。……留园即刘氏寒碧山庄,今归常州盛氏。忆二十五年前,曾至是园,今树石尚隐隐可辨。地不甚广,中为曲池,而以山石间之。亭榭周匝,位置得宜。美人峰在墙外半里许,相传刘氏得此,而艰于运,致地为别姓所有,坚不肯售,今亦为盛氏所得矣。

谈论诗文,入于日记者推周星誉。星誉(1826—1884)字昀叔，河南祥符人。寄籍山阴。工诗词骈文，擅绘花卉。道光末，创文学团体——益社于浙东。一时胜流群集，若王星諴、李慈铭、许械、余承善、周光祖、陈寿祺等，咸隶社籍。谭复堂评其诗文俊逸，属草逾年月，往往弃去。现存《鸥堂诗词》及《日记》。事具缪荃孙《续碑传集》。

益社创始，慈铭先隶之，后以他事与周绝交，见《越缦堂日记》。《鸥堂日记》三卷，起咸丰五年乙卯（1855），止九年己未（1859），正值周李两人流连过从，相互影响，论文析诗，往往持见契合，载《鸥堂日记》中。以晚唐温李而论，诗律藻丽，蹊径独辟。欧阳修《秋声赋》、苏轼《赤壁赋》，用散入赋，纯出天籁，同一机轴，自有佳评。慈铭时值盛年，论唐宋骈文，多所贬辞，谓"唐赋无一首佳者，宋人《秋声》及《赤壁》两赋，名重千古，实则支离软滑，兼坏赋体"（语见《鸥堂日记》）。甚至读李义山《樊南文集》，力主义山诸作，多无足取。如称"义山极推崇昌黎《平淮西碑》，其作《李王公会昌一品集序》，力仿之，……相去远甚"（语见《越缦堂日记》）。日记撰者对益社诸子，最服膺越缦，凡越缦所论骈文作者之得失长短，星誉辄于喁相和，同一步趋。如南北朝时，以《玉台新咏》驰称之徐陵，与作《哀江南赋》传诵千古之庾信，文并藻丽，一扫旧体，世称徐庾体。星誉则既斥唐宋诸赋，又兼徐庾厚加非议。曰："予尝谓六朝骈文，至徐庾而变，而唐之文体由此开；三唐骈文至义山而变，而宋之文体由此开。坏六朝之文体者，徐庾也；坏三唐之文体者，义山也。每下愈况，盖至宋而骈文之传荡然扫地矣。元明两朝，罕有以骈文名家者。"周李早期评骘诋诃，何其相似乃尔！

迨两人绝交后，慈铭重读《义山集》，识力丕变，谓"今已二十五年，殊觉其可取者多也。"

星誉遗存日记，时在咸丰。论列有清一代骈文，持见亦步李后尘。如曰：

> 国朝初兴，陈其年，吴园次、章藻功，以此体擅场，海内翕然推之。然繁庸芜浊之词，不及百年，攻击纷起。迨子才、稚存、云持、甘亭接踵继作，异途同归，后人始知有六朝之学。吴縠人出，而以伪乱真，正法复泯，及今又将百年矣。天意如欲昌斯文，舍蓴客、平子将安属耶！

综上所述，论及清初三大骈文家：一、陈维崧（其年）著《湖海楼集》。二、吴绮（园次）撰《林蕙堂集》，兼长诗文四六，其填词小令，虽儿童老妇，并时皆能诵习。三、章藻功（岂绩）骈文以新巧胜，有《思绮堂集》。星誉对此誉毁参半。而对才思奔放之袁枚（子才），奇气纵横之洪亮吉（稚存），行文雄健之胡天游（云持），鸿博沈丽之彭兆荪（甘亭），认为后期骈文四家，规枒六朝，得其神似，论无间然！于兼通诗词骈文之吴锡麒（縠人），所著《有正味斋集》，则极加诋诃，曰：以伪乱真。试取周李并时论文内容以观，较其持议，固出一辙。慈铭早岁谈当代骈文，时或目无余子，阅《有正味斋集》，意便轻之。星誉亦贬縠人，而又抑清初三家，揆其所以，正藉此推誉益社中的李慈铭。暮年慈铭论清代骈文作者，态度迥异，再读縠人集，则曰："今老矣，客气尽去,颇觉其辞旨清切,亦有过人处。"越缦后半生评论文章,吐属平和,不若与星誉交往时之锋芒毕露。

星誉尚擅描写生活,如记述山阴赏村之田园生活,及入都后读书生活,较具生活气息。金武祥评之曰,"名言隽旨,多寓其中。"

道光间,谈戏曲的日记,有数家。

偶事笔触者推《北行日记》(抄本),作者陆以湉,字定圃,号敬安,浙江桐乡人。道光进士,官杭州教授,有《冷庐杂识》。其《北行日记》,系道光十三年(1833)由里寓抵京时所作。称都中梨园著名者,曰三庆、嵩祝、四喜春台。评当时伶人演唱卓绝者为荇香,所演《玉环醉宴》一齣,"态浓意远,描摹酷似"。聆歌者秋桂,特填《金缕曲》数阕,以记其事。不失为戏曲史之珍贵资料。

与此同时,重视民间戏剧者为杨廷桂。字冷渔,号蓉浦,茂名人。擅诗古文辞,造述甚富,有《大学详笺》《中庸详笺》《论语详笺》《古文准》《骈文准》《诗准》《词准》等。

其撰有日记四种;一曰《北行日记》,道光乙未丙申(1835—1836)作。二曰《南还日记》(1836)。三曰《癸卯北行日记》,道光廿三年(1843)由河南入北京,志其行旅闻见。四曰《乙巳南还日记》,道光廿五年(1845)作。

廷桂重视草台戏,多所著录。对演出地点、戏名、演出情况,均加秉笔。如道光乙未十月十五,过春城,泊杨公(案即宋将杨延昭)庙下,"适乡人演戏《赛神》,闻其以双声两绂,和小旦清唱,旖靡妖冶,舟子跃起立船头,举手足,赴节不已。

淫哇之感人如此，宜乎古人之放郑声也"。次年五月廿六在安徽，又观草台戏，记云：

  饭后，离芜湖里许，以无风停泊。适岸上演剧，偕同人往观之。中演《朱翁子》一龀，鼓舞尽神，观者为之发指，复又同鼓掌称快。……顾曲名流，使尽以此有关风化事，都为院本，岂不高于《西厢记》《长生殿》万万耶！

  二十七日。上岸观杂剧，有优人演绳技，矫捷奇险，独出冠时，观者千人，莫不毛戴！

集中记述宫廷戏剧者，为祁寯藻《枢廷载笔》。祁（1793—1866）字叔颖、淳甫，号春圃，山西寿阳人。嘉庆进士。咸丰时，官体仁阁大学士。嗣为礼部尚书，在枢廷数十年。擅诗古文词及书法，著《马首农言》《馒飤亭集》等。事具《清史稿》。

《枢廷载笔》系道光二十二至二十三年（1842—1843）入值枢垣时日记，与其《使陇日记》并为未刊稿。撰者叙写宫廷生活，尤偏重于宫廷戏剧方面，此类史料，堪补中国戏剧史料之缺。如是年八月间《同乐园承应戏单》二则，有关宫廷戏班演出情况，兹抄录于下：

  初八日。天香介寿全部：七政扬光　金英表瑞直图好合　曲倩良媒　冰人自荐　荒服来王　摄将龙颔　闹散鸳帏　奇婿角胜　衔宝生嫌　挥戈扬威　寻迹追纵　拟续鸾交

空劳凤卜 乌兔归元 天香庆祝 共十六龅,长二十七刻三分。

初十日。福禄寿十二分,争功请罪二刻十分,张明德、祁进禄、寿祝万年三刻,雪夜访贤、陈进朝二刻十分,瑶林香世界二刻,月下追信袁庆喜一刻五分,万年甲子一刻六分,三气李平安十二分,太平有象、万寿无疆,共二刻五分。共十龅,长十六刻十分。

以上二则日记,二张戏单,胪列伶工姓名、演出时间。至其剧目内容,大多歌功颂德,取吉祥意,堪供参考。

其次有述宫内服补情况,如官拣人葠,年纳稀世补品,宫内锦衣玉食,于此概见一二。正月十七日记云:

巳正,赴宜门西朝房后内务所公所,官拣人葠。向例每岁葠到,军机大臣二人,会同内务府大臣,并御史督令官商拣择,分别成数具奏。是日偕赛鹤汀司空及敬达斋徵裕、诚麟、梅谷魁。盛京票葠四十八斤十二两。吉林票葠泡丁五十五斤十两。宁古塔票葠泡丁十六斤十四两。秤验均与原数相符。

此外,还载及道光旻宁时亲族大臣相见礼数,八月初八日记云:

上命四阿哥咸丰帝、五阿哥惇亲王、六阿哥恭亲王、七阿哥醇亲王、太监抱出出见。穆鹤舫、潘芝轩两相国，皆总师傅，行拉手礼。寓藻与何雨人侍郎行跪见礼。见毕，命诸王及满蒙王大臣诣复月台，观阿哥舞刀，皆旷典也。

日记又笔触宫内小宴廷臣，跪拜不休。如正月十六日正大光明殿上一次廷臣小宴，撰者记及偕与宴群臣如何分班站立，如何进殿，如何就座，继而，从赏茶、进茶、递酒、进酒，赐酒一直写到每一过程，或跪拜，或行叩首礼。信笔写来，皇帝与群臣，奴才与主子之关系，形于楮墨间。

事涉版本目录之学者，应推钮树玉《钮匪石日记》。树玉字匪石，吴县人。笃志好古，不事科举之业，精研文字训诂，谓《说文》悬诸日月而不刊者也。有《说文新附考》《续考》《说文解字校录》《段氏说文注订》。事具《清史稿·段玉裁传》后。

《钮匪石日记》起咸丰元年（1851），止九年（1859）。书前《自叙》，称少孤家贫，年三十，谒见钱大昕，嗣获识江声（艮庭）、顾广圻（千里）、瞿镜涛等，过从切磋，及时纂录。

日记载录了频繁的学术交往，偶录三例如下：

顾广圻，字千里，为清代著名校勘学家，撰《思适斋集》。匪石从千里处获读宋本《古文苑》，书系唐人皮藏，不著辑者名氏，所录诗赋杂文，始于东周，迄于南齐，唐以前散佚之文，赖以传存。千里论析版本语，多载日记中。其一如：

辛亥十一月廿五日。往候顾千里，得借所录戴校

《孟子注》。千里言：《方言》非子云所作，通雅甚杂。《竹书纪年》《孔丛子家语》，不足引用。

　　甲寅五月初七日。抱冲招饮，观宋本《古文苑》钞补两本，其书较今本大胜。又观宋本王荆公选《百家唐诗》、元本《册府元龟》。

钱大昕，字竹汀，著《潜研堂文集·诗集》。黄丕烈荛圃，得宋刻百余种，颜居室曰百宋一廛。树玉鉴赏宋元名椠，得益于钱黄二氏为多。甲寅四月十六日记云：

　　诣竹汀先生，见天禄琳琅，系经训钞本，部分宋元明。次以经史子集，不载行款，而收藏图记，则备列焉。又至学馀堂书铺，观元板陈友仁《周礼集说》。又至黄荛圃处，观王育记文五音韵谱说，其说多以谐声当会意。近乎王氏字说二十五卷，刻过三卷；馀未刻。

臧庸初名镛堂，字在东，著《拜经堂文集》等廿余种。树玉抵晤臧庸，辄语及段玉裁治学情况。癸丑五月初一日记云：

　　会臧在东，见所校《一切经音义》。臧君云：段公有宋本《急就篇》。又云：段公甚信韵会。又会瞿镜清，云竹汀先生近著有《元明朔闰考》。

树玉转益多师，拓闻日广，一时私家庋藏孤本名椠，若宋本《荀子》、王充《论衡》、韩柳集等,多所寓目。尤其是以宋人王称《东都事略》称最,乃述北宋九朝事,世称私史中之卓然可传者。树玉获观此本,系钱遵王(名曾)《读书敏求记》中,誉为绝难得者。遵王藏书甲天下,《敏求记》专及稀世善本,面独推《事略》罕见,树玉得以洛诵,抑何幸耶!是编涉及人物、善本,又不限于上述。内容攸关版本、目录,校雠者尚多。

道咸之际,考官或考生日记著称者不少,首推《词垣日记》。作者师方蔚,字子文,江西奉新人。道光进士,授编修,官山东乡试副考官、湖广道监察御史。初刻《紫雯轩诗草》《经义稿》,板皆毁于战火。三经重刊,有《清芬集》。

又著《词垣日记》,光绪十年绿窗重刊本。起道光六年(1826)三月;止道光十三年(1833)二月。岁丙戌,作者赴京应会试,正考官蒋攸铦(体仁阁大学士)、陆以庄(工部尚书),凡历三场,榜出中式七十七名,日记随录四书题及诗题。

会试中式,尚须入保和殿覆试,其法始于后汉,见《后汉书·黄琼传》。日记附录文题,诗题则为《赋得首夏犹清和》,得和字,五言八韵。

除会试覆试外,尚有殿试皆礼部掌之。殿试读卷官为曹振镛、黄钺、王引之。振镛历相乾隆、嘉庆、道光三朝,以老成自居。黄钺官礼部尚书,工书画,撰《西斋集》。王引之擅训诂学,继承其父念孙音韵训诂之学,著《经传释词》《经义述闻》。方蔚不谙书法,黄钺读其殿试卷,本拟列名第一。清宣宗旻宁决定改置方蔚第三,改擢第九名朱昌颐为状元,事载于道光六年四月廿四日日记。

此前三日,作者备载殿试内容及例规,读卷大臣命题后,直到向贡生散发题纸,前后种种礼数,有关科举掌故。

据日记,榜出地点在太和殿。发榜后,前三名簪花披彩,乐奏马行。如称:

> 四月廿五日。一甲三人,既随榜出。顺天府府尹府丞皆朝服迎入采棚。案上设酒爵三及金花采细。一甲三人入顺天府,堂官揖授爵。一甲三人揖,受爵饮。簪花披彩已,一甲三人出,揖,顺天府堂官揖,授鞭。一甲三人上马行,顺天府官缴盖仪从,和声署作乐前导,送入顺天领宴。

日记附考礼部与宴,史有故实,谓唐赐进士,宴于曲江亭。宋赐进士,宴于琼林苑。明赐进士,宴于礼部,谓之恩荣。清代因之,而口语相沿,犹谓之琼林宴云。

是年五月朔,帅氏诣圆明园参加引见前,入保和殿参加朝考,由翰林院掌之。《清会典》:"清雍正元年上谕,新科进士于引见前,朕欲先行考试,再引见,一应仍照殿试预备。朕将诗文四六各题出题。视其所能,或一篇,或二三篇,或各体俱作,悉听其便。此进士朝考之始。"又例,朝考的次日,例诣国子监,恭谒孔子,拜见祭酒,礼仪繁琐,此不复赘。引见授职后,例得告假长达一年之久,在道光八年,方蔚任山东乡试副考官,记详巡抚琦善迎送礼节,所出四书题五经题诗题策问等。道光十年充国史馆协修官,分修《食货志》,类似载述，堪供撰帅氏传记时所参考。

除上述考生日记外，考官日记之一，应推《使粤日记》。作者李钧（？—1859），字梦韶，河间人。嘉庆廿二年进士，授编修。历官刑部左侍郎。曾署顺天府尹，河东河道总督，下北厅、兰阳、三堡，黄流漫溢，倡捐堵御，疏凡十余上，言皆切要。工诗词，擅文章。事具《大清畿辅先哲传》。

梦韶著《使粤日记》二卷，道光甲午开封府署刊本。道光八年戊子（1828）五月，撰者以编修偕南书房翰林田嵩年，典试粤东。自京起程，途历山东、安徽、湖北、江西，而达粤东。往返万余里，过名山大川，辄有记要。八月以后，详考场情况。诸如命题、考官分配、宴饮礼数、阅卷、发榜等事，胪载甚详，可作科举史料观。其间诗词赠答，应酬琐事，备附篇中。

田嵩年评此记"叙事精详，言情隽永，洵属写生妙笔"。李星沅则曰："梦韶日记则病其薄涩，岂亦枫落吴江冷耶！"

并时学者日记，语涉数学者，推《半岩庐日记》。作者邵懿辰（1809—1861）字位西，浙江仁和人。文宗方苞，与上元梅曾亮、临桂朱琦游，有《半岩庐所著书》，内刊《尚书传授同异考》《尚书通义》《礼经通论》《半岩庐遗文》《遗诗》等。

此日记五卷，道光二十三年（1843）九月后作。所记以阐经居多，笃信程朱，兼通数算，由读《学》《庸》而涉及数学者，如论规矩之为物，谈到三角为算法之最妙者；由《大学章句序》以为亿兆之君师，面谈到算法有大小二数，允属一百四十五年前的中国数学史资料。

此外于时人著述，亦留意纂记，若所见陆锡璞、王而农、王梓材编纂编校等事。间或考证历代学制年龄,古人如何坐法,明清官服的异同等。

道咸间日记,笔涉地方史料者较多,兹举数例,略觇梗概。

着重写昆山地方故实者,之一为《隐求堂日记》。作者潘道根(1787—1858),字确潜,号晚香,昆山人。有《隐求堂诗文集》,纂录《昆山名贤墓志》《昆山诗存》。事具叶格仁《确潜潘君家传》。

《隐求堂日记节要》四册十八卷,同邑王德泰摘录,排印本。起道光四年(1824),止咸丰八年(1858)七月初十,原题《因树庐日记》。

按潘道根平日交游,多属昆山名士,记其行止,往往涉及乡邦文献、地方掌故。据日记,往还较密的,有王椒畦、王璞臣、王研云、吴银帆、吴止狷、张石耘、张若木、潘顺之、钱颐寿等,皆有著作传世,其笔札诗翰,辄附篇末。略如:

一、吴止狷(名映奎)。辑有《脉望琐谈》,记称"是书凡六卷,皆蝇头细书,体兼行草,乃先生往年法书余暇所茸"。潘氏辑邑人诗,备承止狷奖借,道光六年十二月廿九记云:"止狷吴先生以素册惠余。余因就案头所有,录为一卷如右。"止狷家富藏书,有叶白泉、水修父子诗稿手迹,并苦心搜罗,手自补缀"邑先辈诗未刻者",俾免转辗磨灭,惓念桑梓,即此可见。撰者与秀才张彦孙"搜辑昆山人诗,自前明迄今,得六百四十馀家,仿(元)遗山《中州集》例,人系小传,为《诗徵》若干卷"。乡贤手稿的集辑,确又得自止狷之助。

二、叶涵溪,娄东人。家富珍藏,尤嗜搜集罕见之书。撰者所阅，大半借自城内绣衣衖寓所，达数十种，如婺源汪绂（号双池）著《读礼志疑》、赵以锟著《娄东杂著·浑录》、《白鹿洞规条目》、《许鲁斋先生集》等。潘氏辑《昆山名贤墓志》《邑志补遗订讹》，寄请叶涵溪为之匡正。两人订交数十年，析赏诗文无虚日，目标一致，在搜辑乡土文献。曾赋七言长诗（二百多字）《赠别叶涵溪》，中有"自从投分结缟纻，寒暑于今凡易几。其间谈说杂经史，感动每在方寸里"之句，甚至作者往访，涵溪"步雨送至河干"，谊结翰墨，不侔寻常。

昆山医学文献，医事掌故，见诸日记者，占极大篇幅。按昆山文家余事岐黄之术，视诊脉之实效者，推潘道根为最。曾致力内科医疗研究，并从事点校、过录大量古医书，如手抄郑氏女科书、薛氏女科书、女科寻源原始、高朗溪写本女科、调经十五论、逐月养胎法、济阴万全书。又如点勘《内经》《伤寒论》，删节傅青主《女科方论》，编辑《应验良方》。

其自述点定医书之一，为嘉善徐彬《伤寒一百十三方发明》及《金匮要略注》。称：

《金匮》凡二十四卷，成于康熙辛亥，前有同里张天植序及自序，是卷乃张子柳人秀才讬友抄录，书成未校对，脱讹颇多。柳人委予点定，而为之识。

按彬字忠可，为明代刑部尚书徐石麒之孙。少受业喻嘉言之门，以医自隐，著《原治论》，推原国家治乱之故，经济之书也。

并时笔涉上海地方掌故者之一，推《十三日备尝记》。作者曹晟字静山，上海人。道光二十二年（1842）五月，撰此短期日记。

按道光十九年（1839）前后，英国侵略者竭力破坏林则徐倡导的禁烟运动，时向我国挑衅入侵。由于清政府腐败，终于在鸦片战争后，订立丧权辱国的《南京条约》。曹晟所记，起道光二十二年（1842）五月初八，止二十，皆英人蹂躏上海的种种情况及传闻。笔触当时英军在邑庙发护照，需以鸡物换取，南市各门需凭护照通行。英兵进占南市后，分据各通衢要道，不断搜索，继之盗贼劫掠，并遍索陈化成尸首。城陷后，据此日记所载："市无一物，终日寒食。"及英军撤退后，组织民防措施，也有一些记录。这是距今一百四十六年前有关鸦片战争时英国侵略者短期占领上海的史料。

日记之二，为《星周纪事》。作者王萃元字子俨，上海新桥人。同治辛巳岁贡，历充溧阳、震泽、丹徒、元和等县儒学。咸丰十年，太平军既克苏常，一路奏凯，直驱上海。其父鼎琳任虹桥团练局务，萃元参与谋略，撰以《星周纪事》为名的日记。

记起咸丰三年（1853），止同治三年（1864），叙此十一年间太平军在上海及附近各县作战情况以及其他一些时事新闻。诸如述太平军服饰、布告及奋战情状。小刀会刘丽川从劫狱据城直到被杀于程家桥的前后过程。有关太平军粮食、防务的见闻实录。

值得注意的是书中记录了自然科学的特殊资料。以上海气候来说，普遍习知系亚热带海洋性季风气候，全年温和、湿润,四季分明。但是咸丰十一年(1861)十二月廿九起,据王萃元所记,上海从虹桥到新桥,"大地积雪,四望无路","雪拥及肩,道路不明,足无从入",持续十数天,雪不融化。徐家汇附近,也是"漫天积雪,风涌如浪",这时万余大军准备攻打沪郊东南,亦"为大雪所阻",这些记载,确为研究上海气候,提供了新鲜资料。

事涉咸丰间上海航运者,为《忍默恕退之斋日记》。作者沈宝禾,字雏宜,安徽桐乡人。著有《忍默恕退之斋诗钞》。又撰日记,系咸丰五至六年(1855—1856)作。他和上海航商有着广泛接触,笔触到上海船商详细名单,凡廿四家。计:

一、王永盛(桐村) 二、郁森盛(泰峰) 三、沈生义(晚香) 四、王公和(叔彝、泉生、仁伯、棣庵) 五、彭宝泰 六、奚恒顺 七、孙丰记 八、诸长茂 九、蒋宏泰(海珊) 十、李久大(成久、也亭) 十一、王春记(二如、叔彝) 十二、郭万丰(畅庵) 十三、经正记(芳洲) 十四、陆生记(兰亭) 十五、萧星记(棣香、绿生) 十六、陈有德(芝芳) 十七、严同春 十八、严天泰 十九、杨同吉 二十、蒋勤泰 廿一、沈大源 廿二、瞿德春 廿三、陈文献 廿四、张炳槎(织云)

又据日记不断记载,赖知船行分布情况,大部分在南市,是咸丰间上海航运史料。

道光间记游日记，推《桂游日记》。作者张维屏（1780—1859），清代爱国诗人。字子树，广东番禺人。道光二年进士，任黄梅知县。工诗，得翁方纲所赏异，与黄培芳、谭敬昭并称粤东三子。爱松，筑听松园，自号松心子。邃书法，朝鲜、小吕宋得其书，咸宝爱之。有《国朝诗人徵略》《松心草堂集》，诗集中有《三元里》诗，为平英团的珍贵史料。事具《清史稿·文苑三》。

《桂游日记》三卷，听松庐刊本。道光十七年（1837）游桂林时所作。沿途记述，有描叙，有辩证，有考证，或比之为《骖鸾录》《入蜀记》。

记中辄附记游诗篇，或唱和题跋。时友若梁章钜、陈标（海霞）、陈镠（桂舫）、朱琦（濂甫）、朱凤梧、黄铨、李秉绶等，多与之游，投赠篇什。既抵桂，尽览藏家李宗澣（小松）、李秉绶、梁章钜、吕潆（月沦）等庋藏金石书画、古籍善本，亦俱加著录。所记游顶湖山、湖西庄等则，具见诗情画意。

道光十七年四月初六日。雨。客来，雨止。挂舫邀集湖西庄。湖西庄，李春湖宗瀚少司空别墅也。门临杉湖，湖面绿波与绿阴相映带。门内数武流水小桥，过桥有屋，屋后有轩。轩前有园，少司空侄李春回寓园中。春回工篆书，精刻竹石。是时绿阴似水，榴火初燃。主人编竹为篱，灌畦种菜，烟光树色，隔断市尘，地虽不宽，颇饶野趣。屋上有楼，登楼则城外诸山耸翠浮青，宛列屏障。主人于轩中置笔砚，桂舫挥毫泼墨，写桂林岩洞之奇。余与桂舫别数年，不意其翰墨精进若此。诗律书法，皆有进境，而画尤工。恽南田云：有笔有墨谓之画，有气韵谓之笔墨，桂舫画有气韵，必传何疑。

咸丰间记游日记之一——《玉井山馆日记》三种。作者许宗衡（1811—1869）字海秋，上元人。咸丰壬子成进士，任起居注主事。通书画音律，喜古文诗词，心契者山阳鲁一同著《玉井山馆文集》。

日记之一《旧游日记》。述嘉庆丁丑外祖孙松溪儌居金陵城北，其母挈居之童年生活。之二《西行日记》，咸丰六年（1856）作，为日记之重点。之三《游盘山日记》同治二年写。

按《西行日记》，自志归晋时作。作者出京以后，沿途经历，多所考证。如过卢沟桥，援《畿辅志》详覈河源；经良乡，发保定，据《方舆纪要》，论其沿革；抵正定府，引《寰宇记》《广舆记》，以证唐安史之乱有关战迹。其间文笔清丽，以至东天门、北天门、西天门诸则为胜，劲畅有余。《江宁府志》称其与清初文家魏禧（叔子）相近。如三月廿三至东天门，记曰：

仰视陡绝，马不能升。既登，回望万山笏立，皆在足下，风烟浩荡，视麦田参错，疑在画图，叠翠相交，历历如绣。

又如同月二十五日，叙登西天门。其辞曰：

山势螺旋而上，振策登顶，天风浩然。未刻遂过阎王台，陡涧千尺，峭崖数里，人马缘崖而行，倏直倏曲，有若盘蛇。申刻次铁梁桥，至此则岩厓欲束，向背相纽，层峦叠嶂。人行其中，疑落眢井，鹰过袖举，与云俱飞，马嘶甕鸣，视日犹暝。……

较早地出国访问的日记，之一为《日本日记》。作者罗森，广东人。和在香港的英美传教士交朋友。咸丰三年（1853）参加美国柏利舰队首途日本，撰此日记。

罗森文笔一般，可贵者在于将日本刚开放之历史面貌，以逮琉球、横滨、下田、箱馆等处风土民情，政俗物产，如实纂录。兼与东瀛官员、文人多所接触，所记对了解早期日本是有补益的。

综观全书，约有以下两端：

一、东瀛人士，交流诗文。横滨有官士叨笃赋《元旦试笔》，玉斧僧居中咏《新阴吟》，罗即以长诗相酬答。及赴下田，遇黑川嘉兵卫、关研次、合原猎三郎等，相互唱和。据日记，日本朝野人士"酷爱中国文字诗词"。仅横滨小驻一月，写扇不下五百余柄，堪征翰墨因缘。

二、日本历史面貌，如实反映。距今一百三十六年前，日本初事开放，其历史面貌，从日记中可推见一二。当外国舰队入口之时，注意防范，"日本官艇亦有百数泊于远岸，皆是布帆，而军火器械各亦准备，以防人之不仁"。当美国赠以火轮车、电话机、照相机、耕农具等物，感到新奇，当时闭关情况，约略可见。事实昭然，罗森的了解西方，比当时日本某些人士,眼界要开阔一些,其事其论,散见于日记中。

道光中,鉴赏书画之日记,则有《雪峤日记》。撰者王培荀,山东济南籍。道光辛巳举人。乙未科会试后大挑一等,分发四川试用知县。撰《雪峤日记》十二卷,听雨楼刊本。

记起道光十五年乙未(1835),止二十六年丙午(1846),分名《都门日记》《蜀道行程日记》《锦城日记》。

撰者于蜀中,饱览私家藏书藏画,以明清精品居多。寓目者除沈周、祝允明、王翚作品外,还有高凤翰、黄慎、汪士铉等佳构。记称:

> 杨未禅约看书画,最佳者沈石田山水长卷,郁勃淋漓,高南阜逐段有跋,倾倒甚至。祝枝山写赤壁前后赋,极飞动。黄瘿瓢花卉,老横无敌,题款劲健,诡谲壁悬。石谷山水,苍劲秀拔,非平昔所见也。有汪退谷字长卷,天晚不暇看。

按瘿瓢即黄慎,雍正时画家,神似倪黄,与郑板桥友善,齐名文苑。南阜(凤翰)诗为王渔洋激赏。退谷(士铉)诗文书法,亦与姜宸英并称。培荀读瘿瓢书画极多,记谓:"黄瘿瓢善画,有天趣。偶得其字一册,虽未及题画之古拙,亦复可观。所书诗,其自作也,有储王风格。"

第二节　同光时期日记作者和作品

同治、光绪以迄清末近五十年间,日记作者先后辈出,作品更是极其繁多,有不少著述既反映了先见远识,又以文笔优美,刻划自然见胜。兹就此一时期若干具有代表性的作品,略分数类,浅述如下。

一、长编日记的代表作

同光以至清末,字数百万左右的日记长著,更仆难数。略如王闿运、叶昌炽、袁昶、张謇、薛福成、王迺誉、皮锡瑞、孙宝瑄、康有为、吴虞等皆是。

王闿运(1832—1916),字壬叔,湘南湘潭人。光绪初,营建湘绮楼于长沙,称湘绮先生。先后主讲四川尊经书院、长沙思贤讲舍、衡山船山书院。治经学,主今文学,廖季平深受影响。造述宏富,有《湘军志》《湘绮楼诗文集》《楚辞释》等。事具《清史稿》。

《湘绮楼日记》卅二册,起同治八年(1869),迄一九一六年。书后跋称:"凡所记载,有关学术掌故甚多。先生刻苦励学,寒暑无间。经史百家,靡不诵习。笺注抄校,日有定课,遇有心得,随笔记述。"跋文概叙此四十七年日记的内容梗概,湘绮日读诗文、词赋、曲本、笔记、小说等,多记心得。特别是论列《楚辞》，及清末诗文集，持论有独到处。

读《楚辞》者，除备王逸《楚辞章句》、朱熹《楚辞集注》、洪兴祖《楚辞补注》、王夫之《楚辞通释》外，再进而参考引用，则推湘绮《楚辞释》。实则湘绮日记若干纂录，若考屈原生卒年代、《离骚》第五章内女媭一段话的确切理解，释《九歌》论其弱秦复楚之策等，堪资采撷。

湘绮论列清末诗词，服膺邓辅纶诸作。辅纶字弥之，新化人。曾隶兰林词社，工五言诗，撰《白香亭诗文集》，湘绮自愧弗如。如宣统三年八月十二日记云：

　　余少时，与邓弥之游祝融，邓诗语雄奇，余心愧之。怀之卅年，乃得《登岱》诗，压倒白香亭矣。古今华山诗，推魏默深。余诗较从容，亦稍胜也。

按默深即魏源，与龚自珍齐名，撰《诗古微》，有声于世。湘绮自谓压倒弥之，稍胜魏源，何自负乃尔。

次于擅长诗赋之汤鹏，誉为诗家所无。光绪五年正月十一日记云：

　　七言百韵，诗家所无，所见唯汤海翁集中有之。今始见宋薛田《成都书事百韵》诗，可谓何代无才者也。

按鹏字海秋，清末诗家，诗文以多悲愤沉痛，蜚声文坛，海翁《百韵诗》盖晚年之作也。

湘绮日记始自同治，止于民国初，牵涉到近五十年的时事掌故，已为治史者所引用。还应值得注意的，是所叙广泛的人事交往，单写学生业有专擅者，数逾几十，若王兆涵（镜芙）、易扬铸（稚清）、李金燹（砥卿）、齐璜（白石）、袁守愚、彭畯五等。守愚雅擅词章，常为湘绮代庖；画家齐白石时为雕花匠，艺术精诣，尤为湘绮座上客，深受器重。他如记与诗人樊樊山、易实甫、日本汉学家盐谷温之交往，类似故实，无异是文坛史话。

叶昌炽（1847—1917），是清末金石学家藏书家，字鞠裳，元和人。晚年取《庄子》"为善无近名，缘督以为经"之义，自号缘督庐主人。光绪进士。累官翰林院侍讲、国史馆提调、甘肃学政。以裁缺归，著书终老。撰有《语石》《藏书纪事诗》等。事具《清史稿》。

《缘督庐日记》四十三册，起同治九年（1870），止民国丙辰（1916），后经王季烈节钞，由蟫隐庐印行。昌炽通四部，擅金石，兼长文字声韵之学，每有心得，辄写在日记中。此外还笔触数十年时政掌故，如甲午战争、义和团运动、八国联军侵华、《辛丑条约》之缔结、曹锟兵变、辛亥革命之经过，均一一濡笔涉及。特别是光绪甲午中日战争、戊戌政变，义和团运动三个时期，皆目击其事，故更翔实。撰者所著《诗谳》一书，即按此三个时期编卷，分咏当时之事。

关于鞠裳治学动态，大量散见记中。其金石方面著述——《语石》十卷，论列古今石刻，识者多之。《语石》撰写动机，在光绪辛丑七月廿四日日记，有简单说明，称：

阅《蕊珠卷》毕，碑额志盖，尚有知者。幢座像龛，无非扣槃扪烛，金石之学殆绝矣。此《语石》一书，所以亟欲出而问世也。

昌炽治金石学，首重实物研究，除广事庋藏隋唐经幢石刻外，得自友助居多。以刻《灵鹣阁丛书》驰名之江标（建霞），即为其不断提供研究条件。记称：

得建霞书，寄赠佛像幢拓本共六面，魏元象元年张敬造。凡分三层：上刻佛像，中造像人姓名，下序赞。笔法精整，北书中之上品。

建霞招番膳，纵观唐人写经十余卷及元刻《集千家注杜诗》。

类此经幢内容或收藏者，叶氏知见所及，皆全盘照录，如杭州经幢转托卢榘代办，记曰："榘嗜金石，疏犷不羁，亦今之振奇人也！"

昌炽邃精版本，得力于转益多友，与李盛铎、吴大澂、缪荃孙、沈曾植、夏孙桐、徐乃昌、刘承幹等，过从频密，遍览珍藏孤本名椠，交流有关经验，寻找访求线索。如坐李木斋寓，读宋刻《朱子全集》、元刻《马石田集》、徐兴公校《文心雕龙》一类善本，并艳羡木斋有幽静读书环境。称：

其寓为明嘉定伯周奎旧第，有林泉之胜。乔木百年，楼台四面，瀹茗静对，尘襟尽涤。

日记中有较多篇幅，缕述攸关访书、藏书、翻书、读书、校书等事，文长不再赘引。

昌炽曾综论历代藏书原委，成《藏书纪事诗》七卷，光绪廿三年正月十五校毕，颇有改定。如何增改，记谓：

> 又增宋荣王宗一首，楼攻媿一首。近杨幼云一首，附以崇语铃、方伯明、姚翔卿，下添附（姚）彦侍方伯乔梓。

越九载，尝以此和海外朋友，作为文化交流礼物。光绪卅二年，日本考勘家岛田君，将《古文旧书考》四册，宋本《寒山诗》、永和本《萨天锡逸诗》合一册，寄赠昌炽。叶即以《藏书纪事诗》一部相奉答。两人皆服膺钱曾（字遵王，撰《读书敏求记》）、季振宜（号沧苇，著《季沧苇书目》）、钱大昕（号竹汀，有《金石文跋尾》）、顾广圻（号涧蘋，精校雠）等人学术研究之成果，谓岛田：

> 徧校内府书，校雠簿录之学，与鄙人同嗜我国钱遵王、季沧苇、钱竹汀、顾涧蘋诸家之言，皆肄业及之。楮印精恶，版幅宽广，行字之大小疏密，宋讳误夺，辨析毫芒，精湛无与为比。

昌炽所记近代史事，从甲午战争至辛亥革命为止，耳闻且睹，言之凿凿。复历据邸钞、国史馆内幕消息、当事者陈述谈论、友朋函札传递实况，故翔实有据，堪属可靠史料。单以戊戌政变史实而论,一是变法伊始时史实。二是政变后见闻,撰者载及袁世凯及荣禄策划镇压,使慈禧再出训政,幽光绪于瀛台。时叶鞠裳在史馆堂期,及时从内阁抄见上谕,御史宋伯鲁以力保维新派,着"即行革职,永不叙用"。同日,步军统领崇礼搜抄康有为寓邸。记云:

初七日。闻昨日挐问康水部,已远飏矣!崇金吾亲至南海馆,搜出书函百余封,门簿一本,获其弟及记室一人,僮仆三人。张樵野侍郎查抄讹传,惟恐康匿其邸。锡蜡胡同东西两头,逻卒络绎,因而误为勘产也。

越数日,闻徐致靖、杨深秀皆被逮,遇陆润庠、汪朝朴、秦绶卿、吴郁生等,各证所闻。至于逮捕康党前,后党如何布置,记亦载及:

知莘伯(即顽固派杨崇伊)发难无疑义,并闻先商之王(文韶)、廖(寿恒)两枢臣,皆不敢发。复赴津,与荣中堂(即荣禄)定策,其摺由庆邸递入,系请皇太后训政,并劾新进诸君植党营私,莠言乱政也。

三是戊戌六君子临刑见闻。如十一日西市刑人,叶氏和秦佩鹤误为新政诸公临刑,恝焉忧之!记云:

闻西市刑人,大街观者如堵墙。询之,知处决内监四人，为新政诸公捏一把汗也。

八月十三日，杨锐等六君子就刑于菜市（北京宣武门外），撰者深惜丧失隽才，而尤痛杨锐叔峤之死。曰：

> 午后经菜市，见人头拥挤，知为行刑。急询之，则云决官犯六人，并有徐年丈在，惊惨几欲放声。急从铁门绕道至淮海寓，佩鹤已出，见揆初（即叶景揆），始知六人者，新政四章京，及杨侍御。康广仁也。为徐年丈幸，又为叔峤大恸。以叔峤之学行，而竟罹大辟。……

紧接着，昌炽分析政变之国际背景，环绕变法有关内幕秘辛，富具史料价值。如

> （同月）初七日。子静（按即潘志俊）自津来，云：康梁变法，意在联英、日以自固。此次皇太后训政，俄国实为之主谋，故仓猝变发，而英日未敢出而干预。此则京师所未闻也。
> 重阳日。……闻子丹云：皇上所幸珍嫔，皇太后禁之高墙，穴一窦，以通饮食。皇后系皇太后之侄女，不能有逮下之德，皇太后左右之，以是母子夫妇之间，积不相能。然则康梁之案，新旧相争，旗汉相争，英俄相争，实则母子相争。追溯履霜之渐，则又出于嫡庶之争。

日记还节录邸钞，保存大量戊戌变法史料。诸若翁同龢往往力陈变法，在光绪皇帝面前，密保康有为，谓其才胜伊百倍云云。撰者排日纂事，有不少史事细节，辄为正史所缺载。

笔者寓目日记钞，辑者王季烈已将梓行之古今体诗，暨米盐凌杂，往还酬酢之言，以及不顾告人之事，咸加删节，得原稿十之四，闻全稿现藏苏州市图书馆，由潘景郑先生捐献。

袁昶（1846—1900），字爽秋，浙江桐庐人。桐庐滨浙江西，爱号渐西村人。著《于湖文录》《渐西村人初集》《水明楼集》等。

昶著《渐西村人日记》未刊稿七十二册，起同治六年（1867），止光绪二十三年（1897），凡三十载。爽秋博览群书，诗文饮誉海内外，并时国内、国外学者，乐与相接，探讨学术，扬榷文艺，几无虚日，必逐一及时详录。从而概见晚清文坛动态之一角。姑举数例如下：

王先谦《荀子集解》，播传学林，影响深广，是书付梓前，寄视爽秋，征求意见。光绪十八年二月廿八日云："得王逸吾祭酒长沙来书，并寄际所著《荀子集解》、校本《盐铁论》。又云：谋合刻戴笺赵笺《水经注》。"三年后，又寄《汉书补注》一书，请再裁定。

孙诒让，字仲容，擅长周礼古籀，是清末著名考据家，在学术研究上是卓有建树的。日记称其《周礼疏》写定，时在光绪十六年，又谓诒让《周礼正义》的定稿，则时在光绪十八年二月。类似著作年月，俱加称述。爽秋雅善楹联，为孙拟七言联，不敢率尔落笔。句斟字酌，力求切其姓名与特长。如："同治十一年四月,为叔迟撰赠孙仲颂一联云:永嘉学脉轨正则,《尔雅》宗铨明叔然。上句切温州,下句切姓。仲颂喜治小学。"

黄遵宪,字公度,诗才横逸,识见明捷,梁任公《饮冰室文集》四四,予以高度评介,尤为爽秋衷心折服。日记中一再推誉《人境庐诗》,学杜而富独创。

> 光绪廿一年八月十一日。读公度《人境庐诗集》,格律学杜,长于议论,时有独到语。
> 十四日。连日阅《人境庐集》,至第三卷止,稍加评勘。……君致力于此最深。海外诗尤雄深兀奡。

此外,爽秋对公度《日本国志》极力称祟,叹为不朽之作。一再称述其刊行情况。如:

> 光绪十四年七月三十日。入城,晤公度共饭,云《日本国志》已刊成,尚待校印。
> 十二月十六日。答候黄公度,其所著《日本国志》,翔实甚有关系。
> 乙酉五月廿八日。……各国史学堂必须购备者:黄遵宪《日本国志》。

据日记,袁黄两人互投书札,析赏诗文,持论公允。光绪廿一年七月二十八日所记至详,录之如下:

> 答公度札。论牧斋渔洋以下之为诗,利病尽之,而

不能凛凛有正气。古今诗人或长于工律，或长于情韵，与识度气势诸美，不能兼有，此无如何者也。如杜韩之五言古，长于气势，变尽唐初四杰之风格，而四杰情韵胜处，则亦非杜韩之所能兼有。北宋欧苏王半山黄山谷之七言古，长于识度，一扫宋初西昆之声病，而西昆工力之胜处，则非欧苏之能有。……姜夔创为四种高妙之说（言尽意不尽，意尽言不尽，意言俱尽，意言俱不尽）。皆第为工律情韵言之，而未赅括识度气势之变。

俞樾，字荫甫，号曲园，著《春在堂全集》，卷帙浩繁，久已脍炙人口。晚岁治学，更见勤劬，爽秋曾作具体描绘。同治十一年十月记曰："闻俞编修樾近住湖上精舍，杜门晚食，手不释卷，汗不挥扇，甚是可敬。"从而得到启示，是长期思考，致力笔耕，有助于增强体质。故时隔廿载后，再去拜见这位年且七十的曲园老人，还是那样风貌依然。他在光绪十二年三月初五日，就作了有关的叙述：

> 德清俞荫甫先生以送文孙会试入都，住潘家河沿井东，今日往谒，年几七十，而颜色敷腴，听聪视憭，此稽古之力得道，固非慧业丈人不办也。

张廉卿（裕钊）工古文，书法并擅胜场，临《吊比干文》《礼器碑》，达五十年。爽秋在日记中，突出肯定了他的治学谨严、临池不懈的态度。乙酉腊八日记称："闻张廉卿每晨早起临《礼器碑》一通，率反覆有字而后易纸，不轻为人作八分,然大楷由是日进,瘦劲有力,何蝯叟(绍基)后不易得也。"

据日记,廉卿挥毫疾书,炉火纯青,能用中楷入巨幅楹联,布局得体,爽秋见之绝叹弥襟,尤其赞同他的书法理论,认为所持执笔无定法的见解,是颠扑不破的。详见光绪十四年八月初八日日记。

沈曾植,精辽金元史及舆地之学,有《海日楼诗文集》,善遣佛典入诗,在清末诗坛上,独树异帜,曾评爽秋诗作,谓:"蟠际一干,朴老扶疏,发撝枝叶,离纚郁茂。"(光绪十年十二月初五日日记)两人交谊情深,相互倾其珍藏,析赏品评。如:

  光绪十四年中秋节。……子培来,共观《磁州无量义经北齐石刻》,嘉定钱氏、阳湖孙氏、青浦王氏(案指钱大昕、孙星衍、王昶)皆未著录,……取径镌秀,箭锋相直,颇有人马应弦之韵。

樊增祥,字云门,号樊山,清代中晚唐派诗人。与周树模、左绍佐,号楚中三老。诗思敏捷,时出新意。尝作《前后彩云曲》艳体诗,最为时诵。爽秋推崇备至,竟比之李贺、白居易、温庭筠、李商隐。光绪二十年十二月初三日记云:

  阅《云门集》竟。唐人言:太白仙才绝,昌谷鬼才绝,香山人才绝。云门颇出入于昌谷、香山、飞卿、玉溪之间。

云门工文，爽秋并重其墨札，装池二巨册，备致揄扬，谓："得云门书，笔仗纵横，曲尽事势，吾无间然。《庄子·天下篇》云：墨子才士也。夫如云门始可谓之才士。"

与爽秋订文字交者，尚有叶昌炽、薛时雨、杨铎（碑帖藏家）、莫友芝、邵芝岩（擅制笔）、杨文会（熟内典）、张謇、洪钧、王闿运、法云上人、僧侣雪航、静焘、息心等，以文会友，涉面至广。

唐代日本国相长屋曾赋"山川异域，风月同天"诗句，替中日文化交流而讴歌，征诸同光间爽秋的海外交游，何独不然。他和日本汉学家冈千仞、中岛雄等均属莫逆交，这些异国友朋也是"学得中州语，能为外国书（此指汉文）"，成年累月，互相赠答。记称：

光绪十年九月。日本冈君鹿门以星吾（指杨守敬）手书见访，并馈所著《日本近事本末记》，载笔亦不俗。……拟写纨扇一柄，并字书一册报之，所以征示文字相同之意。

光绪十一年十一月初二日。亶州中岛大夫饷《宕阴存稿》一部，答以怀素自叙草书帖数纸，集猎碣字姝联两副。

综观袁氏日记内容，其一，概论书法、鉴赏名画、记述知见碑帖；其二，评骘历代诗文，颇类《复堂日记》；其三，历叙校雠之事，比勘得失；其四，谈同光间经学研究概况。基于交游多经学家，若钟文烝著《穀梁补注》、左绍佐笺疏《大戴礼记》，闻见既拓，持论不囿一隅。在浩瀚篇幅内，展现出同光间学术界的盛事，确属文献足征。

张謇（1853—1926），字季直，南通人。著《张季子九录》《张謇函稿》《张謇日记》《啬翁自订年谱》等。

《张謇日记》，据《年谱》，始于同治十二年（1873），迄于1926年。日记分订十五册者，系张氏后人保存之后半部分日记。1962年江苏人民出版社影印本。中经甲午战争、戊戌变法、义和团运动、辛亥革命及五四运动等重要历史事件，是研究张謇思想、活动及我国近代、现代史的参考资料。

以戊戌政变前后见闻为例，张謇谓光绪变法诏书，出于翁同龢手笔（见虞山所拟变法谕旨）。继主大学堂兴办办法，由謇自拟。称："宜分内外院，内院已仕，外院未仕。宜分初中上三等，宜有植物动物苑，宜有博物苑，宜分类设堂，宜参延东洋教习，宜定学生膏火，……宜就南苑择地，宜即用南苑工费，宜专派大臣，宜先画图。"及政变失败后，称"连日京电不通"，参与变法者遭遇，纷传不一，如一说文芸阁（廷式）"被刑南昌"，一说"李柳溪自日本回，知文道希在日本"，堪资参考。据日记，謇与文廷式交契最深。丙申闰二月，李鸿章使俄，上折列名五十七人请禁勿用，第一即文道希，謇亦厕名前列，两人谊同胶漆，又是一证。

戊戌后二年，变法者仍受株连。张之洞《劝学篇》，仍不免被讥为因袭康说。记云：

晤张君立（权）。君立南皮子也。言徐相疵南皮

《劝学篇》尽康说。南皮此书本旨，专持新旧之平。论者诮为骑墙，犹为近似。何沃生（启）有《劝学篇书后》，专讦此意。若责为全是康说，真并此书只字未见者矣。搜索株连，至今未已。

其次，撰者还参与发起清末立宪运动，光绪三十二年（1906）成立预备立宪公会。"公推苏堪（郑孝胥）为会长，蛰先（汤寿潜）与余副之。"嗣又当选谘议局长。1909年日记，凡关涉江宁、上海等地立宪活动，秉笔甚详。八月三十日云：

> 与瑞中丞及雷继兴、杨翼之、孟庸生、许久香诸君议：由中丞联合督抚请速组织责任内阁。由咨议局联合奉、黑、吉、直东、浙、闽、粤、桂、皖、赣、湖、鄂十四省谘议局，请速开国会。议定翼之、唯一、庸生三人行。联合督抚，瑞任之，联合各谘议局，余任之。别派凌植之去湘、鄂、皖、赣，议盐业银馀事。

厥后又多次会议。讨论立宪，事涉綦广，凡是实业征税，法政学校经费诸问题，均属议谈之列。

张謇一生致力实业，尝与张元济论实业救国，系当务之急。关涉开拓实业之记录，不绝于书。诸如在南通创大生纱厂、办通海垦牧公司、大达轮船公司、复新面粉公司、资生铁冶公司、淮海实业银行等企业，并投资苏省铁路公司、大生轮船公司、镇江大照电灯厂等企业。张謇逐日缕写如何擘划兴办、厘订章程、筹集资本、勘定厂址、督视工程、核算赢亏，既详其本末，复析其利弊，有着不少经营管理的经验。

日记涉及晚清知名人士，不下数百，若汪康年、康有为、张之洞、翁同龢、文廷式、徐乃昌、范当世、杨儒、魏光焘、柳翼谋、蒯礼卿、王丹揆、朱孝臧、伍廷芳、黄克强等，从往还活动中，留存了大量故实。

一如光绪三十年五月，翁同龢自撰挽联，遗嘱倩张謇书写。"二十六日。得翁宅赴。二十一日子正，松禅师易箦，遗命以自挽联属书，又命草遗疏。联云：'朝闻道，夕死可矣；今而后，吾知免夫。'下语微婉，而令謇书，附事尤切。"

二如至交除文廷式外，尚有范当世。工诗文，兼苏黄之长，有《范伯子诗》，驰誉文苑。岁甲辰（1904）腊月初十，肯堂卒于上海，謇怆痛曷已。先五日，深表关注曰："闻肯堂昨吐血瓯许，大狼狈。""闻肯堂此次自编诗文已成。论其诗文非独吾州二百五十年来无此手笔，即与并世英杰相衡，亦未容多让。"

薛福成（1838—1894）字叔耘，江苏无锡人。光绪十五年，任出使英法义比大臣，次年成行。福成擅古文辞，曲尽事理，尤工论事记述，著《庸庵文编》《笔记》《海外文编》等。《清史稿》有传。

《出使英法义比日记》六卷，起光绪十六年（1890）正月，止次年二月底。《续刻》十卷，起光绪十七年（1891）三月，止二十年（1894）五月，凡五年。俱载《庸盦全集》，传经楼校本。

薛福成生活年代，正值鸦片战争后，又经历英法联军之役，面临内忧外患，深知非学习西方科技，谋求自强之道不可。他在日记《凡例》申论之曰："所以遣使之故，在默察西国之情势，亦期裨益中国之要务。"要能"开拓心胸，综览全局"。《跋》又述记日记之范围，谓"凡舟车之程途，中外之交涉，大而富强立国之要，细而器械利用之原，莫不笔之于书，以为日记。"

他以较多笔触，表达必须开放，了解西方物质文明，包括工业、交通、军事、科技等方面，不仅分别作出考察介绍，而且探索其迅猛发展之原因。他在考察英国轮船构制及发展历史后，论列其为富强之要图曰："用为商船，则贸易独盛；用为兵船，则水师尤精。"（见光绪十六年三月初六日记）他还看到开发能源之重要，认为矿产资源，必有销竭之时，要重视"化学家又研思化水之质，用水之法"。"将来可激水力以驶舟车，用代火力。"（详同上十九日日记）薛氏听到英美拟合制飞船，"翼角有叶，如火船之车叶，可升可降；船头有拨，以主进退；船尾有舵，以主前后"。（同上六月十一日记）他在距今约一百年前，已预见通空路，"必有乘云御风之一日"。值得注意者之一，撰者途经香港、新加坡，目睹开辟商港后，"瑰货骈集，阛阓云连"的繁荣景象，发出商为"握四民之纲"的精辟议论，确具远见卓识。

撰者出于爱国热忱，为了了解世界，还注意英法二馆存卷（档案），发现光绪丙子至庚寅间，交涉要件，件可考者，已阅十有五年，为薛氏研究国外形势，提供参证。

薛福成是同光间富有才华的文章家，文笔清新流畅，具绘形绘声绘色之妙。用较大篇幅,绘写异域之风俗历史、湖山胜景,诸若法国蜡人馆、油画院、加尔西尼宫(在意都罗马)、瑞士阿耳魄士山等篇,均善遣辞,极见遒丽。兹节录阿耳魄士山有关描述山景一段如下:

> 山中吐纳万景,变幻不可名状,搜奇挹胜,俄顷忽殊。纵眺诸峰,或遥障如城墉,或巍峨如殿阙,或攒簇如列笏,或分峙如置棋,或雄踞如虎豹,或蜿蜒如龙蛇,或旋折如蜗螺,或昂企如狮象。或楼阁如镂云,或溪涧如轰雷,或喷瀑如拖练,或漱石如鸣玉,或密林如帷幄,或吐花如锦绣,或麦畴如翻浪,或松风如洪涛。青霭迎人,湖光饮渌,宜其名胜甲于欧洲。

作者在海外访问先进科学技术的同时,怀着民族自豪感,具体地议论中西医各有特长,谓西医专长在外科治理,中医所长则在内科治疗,其言曰:

> 西医所长在实事求是,凡人之脏腑筋络骨节,皆考验极微,互相授受。又有显微镜,以窥人所难见之物。或竟饮人以闷药,用刀剡人之腹,视其脏腑之秽浊,为之洗刷,然后依旧安置,再用线缝其腹,敷以药水,弥月即平复如常。……
>
> 西医……用药但有温性,而无寒凉敛散升降补泻之用。以视古医书之精者,如张仲景(按系后汉时内科名医,著《伤寒论》)、孙思邈(按即唐代最早临

床学家，著《千金要方》）、王叔和（按即晋代研究方脉专家，著《脉经》《脉诀》等）之方，金元四大家（按即刘守真、张子和、李东垣、朱丹溪）之论，近代喻嘉言（即喻昌，著《医门法律》）、陈修园（名念祖，医学著作之多，世推巨擘）之说，其深妙之处，似犹未之得也。

中国科学发展，历史悠久，作为炎黄子孙应引以自豪。薛福成对此论列较多，如论中国算术之起源、代数学之源流，并列举历代数学家的名著，若宋秦九韶《算学九章》，元郭守敬、朱世杰之发展，元李治《测圆镜海》、清梅毂成《赤水遗珠》等，分析中国数学之演进，得出结论是"夫谁谓中国之才人学士，不逮西人之智力哉"！

王乃誉（1847—1906），王国维之父。字与言，号蓴斋。晚字承宰，号娱庐，浙江海宁人。早岁习贾于上海茶漆肆。后自设肆于沪，继迁硖石。余事书画篆刻，诗古文辞。曾遍游吴越，尽窥大江南北之收藏。自宋元明清名家书画，以逮零金残石，苟有所闻，必事造访。其书法初宗褚遂良、米芾，晚学董其昌。著诗集、文稿及《游目录》。事具王国维《先太学君行状》。

其日记稿十七册，起光绪十七年辛卯（1891），止卅一年乙巳（1905）。综览全稿，侧重四方面：一是对王国维进行教育的实况。撰者居沪时，教子甚严，逢春节，令国维穿门拜年，写家信，令其必须认真。时静安年事尚幼，所拟辕联，屡被指摘。承宰并常往杭州，阅王国维所作崇文书院卷。承宰及年五十，王国维亦年及冠，认为其应酬之作，大有进境。

戊戌政变后，静安案头上时备报纸《时务报》《中州日报》《昌言报》《知新报》，以及书刊若《盛世危言》等。乃誉看后，在日记中时发忧国之思，凡此说明王静安对其父晚年思想上，起了一点影响。随着维新之风甚盛，对新学堂新书刊，日益感到兴趣，认为是有用之书，1903年前后，静安已擅文学哲学心理学等研究，此时乃誉时"与静论文艺"。观此，撰者随着静安在学术上不断进展，而对静儿态度亦渐趋变化。由严格教育逐渐变为受到儿子影响。此记确是为研究王国维生平，提供了新鲜资料。

二是自述长期的书画活动。乃誉工书画，除尝寓目宋元明名作外，对清代许许多多大大小小名家所作，如张问陶、赵之琛、赵之谦、钱杜、杨沂孙等，更多揣摩。乃誉擅山水花卉、枯木竹石，五十二岁后，笔路与吴伯滔相近，其书画不能腾誉艺林，揆其原因之一，缺乏有力者推挽。其在日记中，借石谷有王烟客、恽南田之识拔，而得驰名，借以抒发感慨。光绪二十七年五月朔记云：

> 石谷生而好学，固不可及，亦由当其时遗逸退老，与夫新转诸用事。既皆同乡至好，识者又用烟客、廉州、南田三大家，识拔精微，故能名播远也。

按常熟王石谷名翚，山水师王时敏，初恽南田寿平以山水自负，见石谷画，乃改写生，让之独步。王烟客名时敏，为清初画宗，四方士得其指授，石谷尤见奖掖。王廉州名鉴，与王时敏、王翚、王原祁,称四王。乃誉记及获知音若此三人,盖有以自叹际遇,名遂不彰云。

三是缕载庋藏古器物之日常嗜好。宋洪遵《泉志》是我国最早有关古钱专著之一,历来嗜此者,大多研究钱币形制、书体、重量及成分等。王乃誉第一嗜好,允推庋藏古钱,赏鉴古钱,除著《古钱考》及《古钱拓片》两稿外,平时获见汉以来钱币,必逐一记在日记中,并依原样绘录。他所藏古币,既多又精,常反复检视析赏,俱载记中。

四是光绪间物价实录。王国维为乃父写《行状》,谓"自光绪之初,睹世变日亟,亦喜谈经世之学"。凡当时具体物价之涨跌,日常用品具体之标价,到店中盘算查看账目,均反映在日记中,不失为光绪间经济史料。试看光绪十九年八月三十,承宰在南京夫子庙,"遇雨,于靴店市半假雨靴一双,价一元二角,付一元。令上油粉,藉以避雨"记载,再比较同时其他物价,可知雨鞋价格并不低廉。

据日记,光绪十七年五月,久旱不雨,米价腾踊。"十五。晴。霉雨久不见下,人心防旱,米谷日增价矣。""十六。晴。天久不雨,米价日增至三千一百文。下河水如沟浍,大为可虑。"及光绪廿四年五月,米价又一度大幅度上涨。如:"初四。晴。米价日涨二百,可怕。""十一日。到店,阅报,知米大昂。"

皮锡瑞(1850—1908),清末著名今文学家。字鹿门,湖南善化人。工诗文、擅长经学。在南昌经训书院主讲七年,得士为多。平居垂意时政,多所议论,尤于甲午中日战败后,清王朝订立丧权辱国之《马关条约》,为之愤慨!

鹿门向往康梁变法,光绪廿五年,清廷勒令逐其回籍,厥后,遂从事著作,执教于湖南高等学堂。刊有《师伏堂遗书》数十种,如《师伏堂骈文》《师伏堂诗草》《经学历史》《经学通论》等。事具闵尔昌《碑传集补》。

《师伏堂日记》未刊稿,起光绪十八年壬辰(1892),止卅四年戊申(1908),计十七年。其间政治、经济、外交、文化等方面,均就闻见,逐日纂录。举其荦荦大者,略述如下:

戊戌前后,皮氏交游中,有坚持变法及反对变法两派,壁垒分明,鹿门周旋其间,独标声援变法之旗帜。与梁启超商榷学术,过从切磋。初遇于黄遵宪饮席,称其外貌云:"梁貌不甚扬,亦不善谈。"继而常抵时务学堂,倾听任公讲学。梁每有新著梓行,亦必投赠鹿门,冀得评论。据日记,鹿门对梁所撰《读春秋界说》,以为"文笔甚畅","发明公羊家言",第意或未尽,踵其声华,作《春秋义说》十五篇,以互相发明。

任公主《时务报》笔政,持论纵横,抨击清政失当,旧俄野心勃勃,鹿门逐日披览,每年购合订本以藏之。关于变法,臧否人物,与任公所见略同。光绪廿三年十月十六日记云:

> 阅所携《时务报》《知新报》——江西寄来者,梁卓如痛言中国变法,止知讲求船只枪炮,徒为西人利;不知讲求学校、科举、官制;西人无所利于此,故不以此劝变法,可谓探源之论。

维新派在长沙尚办《湘报》,光绪戊戌正月廿四记云:"秉三所办湘报馆,活字机器皆备。请戴宣乔主政,二月初即出版，属人撰文，每日一纸，不易也。"按秉三即熊希龄，宣乔即参加南学会，并任《湘报》撰述之戴德诚。二月初六，《湘报》已由黻丞（即唐才常）主持。三月间，复常赴该报馆，与熊希龄、谭嗣同、唐才常等畅论时事，对唐发表《热力论》加以揄扬。

此一期间，梁谭唐诸人，在湖南办学堂、开学会、作演讲、写文章，鹿门均加支持并参加。

撰者鉴于列强觊觎我国国权，怒焉忧之。其时德人窥南边铁路，法人亦有由龙州开铁路过湘到汉之议。鹿门与谭嗣同痛清廷积弱不振，归咎西太后穷奢极侈，有以致之。谓：

电报又至，复生即起身，到公度、少穆、秉三诸人处议，时事之急如此，岂吾辈宴饮时乎？而长信（指西太后）又做寿，二百万修圆明园，宜为外人玩视。

鹿门朋辈中，反对变法者，若王闿运、易佩绅（记作笏山）、刘凤苞（记作采九）、叶德辉（记作焕彬）、唐赞衮（记作韡之）、张祖同等。对鹿门倾向变法，辄加非议。如王闿运詈鹿门"与梁卓如在此讲学，为挂皮梁横牌"。叶德辉、汪棨在唐鲁英家，劝鹿门"勿入学会"。类此称引，凡十数见。

鹿门以今文学，崛起晚清间。更借黄公度之口，自我揭橥。初则论述廖平、康有为著作之本源递变。其言曰：

光绪二十三年十二月初六日。……梁卓如送来《新学伪经考》，又从黄麓泉假廖季平《古学考》

《王制订》《群经凡例》《经诂甲篇》，康学出于廖，合观其书，可以考其源流矣。

继则记及如何撰写《春秋义说》，与廖康书相互印证。

  同上十二月二十六日。作《春秋义说》一条。计之共得十五篇，约万余言，岁事匆匆，不能再续，且大义亦略明，似与廖氏、康氏书可互相证矣。

综观鹿门谈学术，崇尚今文学；论时政，服膺变法，揆其原因，则为清代中叶，外国资本输入，政治经济受到激荡，治今文学者，托古改制，遂成为改良主义者变法革新之理论依据。如鹿门一再提及之廖平，早岁受王闿运影响，专治今文，撰《今文学考》，流风所被，康有为亦有《新学伪经考》，鹿门忧国事蜩螗，同情变法，以今文学说，阐发微言大义，语散见于未刊稿中。

戊戌变法失败前后，参劾诋毁康梁，阻挠变法，传说纷纭。据是年六七月日记所载，若《时务日报》列文悌参康有为疏，谓孔子改制亦非满人所知，讲学不应昌言国亡及申民权、去拜跪之类。并时湖南岳麓、城南、求忠三书院，山长聚议，阻挠新法。山东候补道梅启熙（记作梅九），诋毁江标（记作建霞）所议书院章程非是。夏敬观（记作干臣，鹿门弟子）造匿名书二函，以鄙词骂梅九。

八月初八，鹿门风闻有"太后临朝，朕躬不豫"之谕。越六日，皮承庆（记作少村，鹿门之侄）走告"徐致靖、谭嗣同皆处刑。康党免株连。汪鸣銮、文廷式访拿"的噩讯。及十九日,知杨深秀、杨锐、林旭、刘光第、谭嗣同、康广仁等就刑。撰人既眷念康、文行踪之安危,复夜梦谭嗣同,歌也有思,哭也有怀,赋"当君白首同归日,是我青山独往时"之句。枕上作诗哀六君子,有云:"沧海横流酷,人间大可哀!"即此可觇其志概矣。

孙宝瑄(1874—1924),字仲玙,浙江钱塘人。曾任邮传部庶务司主稿。兄宝琦,曾任北洋政府内阁总理。仲玙却淡于名利,不求显达。穷研经史,旁及佛道,由于生活在西方书籍、西方资产阶级新思想、新事物进入中国之时,广览有关政治、历史、哲学、科学等译著,向往民权,是一个比较开明的知识分子。其所交游,若章炳麟、贵翰香、梁启超、谭嗣同、汪康年、严复、张元济,以及英国李提摩太等,相互纵论时事,切磋学术,均详载于日记中。

作者撰《忘山庐日记》,今存者起光绪十九年癸巳(1893),止光绪三十四年戊申(1908),中有缺失。其日记初名《梧竹山房日记》,后取释家"见道忘山"之义,易名为《忘山庐日记》。

作者生活时代,经历中日甲午战争、马关条约、戊戌变法、日俄战争、辛亥革命,均就所见闻,排日记事,并抒所感。兹据戊戌、辛亥时所记,略加浅谈。

孙宝瑄虽非直接参预戊戌变法的一员,但思想也倾向维新,并和维新党人有所往来,也出席过有关的活动。如同年五月间,浙省义学改用新法教授,宝瑄曾到时务报馆议蒙学事,决定：一、先立师范学；二、蒙学分已成、未成两班；三、译书编书。其目的盖在开民智，兴民学。按该报系强学会所办，主笔梁启超，鼓吹革新有力。宝璸参加座谈，即支持维新运动的表现。变法失败后，他多次主持忘山庐雅集，广集同志，继续对新政进行探讨，记及会议地点、人物活动、纵谈内容。参加者为姚文倬、赵仲宣、宋燕生等，向往于明治维新，赞同废止八股文诸事。自称"我海上三五同志渺怀孤诣，不忍与之俱息"。可见他代表当时一些知识分子反对倒退，希望改变现状的一种要求。

变法中不少人物，是和宝璸有交往的，常捭阖纵横，论谈不休。从日记的字里行间来看，知其极关心他们的行止和安危，八月（农历）变法失败，传闻缉捕十六人，谭嗣同等均已下狱，为之忧心忡忡，叹"朝局大变"。此后续载有关时事，如十四日从碑版收藏者严信厚处，悉康广仁、谭嗣同被杀。廿七日知慈禧勒令复用四书文取士，且封禁各处报馆，捕拿主笔，为之扼腕。其间笔触较多的推张元济，九月三十日记云："阴。张菊生至自津，旅中虹桥。往视，谈都事，惆怅久之！"他还对张所创的《外交报》，赞扬备至。谓："历年来留心国事者，莫不争先快睹。其报多载交涉文牍，及译东西人名论，要皆关系于国际者。而五洲之形势，如指诸掌焉。"

辛亥革命前，有些志士为了推翻清朝，而殒身不恤。宝璸以大量篇幅记所闻见，单以丁未（1907）而言，不断叙写徐锡麟刺死皖抚恩铭后，清政府种种的倒行逆施。前一年，蔡元培参加同盟会，从此光复会由徐领导，为了深入清政府内部，捐官道台，任巡警局会办，乘机刺死恩铭。据日记，知由是清廷上下,慄慄自危,于是废引见之礼,改为验放;当局不敢留用江南武备学堂毕业生,防蹈覆辙;再欲混合满汉,不分畛域;风闻内外大臣有更调之说,并欲组织内阁,盖为革命党人声势所动摇。类此防范,不一而足,宝瑄认为革命力量,是无法遏止的,有如"野火烧不尽,春风吹又生"。类似记述,着重于革命党人对清朝官僚进行暗杀的恐怖活动,使得清朝统治者惶恐万状,作者给以尖锐的嘲讽和抨击,从中也反映了当时的政治形势。

距此不久,各地人民群起反对外国侵占我国路权,抗议清政府丧权辱国。九月后日记赓续载录了有关民情激愤的消息。如

九月廿四日。报至,阅之。余昨已见杏儿持入一纸,即浙人谋拒绝英人外债书。盖苏杭甬铁路草约,我国欲废久矣,英人始终未允,今忽变计,曰:路任尔自办,吾以百数十万之款借尔用之,将来仍取偿于兹路,然又须以他项作抵也。外部诺之。浙人闻之惶急,曰:此引虎入门也。急联名争之。今日览报,称政府王大臣决意允英借款,以苏杭甬代表人力争之电词意太激,怒甚,将改为官办,未知确否。

十月二十五日。晴。迩来江浙人士开会,拒借款,粤人则为西江捕盗事亦开会,拒外人干预。我国民气,可谓大伸。

不仅如此,宝瑄曾充邮传部庶务司主稿,目击官场腐败,十五年的日记稿中,揭出了不少的黑暗面。抨击官场腐朽,语见下列数则:

光绪三十三年九月三十日。晴，无风。览《官场现形记》，终日不去手。是书写今日外省官场中内容，可谓穷形尽相，维妙维肖。噫！我国政界腐朽至此，尚何言哉！……

十月一日。晴。《官场现形记》所记，多实有其事，并非捏造。余所知者即有数条，然易姓改名，隐约其词而已。

康有为（1858—1927），字广厦，号长素，又号更生，广东南海人。光绪进士，授工部主事。曾七次上书光绪皇帝，要求变法。岁戊戌，发动变法维新运动，受到慈禧太后镇压，逃亡出国。撰《新学伪经考》《孔子改制考》《大同书》等。印行者尚有蒋贵麟所辑《万木草堂遗稿》《遗稿外编》等五种。

戊戌政变以后，康梁俱出游国外，著有日记，称长编者推南海日记——《欧洲十一国游记》，经编定的，有意、瑞士、奥地利、法、匈、德、丹麦、瑞典、比利时、荷兰、英国等十一国所记，惟印行不全。蒋贵麟（南海弟子）辑印《康南海先生游记汇编》，纂补较全，足资循览。据称康出亡后，漫游十六载，足涉卅一国。

光绪廿七年（1901）十一月，南海赴印度，撰《印度游记》。作者自言中国人熟习印度文化，而涉足印度者，继"自秦景、法显、三藏、惠云而后千年，至吾为第五人矣"。综观所记，一为有关与印度上层人士之接触。随行者次女康同璧，以其通英文可任译事。如：

八日。十时与女同璧妾婉络访印王。深入印人内地，巷隘几难容大车，又污秽，乃下车步行。入高楼，皆四五层，红石为之，阶皆分二楼，皆周石。至第四重，见王席地无几，铺以地毯，中设一大几，如中土大炕桌者，则王坐也。从官令吾坐毯上，吾不肯。王知吾意，令觅三几来与对坐。赠吾油点心一篓，银香盒一具，吾答之以绣扇，越日又使其弟索吾影像。

二是有关印度华侨生活，自述赴华人街，参加讲演，夷考清初杨大昭到印度后之影响，是印度华侨史崭新之一页，看来在于激发华侨之爱国热忱。记云：

是夕到支那街天后庙演说，吾国人之来印者，自香山杨大昭始，在乾隆时矣。杨以贩茶乏利，乃以其茶尽送英印度公司总办，总办厚待之。时新得印度，荒地无垠，当与同车游海滨，问杨所欲，杨指眼前地，总办恣其所欲得，听杨跨马一周，尽马所至地以与杨。盖周五十里，地名唐园，今其土地祠，即祠杨者也。

三如详写印度华侨之分布网及其人数，以及从事商业之分类，支那街华侨保存之中土习俗，记曰：

广州人皆聚居支那街，百货具备，无一非中国用物。其岁时宴会，红帽长衣，鼓乐爆竹，俨如内地，几若忘在外域者。

光绪三十年（1905）五月，游意大利，撰《意大利游记》。南海在奈波里城，目睹居民"褴褛之情，颠流之状"，爰有欧洲并非想象中人皆富有之叹，曰："来游欧洲者，想其地皆琼楼玉宇"，"岂知其垢秽不治，诈盗遍野若此哉！"

南海观察罗马宫室殿庙及博物院之宏伟，用比较法，将当地建筑艺术、绘画艺术，与中国作比较，论列其特色。其所见罗马大教堂一百数十所，"皆宏丽崇严"，便联想到晚唐诗人杜牧"南朝四百八十寺，多少楼台烟雨中"之句，两相比较，何尝逊色！南海参观罗马古建筑以后，身处清末，政治腐败，深叹中国保存古物不及罗马，愧对列祖列宗。但应引以自豪者，远在三千年前，中国已能采用"在木架中筑土为墙"，掌握先进技术，确比罗马为早。

南海除大量笔触意大利建筑艺术外，还记述了意国之绘画艺术。如意大利第一画家拉飞尔，于四百年前，创绘油画，南海游意时遍见之，"凡数千百幅，生气远出，神妙逼真"。南海兼以拉飞尔与我国文徵明作比，曰：

拉生于西历一千五百八年也。基多利腻、拉飞尔，与明之文徵明、董其昌同时，皆为变画大家。但基、拉则变为油画，加以精深华妙。文、董则变为意笔，以清微淡远胜，而宋元写真之画反失。

作者进一步认为以画论，曾见阿拉伯、土耳其、波斯、印度之画,均"不能比吾宋元名家","在四五百年前,吾中国几占第一位矣"。又认为意大利艺术之所以发达,实源政府之尊崇,如画师拉飞尔与意国王棺并列,堪证"意人之尊艺术亦至矣,宜其画学之冠大地也"。

此外,有关中意文化之比较者,如意大利人物铁画与中国花卉铁画,意大利数千年石刻像略近武梁初画相,罗马与中国汉代文明之比较,中国文化与埃及、巴比伦之比较,康氏行文无异是已启比较学之嚆矢。

光绪三十一年(1905)七月,南海抵法,撰《法兰西游记》。在其笔下,率先对当时巴黎之评价,以为远不及柏林之广洁,纽约之瑰丽,当时巴黎之马车电车,街道之设施,几与上海"泥城桥至愚园西园等处,颇相仿佛,但逊其阔大耳"。全书濡墨较多者,为名胜古迹、历史人物、民情风俗、创始沿革等。康南海所叙重点之一,在于载述举世闻名之历史建筑,如用一千六百字,描绘巴黎铁塔为天下之大观,且以中国著名古塔、亚洲及欧美名塔作比,从而得出铁塔冠绝宇内之结论。非有渊博知识、精湛见地不克臻此。略如:

> 天下之大观伟制,莫若巴黎之铁塔矣,当首登之以望巴黎焉。……吾少从先祖述之公登五层楼,于连州登画不如楼。昔游江南登雨花台,游扬州吾登琼花楼蕃厘观,游西湖先登吴山,游武昌吾登望江门巡城而至黄鹤楼,游桂林吾登独秀山,所至各国皆是。以吾所登之塔,若吾粤梁时之花塔,镇江金山之雷峰塔,北京则西苑内之白塔,城外之天宁寺塔,西山之

碧云寺后魏氏白塔，而手扪西湖之净慈塔，多数千百年古物，而上海若龙华寺塔，则不足数。若游日本江户，登其浅草之凌云塔，至缅甸登其王宫之木塔，游锡兰登其古寺之千年旧塔，游印度所登塔尤多，而舍卫城中鹫岭顶之塔，及佛祇树给孤独园前七百年前之回王所筑塔，而加拉吉打公园中之英人纪功塔，尤高峻矣。欧美高塔尤夥，其在德则议院前之纪功塔，若瑞典之思间慎公园顶塔，英水晶宫之塔，若美则华盛顿之方塔，波士顿之纪功塔。若是者皆宏工巨构，四十余层，高数百尺，并有名于宇内。若印度之阿育大王筑八万四千塔。吾手扪其数塔焉，而宏规大起，杰构千尺，未有若巴黎铁塔之博大恢奇者。盖有意作奇，冠绝宇内，真可谓观止而蔑以加者也。

南海重点叙写之二，游歆规味博物院，见所藏中国内府庋藏图器珍物，而玉玺尤多，有若太上皇帝归政玉印、乾隆御笔白玉方玺、保合太和碧玉玺、听平观察碧玉玺（此批复刑部奏疏之玺）等大量国宝。触目心伤，不禁慨叹咸丰庚申（1860）英法联军侵占圆明园之后，大肆掠夺，致流落珍宝于此。又不禁联想，回忆圆明园劫后尚存一些精巧建筑，称"记十年前曾游圆明园，虽蔓草断砾，荒凉满目，而寿山福海，尚有无数殿亭，有白头宫监守之。竟日仅能游其一角，有白石楼一座三层，玲珑门户，刻划花卉，并是欧式，盖圣祖所创，当时南怀仁、汤若望之流所日侍处也。"

光绪三十二年（1906）十一月，自瑞典行，再至德国，写

《柏林再游记》。作者曾九至柏林，频贯穿其数十都邑，赞美德国从三四十年之小国杂乱，百政不修，而今武备、政治、文学、医术、工艺、商务乃至音乐，均居世界第一，进步之速，要归功强固治权。此记笔触再度游博物院，见有不少康熙间内府珍宝，俱因联军侵华时劫掠流落至此者，伤心极目，濡笔记之曰：

> 吾国物有四大玉瓶刻钟鼎，皆康熙年物，有御制西番莲诗玉册，乾隆玉茶碗三，有八寸绿松石屏，画刻兽之碧露犀三寸许，有乾隆丁巳御题玉册，皆内府难睹之珍品，伤心哉何以至此！

莱茵河名驰全球之欧洲大河之一，南海详记循河西行，弥望一路风光旖旎，宛如长幅画卷，在此不再赘引。

其他短篇日记，尚有一、光绪三十四年戊申（1908）六月底，由罗马尼亚抵土耳其，颜日记名曰《突厥日记》，略志其地理位置、法律、官制、民情风俗、货币物产等。二、此前往游塞耳维亚（南斯拉夫最大之成员共和国），保加利亚，均有所记。三、同年七月，以"希腊为欧洲文明之祖"，遂往游希腊雅典，日记载述希腊戏场遗址规模之宏伟，文石大戏场"层高一百三十五级，可坐四万八千人"，惊叹二千年前竟有如此宏伟之建筑，能以简赅之笔，曲达妙处之所在。

吴虞（1872—1949），字又陵，四川新繁人。清末成都尊经书院肄业，鼓吹非儒学说，撰文反封建反孔，为成都讲新学之先行者。嗣游学日本，归国后，任成都《政进报》主笔，并先后应北大、北师大等校教授之聘。有《吴虞文录》《吴虞文续录别录》《秋水集》等。

《吴虞日记》起宣统三年（1911），止1947年。据日记，虞广交游，过从频密者凡数百人，一如忘年交廖平，掌教尊经书院，从王闿运治今文经学，经常关怀又陵行止，赠以近作。当传闻廖在沪溺赛金花，虞为之惋惜不已。二如黄侃（季刚），记及侃在北大讲授国文之重点及教法，谓讲赋甚多，次及《文选》中论、序、《文心雕龙》及《诗品》。"其讲国文先训诂，次事实，于警策之句必为举出。""谓文须熟读，其意义声调神采乃可得见。"三如谢无量。相互商榷学术，精语纷陈。所录谢简论所好诸书曰："《盐铁论》是西汉完作。《潜夫》《昌言》亹亹可观。《论衡自序》为伯喈文所出。"四如柳亚子。少吴虞十岁，以兄相称，属莫逆交。经柳氏之介，入南社，且致函深表欢迎，有惠然肯来，可以助我张目云云。附柳氏自述治学途径一函，具参考价值。略称：

> 才毕《六经》，《文选》亦未上口，唐人诗集只读毕少陵、义山，元则遗山，明则卧子、存古、梅村、牧斋，清则渔洋、竹垞，如是而已。最近乃喜定庵。

作者又记及另一挚友为梁漱溟，日记引述梁先生之语有关国文教学者，称：

> 梁漱溟云：教授国文，不宜杂取古今各代之文。

各代之文气体各异，今其所取上起三代，下逮现世，相去数千载，气体愈远，摹习不专，都无所类。而一篇之中，举词如此，构句如彼，至呈异现，故取材莫若限于一代二代，时不相远，气体仿佛，学者耳目所染，不出乎此；行文吐词，不期而循成规矩矣。

作者在日记中，连续记述写作编辑活动，是攸关清末民初报刊史料。如1911年正月廿三，"作《政进报》发刊词二千一百零三字"。四月谓《公论日报》载孙中山《孔教批》及《如是我闻》。孙少荆拟请任主笔。又替《女界》杂志，作《提倡女子国民捐》，并应约撰写时评。《女界》第二号售至七百余份，据说：在当时销路尚属可以。次年九月廿二，接受《日日新闻》编辑关书，并撰发刊词。十二月十三，收到《政报》编辑月薪八十元。据所载，详列蜀中报刊名称、主持者姓名、兼任编辑薪金数，堪资考镜。此外，吴虞联系之报刊，有《法政杂志》、《共和》杂志、《大中华》杂志、《学艺》杂志、《国民公报》、《蜀报》、《小说月刊》、《新青年》等，涉及甚广，内容具体，询属近现代中国报刊史资料。

吴虞称为"四川省只手打孔家店的老英雄""反抗其父逆子"。类似《儒家大同之议本于老子说》《反对家族制度》《吃人与礼教》等文，大多载于《新青年》，当代史家评者已多，此不具述。

吴虞广泛阅读近代所出哲学、法律、经济，以及报刊上政论时评。及观后期日记。知其自誓"此后当以佛学为归宿"。博览佛典，几日定程课。《五灯会元》列为昕夕攻读之书，吸收佛学研究者之成果，对其人其事，必详加纂录。其一若杨文会（仁山）系清末佛学功臣，尝寓书日本南条文雄，广求中国失传古本。虞既购《杨仁山居士全集》，又从杨开列之书单中，寻找研究方法及途径。称：

> 此后读佛书暂依杨仁山释氏学堂课程所列之书，就予所购得者以次读之，不必东问西问，反无主脑也。

日记特点之一，内容广泛，包罗万象，吴虞日记即为一例。综览其书，纂录了富有意义之书林掌故。曾引述胡适之语，力主要重视清人精心校勘之书，不容忽视其价值，称：

> 适之言上海现木刻章氏（实斋）全书，将来可卖，当买之。清朝人校勘考证之书，将来价值必百倍于宋本。宋本固有佳者，亦多谬者。

吴虞记载几十年间物价，特别是书价，赖以考见书价之递变。如1918年六月《宋六十名家词》，价十一元。《灵鹣阁丛书》，价仅八元。按照吴虞夫人曾香祖发表于《小说月报》之《孽缘》，七千字稿费十四元，以之购江标主辑的丛书，尚绰绰有余，足征当时书价仍较低廉。

其次，虞还重点叙写南社成员动态，文献足征。其一柳亚子平时言行，作者随录最多，如谓诗界革命数龚定庵、马君武、吴虞三人。亚子印就《南社姓名录》，即寄与曾香祖，香祖既逝，柳拟将遗像，印入《南社二十一集》。

日记涉及蜀中戏曲演出逾百余则，凡戏院、剧种、剧名、演员及顾曲短评，秉笔极详。着重分析蜀舞台戏班之间，各立派系。称：

> 陈碧秀、王鸿卿、曹春仙、邓笑群诸人为一党；李春林、唐双双、许蕙仙辈为一党；谭芸仙则与小生等为一党。

吴虞在演员中，和碧秀最有交往，胪列拿手好戏，超二十齣，如《斩四姑》《挡幽》《拐魁》《桂香阁》等。其于顾曲之余，往往赋诗，逐一作月旦评。如伶人康子林。

> 骨相寒伧，故演《奇棍打瓜》《扫华堂》诸剧，则穷形毕相。记附一绝：世界尘尘总寂寥，舞台赢得鬓萧骚。虞翻骨相寒如此，只合青衫唱破窑。

二、学术日记代表作

同光之际，学者日记为数至多，或谈词曲，或谈戏剧，或叙诗事，或述方志，或记甲骨收藏，或录治学心得，要皆与学术有关，试举下列数例，略见近四十年间学术日记之梗概。

日记之谈子史诗词者推《复堂日记》，撰者谭献（1832—1901），字仲修，号复堂，仁和人。同治六年举人。历官歙、全椒、合肥、宿松等县知县。告归后，主讲武昌经心书院，历学不倦，好为南朝骈俪文。廿六岁后，潜研经史百家，盛推章实斋、庄方耕系当代绝学。聚书数万卷,世称善本。造述勤劬,积稿盈尺,刊者十不逮一。撰诗文词,合编成《复堂类稿》,又有《复堂日记》,事具《清史稿》《碑传集补》。

此《复堂日记》八卷,起同治元年(1862),止光绪十七年(1891),共三十年。《清史稿》称其"读书日有程课,凡所论著,隐括于所为日记"。内读子史,读诗词部分,均擅胜场。其尤邃于词,与丹徒庄棫交,并称谭庄,故论列填词选词上问题,无不深中肯綮。

词学递传至清代,摆脱元、明时之衰落状态,重振两宋坠绪,一时词家辈出,风格上显然有了继承和发展。复堂于清代词人专集,涉猎迨遍,钻研特深。是词家,也是词学评论者,说者比之于蒋敦复、庄棫、王鹏运。献与浙派词家相反,主张以周邦彦为正鹄,走常州词派之词学路线。根据评词此一准绳,高度赞许项鸿祚、蒋春霖的作品。如:

> 阅项莲生《忆云词》。篇旨清峻,讬体甚高,一扫浙中啴缛破碎之习。莲生仰窥北宋,而天赋殊近南唐,《丁稿》一卷,徧和五代词,合者果无愧色。
>
> 阅蒋鹿潭《水云楼词》,婉约深至,时造虚浑,要为第一流矣。

除项、蒋两家外,清代词作趋向周邦彦者,皆出佳评。如盛称金坛冯煦,则曰:

> 阅《蒙香室词》,趋向在清真(周邦彦)、梦窗

（吴文英），门径甚正，心思甚邃。得涩意，惟由涩笔，时有累句。能入而不能出，此病当救以虚浑。单词小令，上不侵诗，下不坠曲，高情远韵，少许胜多。残唐北宋，后成罕格。梦华有意于此，深入容若（纳兰性德）、竹垞之室，此不易到。

又如揄扬郑文焯《瘦碧词》，谓"持论甚高，摘藻绮密。由梦窗以跂清真，近时作手颇难其匹"。其他认为江宁邓廷桢《双研斋词》，"才气韵度，与周稚圭（周之琦，著《金梁梦月词》）伯仲"。仁和钱枚《微波亭词》，"一往情深，似谢朓、柳浑（梁代诗人）诗篇"。何兆瀛《心庵词存》，"骀宕丽逸，如见六朝人物"。归安严元照《柯家山馆词》，"婉约可歌"。袁棠《珧琼馆词》，"秀润如秋露中牵牛花"。类似词话，载于日记者，层见叠出。

选词此一工作，虽不类作词那样是创作，但在词学研究之范围内，却为不可或少之环节，引起清代词人之重视。复堂尝先后简记自己甄录《箧中词》零星情况，如谓辛亥年况蕙风客杭州，闻声过从，承视苏汝谦词稿，拟撷采入《箧中词续》云云。其中还对别人选词，较多论列。若常州词派张惠言、周济等，皆曾选编前人词作。复堂则谓编纂水平，仍有轩轾。说：

甲戌十一年赴官安庆，道出嘉善。金眉生都转（金安清）招饮，中坐以周保绪（济）《宋四家词选》见贻，潘侍郎（祖荫）新刻。周先生有《词辨》十卷，稿本亡失。潘季玉（曾玮）观察刻二卷，版亦燬失。此四家初选,为后来定本。陈义甚高,胜于《宛邻词选》(张惠言及其弟琦所选)。即潘四农(潘德舆)亦无可诋淇矣。以有寄托入,以无寄托出。千古辞章之能事尽,岂独填词为然。

按常州词派,张惠言兄弟导之于前,至周济以后坚其壁垒,复堂较论得失,本有所自。因此,对沿着另一条词学路线之蒋重光,相反便不无微辞。说:

阅蒋氏《词选》。蒋重光子宣与张玉榖、沈光裕、张朱(彝尊)、陈(维崧)之馀绪,意在鲜妍奔放,不为大雅。其采康熙以前,与《词综》详略互备。康熙末,乾隆初,则远不如王兰泉之雅驯。

并世词选本,复堂最持异议者,推无锡丁绍仪《国朝词综补》稿本,以为集中辈行错落,闻见浅陋,自己见到之近人词,多丁所未见。推而上之,对宋人词选之检验,仍一本己见,坚持以是否符合柔厚之旨,为臧否准的。其一盛誉周密《绝妙好词笺》,善于抉择。曰:

庚午。读《绝妙好词笺》。南宋乐府清词妙句,略尽于此,高于唐人选唐诗矣。泗水潜夫(周密号)填词名家,善别择,非《花间》(赵崇祚编)、《草堂》(即南宋人编《草堂诗馀》)之繁猥。南宋人词,情语不如景语,而融法使才,高者亦有合于柔厚之旨。

历代诗文每多奇兀奔放，复堂服膺者唯此，辄以"扬抠百代"自居，远则如写《文赋》驰名之晋代文家陆机，辞藻宏丽，才思横溢。记云："阅骈体文，忽悟士衡《连珠》，文小而曲尽事理，学骈文者以此为法，自无浮靡之失。"近则推誉诗才奇肆之黄景仁，称：

阅黄仲则（按即景仁字）《两当轩诗》，天才既超，风格矜重，生气远出，而泽于古，当时果无第二手也。

复堂评述诗文，一以才识为准绳。尝谓《梦陔堂诗》作者黄春谷（名承吉），才智远逾王渔洋。其言曰：

杨卧云借《梦陔堂诗》去，初不谓然。今日言始知其不露锋锷，自然神到。诗学至此，良非易易。……春谷先生服膺渔洋，亦几智过其师，是真能传法者。

章实斋（学诚）《文史通义》《校雠通义》，是从事学术研究者应备之书。复堂尤加折服，以为"章氏之识，冠绝古今"。而《实斋遗书》之所以得辑佚补残，再行问世者，胥赖复堂一人之力。据日记，岁甲子，撰人于书客故纸中，搜得两书残本。往在京师，借叶润臣藏本，在厦门借孙梦九家钞本读之。岁癸酉，又转辗访求《实斋遗书》。记云："章氏遗书板至残佚五十四叶，取予藏本上木翻刻补定，此书终以予故，得再行于世矣。"

岁癸酉（1873），复堂获陶方琦书，访得《文史通义》等二书，谓"版刻在周氏，同年介孚名福清之族人也"。

日记保存湘剧史料者，推《坦园日记》。作者杨恩寿（1835—1891），系同治间杰出的戏曲作家、理论家。字鹤俦，号蓬海，湖南长沙人。在云贵作幕宾多年。著述浩富，著名者有《六种曲》，见吴梅《顾曲麈谈》、青木正儿《中国近世戏曲史》。已刊入《坦园丛稿》者，为《词馀丛话》《理灵坡》《再来人》《坦园杂剧》《坦园诗录》《坦园词录》。又撰《续词馀丛话》及《麻滩驿》，也都梓行。三十年前由其后人杨瑾玪藏，今已由上海古籍出版社排印出版。起同治元年（1862），止同治十三年（1874）。

综览全书，一是谈顾曲评曲事。大抵系往还郴州长沙之作，沿途到处聆赏各种剧曲，经秉笔赏析的，共一百四五十齣，戏院戏班并分别著录。其中谈湘剧居多，用简赅之笔，发抒了议论，为近代戏曲史之珍贵资料。像看了《斩黄袍》，赞誉韩素梅风神甚隽；观了《闹金阶》，激赏曹妹演技的宛转生姿，为衡州艺人的翘楚。路过梧州，对岸粤东天乐部，"缚席为台，灯光如海，演《六国封相》，登台者百余人，金碧辉煌，花团锦簇"。场面布景，蔚为伟观。又他赴广西时，自桂林泛舟至阳朔，留意粤中土歌，随时采风，附载记内。如：

同治乙丑三月十四日。阴。……舟子，粤人也，时唱土歌。初听之，不甚了了。依枕细绎，其中有绝妙者。如"苦竹山高苦竹低，贫穷莫讨富贵妻。苦竹山低苦竹高，贫穷莫结富贵交。"虽古诗不过如是。又有："五更鸡，莫乱啼。你若五更啼得早，拆散姻缘早分离。"三百篇之遗风也。记之足补《粤述》之缺。

又有自叙其研究剧曲的情况者，若：

同治元年四月初五日。阴，微雨。……祥泰演《一捧雪》全本。自开塾后未尝一观也。忆自十余年来，颇有戏癖。在家闲住，行止自如：路无论远近，时不分寒暑，天不问晴雨，戏不拘昆乱，笙歌岁月，粉黛年华，虽曰荒嬉，聊以适志。……

二是反映作者一生中重要阶段的生活。遍检清史传记，都付阙如。而这部日记却抒写了一个阶段的日常起居，侧面也表露出他一生的志趣。叙平素交往频密，一同品诗论文的，有吴南屏、王先谦、邓辅纶、王闿运、江松龄等，俱系当时文坛宿儒。次之，日记涉及面颇广，谈到各地风俗（如僮族习俗、广西灯市）、土产、物价，兼附诗词，藉以抒感，且多《坦园诗录》所未收。此外，更多肺腑语，其中有说十数年来屡试不第的苦闷者。同治元年记云：

自六月廿七日始，每日作时文一首，杜门却扫，仅于黄昏时归家一定省焉。至八月初五日襆被回家，初八日即入矮屋矣。十六日场事既毕，始出应酬。闰秋六日揭晓，名落孙山，废然若失。及见落卷，始知为恩小农（荣）所点，小农与余，旧好也，入闱之前，或以奔竞劝者。余自以得失有定，而气节不可不矜，谢而勿往。今果被放，谁之罪欤？

及庚午九月，一旦中式，欢喜若狂，欣然濡笔曰：

> 酒未阑，而报喜人至，始知余中二十一名。二更时，薄醉而归。家中已高烧华烛矣。少顷榜发，龙阳陈保真领解，余所列名次，与报者相符，爆竹之声，轰腾达旦。（录庚午九月初七日日记）

记末还附《得第口占》一诗，有"顷刻声名众口传，回思往事最堪怜。青衫留得伤心泪，一第蹉跎十七年"之句。杨恩寿庚午（1870）中式，时年三十六，不禁感慨系之。此种真实思想的流露，只能于日记中看到，颇可供编写杨氏传记时作参考。

王诒寿（1829—1881），字眉子，山阴人。骈文家。间为南宋人小词，辄工稳。尤精骈体文，芳润缜密，如梁陈人。杭州奏开书局，延往校理，同人服其赡博。刻有《缦雅堂骈体文》，附《笙月词》《花景词》。传详仁和谭献《复堂亡友传》。

他所写《缦雅堂日记》稿本四册，前钤"山阴王眉子"白文印。起同治十一年（1872），止光绪四年（1878）。时作者任职杭州书局校勘，所校若《荀子》《墨子》《晏子》《吕氏春秋》《宋史》《晋书》《南北史》等，以子史为多。日与往还者，为俞荫甫（樾）、陶子珍（方琦）等，析诗论文，几无虚日。日记经常附录所拟骈文诗词，便于读他作品时，进一步了解作品写作时日与背景。且所录诗词，往往与刻本互异，盖未经点改的缘故。

例如《缦雅堂骈体文》卷五《秋舫填词图自序》，有"以抚军杨石泉中丞之辟"句，日记原作"以中丞关西公之辟"。集作"轻装往来"，记作"轻装蹔归"。集作"自解西陵之缆"，记作"固陵之缆"。集作"水木明瑟，乌篷八尺，坐卧杂以酒缾青山，一窗烟云供其画本。兴之所至，辄谱小词，触盻流声，不假锤琢，用以酬清景、写渺景也"，记原作"水木明瑟，往来既敷，吟趣斯洽，水窗展眄，辄谱小词，触景吐声，旋得不假锤琢，用以答云物、记津邮也"。又附录诗文，有刻本所未收，如《重建龙山书院碑记》，代杜莲衢作。

他对于当时剧曲，多所研究。如所写《秋魁》《金鸡图》《街亭》《空城计》《空姻缘》，草台戏中的《挑帘杀嫂》《倭袍》《救母记》诸则，即发表了一些顾曲的见解。其余日常见闻，若所闻杨乃武案，所见题壁诗，亦并录。

周家楣（1835—1887），字小棠，宜兴人。咸丰九年进士。光绪初，任四川学政，久充顺天府尹，创修府志。著《期不负斋集》，事具江阴夏孙桐《观所尚斋文集》卷五。

《期不负斋日记》稿本十六册，起光绪二年（1876），止光绪十二年（1886）。首册系光绪二年使蜀时作，详途中知见，兼附所拟诗篇；既入蜀，缕述考场中事。二至三册，颜曰《日史》，记光绪三、四年间，充总理各国事务大臣时的生活。四至七册，书端题《读礼日记》，母死返宜兴时所写，特详《顺天府志》纂修经过及光绪五至六年的各地水灾严重情况。八册署《谏台日记》，为七年任都察院右副都御史时审案日录。九至十三册为《治畿日记》，用"期不负斋制"红格纸，系任顺天府尹兼兵部户部左侍郎时撰，于顺天水灾、殿试内幕，载述最多。十四至十六册，未题名，谈折衷库颜料库内取付例规。

此书涉面极广泛，较多落笔的，首推纂修《顺天府志》的一件大事，先后不断地大书特书。试观光绪五年七月二十二日日记一则：

……香涛来观音院，面交修志，拟请纂修四位：钱笆仙侍郎（振常）、袁爽秋户部（昶），詹黼廷礼部（鸿谟），刘博泉侍御（恩溥）。……香涛云：此时虽不分总纂、分纂，然必有参互考订商量折衷之人，小山可当其任。且非一人所能，必须有同为之者，楣以自应其名，而请小山暂代其实，与商可否。香涛云：然而谓与之共任者，则有钱君振常，渠学问甚好，办事可靠，性极真实，毫无脾气，若请办长编，必能终其事；请与参与折衷，必能详审直存。小山和婉，笆仙质直，恰可相济有成。……又谓刘溥泉必能按章程按条例，不负所任，将来须督催以功课，或有名士而习懒者，不能不督催也。须调和诸名士，同著一书，必有意见各殊之处，不能不调和也。

按小山即翰林院侍讲恽彦彬，张之洞拟请几位纂修，了解极其清楚，曾从实际工作作周密考虑。从中还可以看到：光绪五年《顺天府志》着手编纂，仍未分总纂、分纂，仅衡量纂者特点，加以分工而已。在编纂过程中，家楣又从文集中，采集传记，以备斟酌。如光绪六年阅《小仓山房文》，有陈鹏曾其人，备顺天志局酌核。阅方望溪文集《陈驭虚墓志铭》，考虑应否列入府志。类此载录，不失为地方志史料。

其次，较多地记载时政掌故。案家楣先后任四川学政及殿试读卷大臣，日记特多此中情事，如光绪二年八月初进四川贡院，有种种礼数，接着如何分定各房官，如何出题、刻题、刷印、防泄漏、定名额、写榜，并称贡院地大，从清白堂到严肃堂，犹需乘轿，及任殿试读卷大臣，与李高阳、张幼樵同阅卷箇中情事，颇多涉及。又从日记中，获知家楣很关心光绪间水旱灾况，如言五年山东河口久涸，哀鸿嗷嗷，九年六月顺天水灾严重，竟至"墙壁各处倒坍，轰然之声不绝"的地步，七月底，"晴霁甫旬，虽于岁收无望，究竟水可稍涸"，可见当时水患及民生疾苦情况。

日记作者擅序跋楹联以及其他酬酢之作，均附日记后。他平素藏画较丰，购求所得，必加记录，如得仇十洲画八骏，极工，文衡山题七古一首。又购黄鹤山樵山水长卷，精妙绝伦。但从全稿比例来看，只占极小的一部分。

文廷式（1856—1904），字芸阁，号道希，江西萍乡人。以举人入京会试，与王懿荣、张謇、曾之撰称四大公车。庚寅进士。嗣因赞同变法，被递职。戊戌后，流徙江湖而死。工骈文，名重文苑。事具《碑传集补》。

今存日记有五："一《南旋日记》，光绪十二年（1886）

应礼部试南归时所撰。二《湘行日记》，光绪十四年在长沙所记。三《旅江日记》，光绪十七年由广东抵江西时所作。四《南轺日记》，叶恭绰藏。光绪十九年从粉子胡同京寓，取道山东，而至江宁府署主试事所写。五《东游日记》，光绪廿五、六年赴日本时所志。诸记内容，约有数端：

芸阁自述治学门径，得自钱大昕启迪。谓：

> 余幼时，读钱辛楣先生《潜研堂集》，乃得门径。今途中复读此书，服其用力之勤，见闻之博，非洪景卢、王伯厚（按即洪迈、王应麟）之所能及，无论馀子也。

芸阁几经衡量，扬钱而抑洪王，自具创见。其论清词章之学，推崇王士禛，朱彝尊，而贬沈德潜。曰：

> 词章之学，国初极盛，有明人之神韵风采，而一去其轻佻粗犷之习。王朱并称，济以博瞻。至沈归愚诸人出，谬托正宗，全无诗意。变才人为学究，其咎良有所归，于时文网稍密。才智之士悉心经史，而不复留意篇章，故文体日归平实，而诗中之比兴亡矣。

按其交游皆当世名流，丙戌赴京应试不第，出都门，杨锐等送行，愁绪萦怀，赋《蝶恋花》，有"惆怅玉箫催别意"之句。经上海，与陈三立（伯严）等往还，伯严尝参加变法，系同光体主要作家。芸阁强欢不怡，吟姜白石"老夫无味已多时"句,聊以自况。越二载,与袁昶、沈曾植、缪荃孙、蒯光典相遇,欲仿白香山《秦中吟》,先列题廿六,历数清廷弊政。及趋江宁,往拜李垣,述其生活简况,以及送行投赠之深情。三月初七记云:"晴。往拜李黼堂方伯,其所撰《耆献类徵》已成书。目虽瞽,记忆之性尚佳。"四月初一又云:"晴。李黼堂来送行。病瞽远来,又赠菜赠书,意甚殷厚。"

日记撰者复多东瀛文友,己亥出国前,在沪和扶桑诗人本田幸之助等,纵论古今,商榷学术。在日本参加彼邦汉学家发起之三次诗会(地点在八百松间、乐园、植半樱)。旧雨新知中,若国际问题专家冈千仞、名僧南条文雄等数十辈,或见贻新著,或出视庋藏,或事联吟唱和,或谈日本时政,凝结友谊于翰墨,不失为中日文化交流之故实。

刘鹗(1857—1909),清末小说家。字铁云,笔名鸿都百练生,江苏丹徒(镇江)人。官候补知府,除擅治河、天算、乐律、词章、医学、兵法外,曾师事仪徵李龙川光炘,接受"太谷学派"哲学思想(按安徽石埭周谷,字太谷,讲学扬州,崇尚实行)。有《铁云藏龟》《老残游记》《勾殷天元草》《铁云诗存》等。事具《丹徒县志抚馀》、刘蕙孙《铁云先生年谱长编》。

残存刘鹗日记四册,起光绪二十八年壬寅(1902),止光绪三十四年戊申(1908),现已辑入《刘鹗及老残游记资料》,一九八五年四川人民出版社梓行。

刘铁云生平广交游,与"太谷学派"中人多所往还,笔触所及若学派南宗黄葆年、学派北宗蒋文田,以及乔茂轩、诸乃芳等数十人，审其行止，是研究刘鹗与晚清此一民间政治学术之关系，提供极具价值之第一手资料。又和刘鹗相识之名士凡百余见，若汪康年、沈卫、吴挚甫、易实甫、狄楚青、李经迈、叶景葵等。特别是梁启超用文言翻译《十五小豪杰传》，尝以译稿恳请刘氏审读，并乞书名题签。

铁云嗜收藏，精鉴别，莫逆之交、谊结金兰者，推藏家王孝禹。相与评骘碑拓、析赏龟甲，几无虚日。岁戊申，袁世凯密电端方以私购仓粟等罪名，坐使刘鹗遣戍新疆，王孝禹忧心忡忡，为之传递信息，洵属管鲍之交。

刘鹗集藏研究甲骨，旁及其他古器物。据日记，日常忙于访求、购置、借阅、展玩、考订、勘释、题跋诸事。其检点古泉，摩挲古泉，竟至通宵达旦，废寝忘食。他濡笔最多者，允推访求甲骨龟板之经过情况。常"至王孝禹处畅谈，并访龟板原委"。一次从范姓处买龟骨三百余斤，连同古戟古币，"共价洋一百五十元"。类似上述记载，赖以考见刘铁云之购求研究龟板，仰赖于此中行家王孝禹，而当时收进甲骨之实际价格并不昂贵，一片之值仅数角而已。

作者操琴，始师事劳泮颉，继问业周烈卿，鼓《平沙流泉》等。兼有顾曲之好，客沪时，驻足于张园。又嗜诗战（诗钟），屡主诗坛。旁及诗词书画，兼工创作评论，玩味布局意境，凡此种种，为创作《老残游记》，奠定扎实基础。关于《老残游记》部分章节完成之时间，载诸日记者共五则。据光绪三十一年乙巳（1905）所记，至少说明一点，即利用空隙时间，断断续续地写成，一般是在晚间秉笔。

末了，使人领悟到收藏家至少要略备经济条件，方能充实其庋藏。尽管刘鹗广交国内外实业界，经营实业，多次垂成而败。但毕竟能够斥资购求古董，成为藏龟甲、陶器之专门家。

胡适（1891—1962），现代学者。字适之，安徽绩溪人。提倡文学改革，并提出"大胆假设，小心求证"之治学方法，对学术界颇有影响，为新文化运动著名人物。有关胡适之评介，论者甚多。在此不再赘引。著有《胡适文存》《中国哲学史大纲》《白话文学史》等。

《胡适日记》已由中华书局出版，开端《藏晖室日记》系宣统元年至二年（1909—1910）所作，时客沪上，往还者有王云五、吴恂昌、林恕、程瑶笙、朱经农、胡二梅、陈祥云等。瑶笙为近代名画家，俞剑华《中国美术家人名辞典》缺载。胡适所记，对程极其推崇，谓其于诗文绘事外，复擅自然科学，堪资补缺。己酉十二月十五日记云：

程瑶笙见访。五时与君墨（林恕）、亮孙同至小华园，赴瑶笙先生约也。坐定，瑶笙亦至，遂同饮。……瑶笙送余归，道中互论诗文，甚欢。瑶笙先生幼年废学，学贾十年，年二十二始发愤读书，遂能诗文，尤工画，专治动植矿化诸学，近日海上学者，莫能先焉。此真不易及，余对之甚愧也。

胡适擅戏曲研究。其时海上名伶云集，其常驻足剧院，首推春贵部，次为天仙部、丽仙部。论列演员小桃红、小喜禄、贵俊卿、李顺来、常春恒、花瑞英等。盛誉小桃红演技高超，出乎意外。记曰：

> 剑龙（贾征）尝为余言，小桃红能演《空城计》。小桃红者，菊部花旦，予前为作诗所谓最是动人心魄处，一腔血泪染桃花者是也。初不意其能羽扇纶巾作武乡侯，遂不之信。……是夜余负矣，遂与林吴贾唐四人观剧天仙部。

继而又赞贵俊卿主演《空城计》，为著名京剧演员刘鸿声所勿逮。曰：

> 其城楼一节，飘洒风流。吾昔刘鸿升唱此戏，辄叹为飘飘欲仙，今贵卿之风神乃驾刘而上之。

胡适自述早年精读之书，首先是桐城马通伯（其昶）《抱润轩文集》，曰："说理至精辟，近代古文家一巨子也。"其次是狄更司作品，时写阅后心得。如称"读迭更司《冰雪因缘》六册竟。是书叙一孝女所历身世，极悲怨苍凉，较之前所见《滑稽外史》《块肉余生》《耐儿传》等书尤佳"。

观其五四后四年日记，更具学术价值。记及尝参观京师图书馆，看《永乐大典》，谓《大典》于庚子被毁前，幸赖康熙、雍正时辑了许多入《图书集成》，经乾隆时，又辑出佚书五六百种，"已可算是很徼幸了"。撰者获见系嘉靖时写本，卷尾有高拱等名。认为"此书的结集始于永乐而成于嘉靖"，详见1921年五月十一日日记。

是年笔触最多的，自述《红楼梦》研究动态。诸如注意别人（顾颉刚等）探索之成果。发现《楝亭文钞》，蕴藏着"最多可用之资料"，赖以推断曹雪芹生卒年月暨成书年代。还用较多篇幅，屡载在撰写《红楼考证》时，先承严范孙悉心指正，嗣蒙南阳张嘉谋提供杨钟羲《雪桥诗话》中攸关曹雪芹事迹。综览全书，尚对当代学术界人物，多所评论，在此不——列举了。

三、面对世界的文献——星轺日记大量涌现

清代星使乘槎异国，往来频繁，一般均有日记，取白香山"早风吹土满长衢，驿骑星轺尽疾驱"句意，总名之为星轺日记。

按晚清出访日记，大致分三类：一是根据光绪三年总理各国事务衙门（即今外交部）规定，凡出使之外交官，回国后一律要交日记备查。如何如璋、刘锡鸿、陈兰彬、曾纪泽、李凤苞、张荫桓、薛福成、崔国因、戴鸿慈等日记皆是。

二是单纯考察访问的日记。如李圭、王之春、黄庆澄、缪荃孙、钱单士厘、李宝洤、盛宣怀等日记皆是。

三是游历日记。如张德彝、王芝、王韬（《扶桑游记》）、李筱圃、马建忠、缪祐孙、陈春瀛、梁启超等出国日记皆是。

1．中亚文化的交往

中亚文化交流，源远流长。单以清代而言，有关内容载于日记的，纷见叠出。

涉及印度的，除康有为《印度游记》外，《清史稿》协修吴广霈《南行日记》（1881），作者随马眉叔赴印度办理"洋务"，谈到四个印度问题：一、有关印度如何被英国输入鸦片

的情况；二、英法两国在印度等有关殖民政策问题；三、论列《印度地志考证》和魏源《五印度总述》两书之异同；四、印度南洋等地政治、文化、宗教、风俗，以及华侨概况。

涉及柬埔寨的，如1890年，薛福成出使四国，取道柬国，志所见闻。其一考国名别称。

> 柬埔寨国，土音转为金波乍国，又因金波之音，转为金边国。或曰：该国建国金边埠，因其俗尚佛教，多建高塔，饰之以金，故又名金塔国，亦曰甘孛智国，实即古之真腊国也。又因地产棉花，土名高棉国，而地图或遂讹为高蛮国。

薛氏目睹此图，谓有高蛮的讹称，为一般文献所未详。

叙述新加坡的。如光绪间，刘锡鸿日记（1875）介绍该国地理、物产，及华侨分布情况。薛福成访问四国，途经新加坡，除记其官制、人物、风习外，还抒写了居新数世之华侨陈金钟（创萃英书院），两记详往访胡氏花园，园系"前领事黄埔胡璇泽故园"。类似笔触，具参考价值。

专记缅甸的首推王芝《海客日谭》六卷，说者认为堪与傅显《缅甸琐记》、龚柴《缅甸考略》相互参证。1871—1872年，撰者随仲父王月渔自云南腾越启程，至缅甸蒲甘，日记载述国名由来、地理位置、国都新城、城门名称，以及中缅友好故实。关于缅甸国名递变，记称：

> 缅甸古朱波，汉谓之掸（《后汉书·西南夷

传》：掸国西南通大秦。掸音檀）。唐谓之骠（音票，无平音），宋以来皆谓之缅，谓其去中国山川邈远。然其国固多平原，漫衍相属，弥望千里，故又曰缅甸。

其次绘写缅甸乐曲。如同治十年十月所见女乐，有关歌舞声态，乐器制作，伴奏情况等。略称：

  丙戌。缅甸王宴月渔先生，……观《䔿奢》，《䔿奢》，缅甸女乐也。歌与舞相间，作乱鸣，鸣乐器以佐其声态。乐器制颇异，有木琴，镂木为槽，高阔皆尺许。骈嵌二十四木板于槽，槽长约三尺，用竹版击之，鸣甚清越。……

此外，诠释缅甸地名读音、事物称谓等，亦颇赅备。

晚清日记中的中日文化交流实录

"鳌身映天红，鱼眼射波红"——王维《送秘书晁监还日本国》诗句，仿佛眼前展现一幅中日通航夜景图，令人想见当时中日两国人士交往频密。

以晚清文人而言，买棹东游者络绎不绝，留存日记，数量最多，内容最详。略举数例于下：

光绪三年（1877），我国最早驻日使节何如璋《使东述略》，叙述了和黄遵宪、杨枢、杨守敬在日本的一系列活动，并考察明治维新的若干改革。光绪廿五年（1899）沈翊清、光绪廿九年（1903）蒋黼所撰《东游日记》，以及王景禧、李宝洤、贺纶夔等访日日记，均又涉及考察彼邦科技、经济诸方面事实。光绪间中日两国沟通文化的掌故，从而也可觇见一斑。

值得一提的，王韬、刘学询、盛宣怀等访日日记，涉及中日文化交流，益形集中，兹分述如下：

王韬除《蘅华馆日记》外，光绪五年（1879）还撰写《扶桑游记》。

据日记，日本朋友勤于著述的凡数十人。擅以汉文创作者，有竹添渐卿、佐田白茅、藤醇处厚、藤野海南等。竹添渐卿，名光鸿，系俞樾海外交游之一，曾游西蜀，溯大江而南，著《栈云峡雨日记》及诗钞。佐田白茅创设大来文社，招贤纳俊，撰《花竹堂集》，韬为之校勘。藤醇处厚诗画兼绝，有《淇影湘香室诗稿》，以情韵见长。藤野海南究研宋代散文，深具卓识，见其《苏子瞻文集论》中。王韬笔下日本巨儒从事学术论著的，除《清史挈要》作者增田贡，《清史逸话》作者本多正讷外，尚有安井衡精通经籍，著作等身，刊行的如《左传辑释》《论语通》《管子纂诂》《息轩文稿》等。

王韬游日期间，遇到的我国学者深获邻邦人士的崇敬，其一黄遵宪（公度），为宫岛诚一《粟香诗钞》点窜润饰，腾誉扶桑。《清史稿》外交方面文章执笔者吴广霈（瀚涛），"年少有才，踔厉风发"，尤蜚声东瀛。书家卫铸生，挟其一艺之长，东游鬻书，称"乞字者颇多，自八九月至今，已得千金"。中日文界友谊，凝结于翰墨因缘。

日记撰者复垂意我国文献东流，谓日本巨儒重野安绎出示清初孙豹人《溉堂文集》，称"此集在中土甚少，不知何年流入日本也"。接着，在东京林信书肆，获读钱牧斋《初学堂集》原刊本，诧为海内孤本善椠。

刘学询，香山人。赐同进士出身，道员。光绪二十五年（1899），以花翎二品衔，特派专使日本考查商务，著有《游历日本考察商务日记》二卷，己亥长至香山刘氏上海印行本。

日记最大特点之一，是刘学询边考察，边询问，边分析，边研究，在叙写事实中，使人得出成功之经验何在。如所记三井银行一则，先肯定该行之经营目的、一整套管理方法，继又论列银行兼营各种事业，攸关国计民生者，如何达到预期妥捷之效。在此不失为供持改革者作考镜。六月十三日记云：

> 赴三井银行查考该银行规制，又查看三井绸缎庄及观造铁行工程，并银行抵押货物仓库。按三井银行创造在延宝年间（中国康熙初年）。当时日本闭关谢客，商务未兴，无人知有银号汇兑之法。惟三井宗族创银行于江户（今改东京），及大阪之三府，资本殷实，名誉灼然。明治维新后，新定银行律例，遂遵章改两替店汇兑银号而为银行，并参酌西法，以变通尽善。迨政府重订商法律，专为保护商民一切营运产业，该银行复遵法律，推广经营，以裨商政，而益国库，而三井银行遂为国内最大银行中之一。……三井氏于银行外，尚有经营各种事业，曰三井物产公司，……曰三井矿务局，……曰三井绸缎庄，……曰三井地段局，……三井工务局，……现又改造铁行工

程，已阅三年，再逾二年而始成。全用铁质，工费浩繁，拟将各业办事处，归并一起，以期气脉相通，而收妥捷之效。

据日记，近几十年来，众所熟知三菱、三井，始终执日本商业之牛耳，论其原因所在，见诸六月二十五日日记。"三菱公司东主岩崎弥之助男爵来晤，论及亚东时局，甚形亲爱。当其国家维新时，与三井曾毁家纾难，故日本商务以两家为巨擘，而国家亦极力保护之。叔侄二人积有家资数千万，实为日本巨家。"由见两家有功于改革，政府亦大力保障，始终不渝云。

日本学者研究我国唐律，专家辈出。据刘氏调询，知明治维新后，乃采用我国明律，明律对日本影响，为研究中国法制史者不容忽视。六月二十九日，作者参观司法机构之后，论述了日本历代制法之依据。其言曰：

按日本刑法，旧依唐律，及王室衰微，政在幕府，刑罚或轻或重，惟长官之意。数百年来，专尚严酷，窃盗诽谤，罪均至死。明治维新乃采用明律，迭有增损，著为《新律纲领》一书，颁行国内。八年五月改设大审院，及诸裁判所，厘定职务事务章程，颁发控诉规则、上告规则，乃稍参两律。十年二月又有更改，自外交订约后，泰西流寓商民，均归领事官管辖，日本欲依通例，改归地方官。而泰西各国佥谓日本法律不充，其笞杖斩杀之刑，不足以治外人。日本政府遂一意改用西律，敕元老院依拟法国之律，略参本国规制,纂定诸律,曰治罪法,曰刑法,于十四年二月一律颁行。

盛宣怀(1844—1916),字杏荪,江苏武进人。讲求洋务。曾任招商局会办、邮传部尚书,营萍乡煤矿、大冶铁矿等。著有《愚斋存稿》。

《愚斋东游日记》系光绪卅四年戊申(1908)游历日本时作。其间与国际问题专家冈千仞相遇,纵论形势。从多方接触中,获悉光绪初,我国古籍充斥东京市肆,杨守敬趁随使之便,收购殆遍,称为最早最多。继之者推李盛铎、黄绍箕等。光绪末叶,帝国图书馆广为搜罗,重价以求,因此坊间善本,百无一二。盛宣怀此行,从书贩处,才购进数百种,内以钱谦益选刻之杜诗、《列朝诗集》、明刻之《管子》,及仿宋本之《李白全集》为最,类似上述数部日记的内容称述,堪证汉学东渐,沟通文化。

2. 中欧文化的交往

(1)使德日记的浅探　日记有偏重叙述赴德见闻者,如光绪廿九年(1903),蒋煦《西游日记》记赴德、比后,悉心考察玻璃制造、造纸、煤矿、煤气、枪弹等工业,为谋求国内兴实业作参考。而着重中德文化之交流者,推李凤苞日记。

李凤苞(1834—1887)字丹厓,崇明人。精测绘,擅历算,光绪四年,任出使德国大臣,旋兼使奥、义、荷三国。著《西国政闻汇编》《文藻斋诗文集》,事具《清史稿》。

光绪四年(1878)使德,撰《使德日记》,阐述彼邦地理、文化、外交、军事,有关十九世纪德国概况。还重点缕列清光绪间德国汉学家，如何研究中国文化：一为参观柏林书库，特详所珍藏我国古籍，有《大清会典》《三才图会》《汲古阁十七史》《元史类编》《明史稿》《尔雅图》等，不乏善本名椠。二为德国拜书楼正监督里白休士，纵论春秋前有无信史问题，且谓北无入声，各国古音皆然，美利坚土番亦然，谅是天地元音云云。里夫人亦参加讨论中国叶韵始于何时问题。凤苞认为四千年前，《虞书》有明良叶韵，至诗三百篇而叶韵更多。里夫人进而曰："不过是借用之韵，本无一定，希腊古诗多有之。"由见当时德人已开始注意研究古韵。三为德国学士芍克，年近八旬，曾用德文撰写《中国文法》《中国古语考》。又通清语、蒙古语，手自编纂者数十册，"出《三合便览》《清文汇》见示，多旁行小注，手订歧误。……且云拟译辽金元三史"。可知当时德人已知整理汉籍，非熟悉校勘学不可。又《新报》主笔爱孛尔博士发表中埃（及）古文同源之说，能掌握文字学中象形、转注、假借，训诂学中的反训，并对德国汉学家治学态度严谨，予以肯定。

综上所述，百余年前彼等致力中国文献，或从事文字音韵之探索，或勤于训诂校勘学之研究，或着手编纂译著之工作，在在显示出中华民族文化，是何等光辉灿烂！

（2）使法日记中的珍贵史料　晚清出国日记，属于写赴法见闻者，为数宏富。除康有为《法兰西游记》外，若薛福成发现光绪丙子至庚寅间英法两馆存卷，其中交涉要件，件可考者，约十五年，日记所载，乃有关1876—1890年外交档案。光绪五年初，曾纪泽抵巴黎以后，作广泛接触，深感法国官民对中国古器物，十分酷爱，中国应当研究仿制，重视出口贸易，实属"富民通商"之计。光绪五年二月初二日记云：

> 偕兰亭、（黎）莼斋、子振至小赛奇会，一观法国瓷器丝绣，……家家皆酷嗜中国古瓷、顾绣，其理甚不可解。人方欣羡吾之所有，自愧弗如，而日事探讨，差不独民间好之，国之官长亦留意经营。……若中国有留心时事者，于此等细微器物，亦肯整理而精进焉。或亦富民通商之一助也。

又如光绪二十年（1894）福建陈春瀛《回驷日记》，详载抵法见闻，并述甲午战役前后，西报论见及国外反应。

特别应加重视的，是两部中国人目击巴黎公社起义的日记，兹分述如下：

（一）1980年在北京发现张德彝《随使法国记》手稿（已由湖南人民出版社梓行）。按德彝（1847—1918），字在初，辽宁铁岭人。任兵部员外郎。其《随使法国记》系同治十年（1871）随兵部左侍郎崇厚出使法国时日记。作者目睹巴黎公社起义情景，实录"三一八"那天，"会堂公议，出示逐散巴里各乡民勇；又各营派兵四万，携带火器，前往北卫（伯利维尔）、比述梦、苇莱暨纲马山下（蒙马特尔高地）四路，拟取回大炮四百余门，因此四处皆系乡勇看守"。当官兵到时，巴黎人民的革命武装国民自卫队深得兵民拥护，"将军出令施放火器，众兵抗而不遵，倒戈相向"。次日，"叛勇行令，官兵皆倒举火枪，以示无与战意"。由此可见起义军声威大盛。及政府迁往凡尔赛后，越十二日，作者亦自巴黎乘火车至凡尔赛，途见官兵不与战，遂改用水师情况，"当晚兵马云集，人语喧哗。因官兵不与叛勇战，故调水师来此，蓝衣草帽，不甚整齐"。其时美国人高富尔，任伦敦新报采访使，镇日在此搜罗新闻。

日记还绘写法兰西英雄儿女的革命壮举，如四月十五日，记曰：

申初，又由楼下解叛勇一千二百余人，中有女子二行，虽衣履残破，面带灰尘，其雄伟之气，溢于眉宇。

四月十六日，又见：

解过叛勇二千二百余人，有吸烟者，有唱歌者，盖虽被擒，以示无忧惧也。

类似客观实录，英雄图谱，尚有大量篇幅，允是一部中国人目击起义之珍贵记录。

（二）最近北京图书馆韩承铎研究员又发现了崇厚《使德日记》。崇厚（1826—1893），同治时任三国通商大臣，满洲镶黄旗人完颜氏，字地山。1870年6月"天津教案"发生后，英美法七国向清抗议，崇以钦差大臣赴法"谢罪"。作者于同治十年二月十日（1871年3月30日）进入凡尔赛，在事实面前，亦作出若干真实情况的叙写。如五月廿四"偕惕庵、在初游特野农，见巴黎烟火甚大"。还谓此日公社检查长果里全副武装，走上街垒，浴血奋战，不幸牺牲。二十多处叙写巴黎起义，不少简录中,可见起义军之誓死不屈。(以上据郭素芝《目睹巴黎公社起义的中国人》一文,载《中国近代史月刊》1987年12月号。)

(3)访俄日记三例 在清代外交史上,未给中国带来失败和屈辱的仅有的代表,推曾纪泽。纪泽(1839—1890)字劼剐,湖南湘乡人。曾奉使英、法(1880年后又兼使俄国),达八年半之久。事具俞樾《春在堂杂文五编五》及钟叔河《曾纪泽在外交上的贡献》。

他在出使期间,撰《出使英法俄国日记》,起光绪四年(1878)四月,止光绪十二年(1886)十一月,共六十五万字。

先此,崇厚签订《里瓦几亚条约》,丧权辱国,激起公愤,举国要求必须改订。撰者此行目的在于改约,任务艰巨。日记屡载光绪六年八月为译署拟照会稿,定好改约的基调,接着与俄外部有关人物,作广泛深入接触,和布策、热梅尼等多次会晤,一方面,核阅过去涉交档案,自绘地图加批,经过长时期深思熟虑,并在当年除夕,和许多人共商改订条约章程的字句。终于在次年正月廿六,由中俄双方在改约上签字,争回了一部分领土主权,后来新疆建省即是一例。由此可见曾纪泽的外交才能为何如了。

后七年,缪祐孙奉使游历俄国,著《俄游日记》(1887—1889)四卷,上海秀文书局石印本。书详取道新加坡、锡兰、意大利、德国而入俄境的所见所闻。侧重叙录俄国汉学家治学的动态。略如颗利索甫曾译满文《通鉴纲目》,格倭尔几耶甫司克通十多国文字,曾经为《太平御览》《册府元龟》作考证。又谓中国《性理精义》《朱子全书》等,均有俄译本。古今列国书库内，庋藏汉文典籍甚多，类似云云，不失为中俄文化交往的史料。

再后五年，王之春有《使俄日记》之作。之春字芍棠，清泉人。光绪间以湖北布政使使俄。官至广西巡抚。有《通商始末记》《使俄草》《瀛海卮言》。

日记八卷，袖珍木刻本四册一函。起光绪二十年甲午（1894），止次年乙未（1895）。此行奉旨以湖北布政使资格，前往俄国吊唁阿唎克桑德尔第三逝世，庆贺新主嗣位。临行，郑观应、王韬等饯送，依依惜别，并为其研究帕米尔界务，考证归属问题。提供了一些必要参考。

王之春驻足俄国凡二月，时俄君以父丧未行加冕礼，偕襄办杨宜治、翻译李寿田递送国书时，仪式较简。事后游皇宫、博物院、造纸局等处，均有所记。其间撰《俄京竹枝词》，附于篇末。

（4）中英文化的交往　在同光间使英日记为数不少，叙写较详者之一，推《英轺私记》。作者刘锡鸿，字云生，番禺（今广州市）人。擅文章，曾任刑部员外郎。光绪初，郭嵩焘出使英国，刘任副使，著《英轺私记》。论者以为可与当时陈兰彬、李圭、郭嵩焘等所写出使日记媲美，也是有关洋务活动的历史资料。

此记起光绪二年（1876）八月奉使之日，至次年止。以较多篇幅，叙写中国人物在英国的影响，及侨寓伦敦的我国人士的一些谈论。以林则徐而言，领导禁烟运动，为举世所崇敬。光绪三年正月元旦记云：

午后，与正使及参赞各员观于蜡人馆。入门右首，则林文忠公（则徐）像也。馆凡三层，前两层摹其历代贤国主及列国名人像，……文忠前有小案，摊书一卷，为禁鸦片烟条约。上华文，下洋文。夫文忠办禁烟事，几窘英人；然而彼固重之者。为其忠正勇毅，不以苟且图息肩也，可谓知所敬。

在英国，日本井上馨论林则徐曰："我闻林公指挥区画，滴滴皆血，他人思力所不能及，得非所谓血性乎。"堪见百年前，国际舆论认为林之宏才硕德，世罕与匹俦。

中国古籍，浩如烟海，远播东瀛西欧、南洋北美，不仅系祖国文化宝库，亦且为世界共同的精神财富。刘氏英伦之行，瞩目于古籍流传于海外者，五月初一日记云：

再到播犁地士母席庵，观其所蓄中国书也，禧在明偕往。典书之德葛兰士、善将兵之傅理兰，咸相接陪。其书之最要者，则有《十三经注疏》、《七经》、《钦定皇清经解》、《二十四史》、《通鉴纲目》、康雍上谕、《大清会典》、《大清律例》、《中枢政考》、《六部则例》、《康熙字典》、《朱子全书》、《性理大全》、杜佑《通典》、《续通典》、《通志》、《通考》、《佩文韵府》、《渊鉴类函》、殿版之四书五经、《西清古鉴》等类。其余如群儒诸子、道释杂教、各省府州县之志、地舆疆域之纪、兵法律例之编、示谕册帖尺牍之式、古今诗赋文艺之刻、经策之学、琴棋图画之谱、方技百家、词曲小说，无不各备一种。至于粤逆伪诏伪示，亦珍藏焉。不能区别，各自为类，而错杂庋阁之。

他如光绪三十二年丙午（1906）戴鸿慈赴英所记。鸿慈字少怀，广东南海人。光绪进士。官至礼部尚书、协办大学士。曾往欧西各国考察政治，是出洋的"五大臣"之一。

著有《出使九国日记》，起光绪卅一年乙巳（1905），止次年六月。丙午初，鸿慈至伦敦，"驻使汪大燮伯堂出迎"。至则考察英国议院制度，参观银行、造币局、现代铜厂、铸金厂、博物院等处。作者艳羡议院对"共定法律"，仍视舆论为转移。而痛嗟参观博物院，"中国室内，则有内廷玉玺两方存焉。吾国宫内宝物流传外间者不少，此其一矣"。盖列强凭凌，国宝外流，不禁有"铭心刻骨，永不能忘之一纪念物"之叹。

叙短期访英之事者更多，其一推《十八国游历日记》，作者金绍城（1877—1926），字拱北，号北楼，南浔人。曾负笈英国，入王家书院，攻习政治经济，嗣遍历欧洲诸国，游美国而归。曾任大理院刑庭推事。工书画，著《藕庐诗草》《北楼论画》等。

日记起宣统二年（1910），止次年三月。十月初六至伦敦，驻足母校，并谒拜导师，记曰：

至英王书院，即予从前读书处也。见旧业师韦勃伦敦，风景与七年前，无甚差池，盖英人性喜保守故也。

初七日。阴。到英王书院，见旧化学教习爵克森，赠以乾隆窑磁墨床一只，古占卜龟板一匣；又见汤姆生，赠以景泰蓝扣带一。……

北楼邃精法律，此行考察重点乃在监狱，先往观"威姆斯监狱、屋夺监狱，……乃一千八百七十余年时所造"。继而遍观潘痕得痕维尔监狱、圣拉沙女狱、孙德轻罪监，所记叙中有议，仅供参考。撰者又工诗文，垂意典籍，闻法国东方学名家微希叶、伯希和二君，新得敦煌秘籍，函商往观。此游英部分，仅一月日记，颇有可观者。

（5）访问西班牙之见闻录　星轺日记中详写西班牙之风光、政俗者，推《出使美日秘日记》。作者崔国因，字惠人，自号宣叟，安徽太平县（今黄山市）人。同治进士，补翰林院侍读。光绪十五年，继张荫桓后，任驻美国、日斯巴尼亚（西班牙）、秘鲁大臣，撰有《出使美日秘日记》，起光绪十五年（1889）九月，止十九年（1893）八月，约共四十六七万字。

光绪十六年五月后，作者所记在西班牙闻见，除畅谈西班牙国势外，着重记述了：一、比较西班牙与美国风气之不同。谓"此间风气与华盛顿异，知使者递国书，送花络绎。今日尚有送者，一律给赏"。又对照两国使馆收费之差异，谓"到西班牙，赴使馆，馆较华盛顿为新敞，而租价只四分之一，可见美国用项之费"。二、载述该国披尔制造潜水艇之功能。略谓：

日斯巴尼亚国都司披尔曾造水底潜行之船一艘，即以其人名之。试行数次，悉中人意。今日政府议造同式较大者数艘，以能容水手二十人，至五十人为率云。

3. 中美文化的交往

有关中美文化交往之日记，著称者不少，若李圭、陈兰彬、梁启超、戴鸿慈等所作皆是。兹略举数例于下：

李圭，字小池，江宁（今江苏省江宁县）人。曾任宁波海关文牍，浙江海宁州知州等职。擅文章，撰《环游地球新录》《蠡测罪言》等。事具缪荃孙《续碑传集》。

光绪二年（1876），美国举行开国百年大庆，圭以总税务司赴美考察，撰《东行日记》。

访美期间，游历美国纽约、费城等地，兼事考察外交、经济、司法、邮政、图书馆等机构，绘写綦详。如记费城一段，历叙其经济位次、城市建筑、城市特点、华侨概状、园林盛观等，仅遣六百余字，加以尽情表达。九月初一日云：

> 回费城。美国富庶之区，皆萃于东北各省。各省中又以三大城称最。一曰纽约，二曰费里地费，三曰波士登。此就贸易之繁盛而次序之。若地方之大，屋宇之多，街道之广，费城实居第一。再以地球各大都会言之，则居第十二焉。今年为美开基百载之期，创设大会，以识庆典。会即设于费城，盖取意立国时，华盛顿与英定盟处也。街道纵横，其直如矢，宽自六七丈至十丈。城中一街，名伯罗恩剔利，译即宽街。南北长三十余里，适中处新建费城梅尔署，宏巨华赡，云费一百五十万金。各街中砌鹅卵石，并仿轮车铁路法，平铺铁条，专行马车，左右稍低，夹植树木，疏风荫日，行人皆就两旁砖石路来往，亦甚宽

展。屋宇或砌红砖，或砌美石，自二三层，高至五六层。桥梁多以精铁为之，有长至百余丈，宽至七八丈者，均极坚固灵巧，而尤以城西"志尔乃而"一桥为特绝。轮车铁路约十余条，或径穿城而过，电线木竿，几于举目皆是，难更仆数。有一竿上悬电线多至五六十条者，气候与山左略同，皆沙土，无湿气，多树木，居处宜人。居民八十一万七千有寄，民房十五万一千余所。工厂店铺城内居多。扯里司、汪纳二街，贸易尤繁盛。华人来此者三百余人，洗衣卷烟为业。近有粤人郑姓由三藩谢司戈城，来就扯司里街赁屋设铺，售中华物，日本人亦设有店铺焉。

综览日记，笔触海外华侨及旅居者，凡若干则。而我国最早留学生之一容闳，时任驻美使节，陪同咨询制造枪炮等事。记中屡次赞扬容闳邃精外语，洞悉国际情况。如光绪二年闰五月二十五日记云：

容公甚为西人敬服，庆我国任得其人。嗣后，岂惟华人在外者，举有依赖，而中外交涉通商诸务，益畅达悠久。此由容公洞悉西国政令民俗商情，与夫山川事务，罔弗瞭然！盖容公读西国书数十年，是以能臻此也。

梁启超（1873—1929），字卓如，号任公，又号饮冰室主人。广东新会人。与其师康有为倡导变法维新，称康梁。主编《时务报》，著《变法通议》，批评时政；辑《西政丛书》，阐扬西学。1898年入京，参与百日维新。曾主诗界革命、小说界革命。有《饮冰室合集》。

其《新大陆游记》是光绪二十九年癸卯（1903）访美日记。综观内容，有如下述：

一、记述旅美人物。是年四月梁任公由纽约至哈佛，深感欣慰者是与我国外交家容闳相遇，造谒旅次，倾聆宏论，为之折服，曰："时容纯甫先生闳隐居此市，余至后一入旅馆，即往谒焉。先生今年七十六，而矍铄犹昔，舍忧国外，无他思想、无他事业也。余造谒两时许，先生所以教督之劝勉之者良厚，策国家之将来，示党论之方针，条理秩然，使人钦佩。翌日乡人请余演说，容先生亦至。"时南海之女康同璧，与梁启勋（任公之弟）均留学于美，同璧则肄业于哈佛大学。任公由容闳导游该校，复于七月初八，在西雅图（记作舍路）遇见二人，相见甚欢。

二、记述华侨史料。除先记总的华人分布网及人数外，梁任公就所至二十多城市，知旅美华侨约十二万人。重点记述了当时在美华侨分布各地之具体人数，其中以旧金山三万、纽约八万、波士顿四千、芝加哥西雅图各三千为较多。又列表分述从事工业商业杂务等人数。工业以洗衣业（约四万人）渔业（约万余人）为最多；商业以开杂货店（共六千多人）者居多，次为开饮食店者约五千余人。类似云云，堪资美国华侨史研究者所参考。

任公考察所得，"华人团体最多者，度未有过于旧金山"。曾分类列表说明，略知华人会馆有三邑、冈州、宁阳、合和、肇庆、恩开、阳和、人和等八大会馆。公共慈善团体，则有东华医院、卫良会。商界团体，则有昭一公所，客商会馆。族制团体有颍川堂（姓别：陈）等廿四团体。他若联族团体九，秘密团体廿六，文明团体五（如保皇会、学生会等）。凡此确为研究清末华侨史、团体史者不容忽视。

三、重点记叙海外中国维新会之起源、选举法、组织形式及分布网等，是有关中国政党史资料。任公称"华人爱国心颇重，海外中国维新会实起点于是。自己亥年（1899）此会设立以来，至今蒸蒸日上，温哥华入会者十而六七，域多利（维多利亚）则殆过半，纽威士绵士打（即新韦斯特明斯特）几无一人不入会者"。美国各地多有中国维新会之设，其一即最早设立之波士顿分会，任公至其地，即偕留学生徐建侯，"为中国国旗演说，及波士顿历史之演说，听者颇感动"。

特别应该注意的是梁任公于1903年游美期间，还曾和美国总统西奥多·罗斯福相晤于白宫。罗斯福以生平未见康有为引为憾事。五月十七日记云：

> 访大统领卢斯福于白宫。时卢氏巡行国内初归，坐客阗溢。导余别室，会晤约两刻。无甚深谈，惟言常接我会电报，且见章程，深佩其宗旨及其热忱。
>
> 又言，深以未得见康南海为憾事，嘱余代致意。且嘱有欲陈之言，悉告海氏（按即外务大臣约翰海），与彼无异云。

其时还与纽约社会党人如哈利逊氏相晤谈，接触到美国社会主义运动。略见四月廿九日日记。称：

> 纽约社会主义丛报总撰述哈利逊氏来访。余在美

洲，社会党员来谒者凡四次。一在域多利，一在纽约，一在气连拿（按即赫勒拿），一在碧架雪地。其来意皆甚殷殷，大率相劝以中国若行改革，必须从社会主义着手云云。

作者所记，时在戊戌政变后之第五年，对社会主义缺乏认识，故有"不达于中国之内情"的错误看法。另一方面，梁任公在一定程度上。也受到社会主义的一点影响。所以又说："若近来所谓国家社会主义者，其思想日趋于健全，中国可采用者甚多。""吾所见社会主义党员，其热诚苦心，真有令人起敬者。墨子所谓强聒不舍，庶乎近之矣。"

任公记及哈利逊阅读马克思之著书，崇拜之，信奉之。哈氏亦为言举世社会党人人数之多，及其迅猛发展之趋势，梁亦为之首肯，记云：

哈利逊为余言，现在全地球社会党之投票权，合各国计之，已共有九百余万。而近一二年来，其党员以几何级数增加，不及十年，将为全地球政治界第一大势力云。此其言虽不无太过，然其盛大之情况，固在意计中也。近来国际社会党最发达，此亦人类统一之一征兆。哈氏言日本人入党者已有九百余人，而中国尚无一。以余所闻，在美洲有余君表进者，社会主义党员之一人也，余君亲为余言之，特未能为该党有所尽力耳。想曾入其党者，尚不止此数，哈氏或未确知耳。

梁氏此记系最早向中国介绍马克思著作之一。日记最大特色是写景文字绝少，凡在海外见闻各种政治、军事、文化情况，往往联系本国情势作比较，就文字言，兼记叙议论之长。

四、试官日记数例

同光间试官日记，或记科举制度，或谈科场掌故，或叙考官外出的供应，由于作者身历其境，所记之事较为翔实。兹举数例于下：

专叙科场的日记，首推李慈铭《癸巳琐院旬日记》（稿本）。此记系光绪十九年（1893）秋，以御史派充顺天乡试内监试时所写。首述科场故实，至为详悉，如翻阅首场首艺，深感八股文窒息思路，流弊实深，慨叹"时文之弊，大率不求文从字顺，上者务诡异，下者务声调，至二三场，则捆载书籍，牛腰巨箧，牵挽以入，十五为朋。钞袭成之"。

其述浙江科场纳贿舞弊一案，牵连到周介孚（鲁迅先生的祖父），见九月初五日日记。谓：

> 晤小川晖庭，言浙江科场事，以送关节，牵连同乡周介孚舍人，为之骇然。出一纸告家人，十一日晚具车马来接。夜，阅邸钞，上谕：昨据御史褚成博奏，浙江正考官殷如璋行抵苏州，忽有人投递书函，中有考生五人姓名，并银票一万两，嘱与关节取中，经殷如璋将其人扣留，交苏州府看管，转解浙江，请饬究办。当经谕令崧骏严切根究。本日据崧骏奏，据臬司赵舒翘禀称，准江苏臬司移咨此案，并将投递书函之家丁陶阿顺解交浙省，讯据陶阿顺供称，系周福

清令伊投信。查周福清系丁忧内阁中书,请饬革职归案审讯等语。案关科场舞弊,亟应彻底根究,丁忧内阁中书周福清,著即革职,查拿到案,严行审办,务得确情,按律定拟具奏。

特别是末一日填榜时情形,写来历历如绘,可补《清代科举史话》所未详。兹全录于下:

十一日。庚寅。晴和。五更,出坐聚奎堂,灯火粲然矣。启门,延监临良詹事、孙府尹、提调李府丞、外监试唐给谏、讷侍御入。(留外监试和、王两君守至公堂。)仍封前后门,拆弥封,填榜。主考南面。监临在主考之西,亦南面。满内外监试二人坐东楹,汉内外监试提调坐西楹,皆北面。堂中故事,以南北相对为居中之位,皆设帷案。东西两旁,分坐十八房,各九案(今年左衹八案),不设帷。东房之后,北隅为外收掌官案。西房之后,为内收掌官案。外收掌主对红号。内收掌主写试录。主考、监考中间,横设五桌,为写榜之案,旁列两桌,为拆弥封之案,皆书吏分职之。先从第六名超,既拆封,吏以朱墨卷,呈主考、监临、监试、提调验讫,付本房核对朱墨卷,写名条,然后一吏持条,周回唱名,声引而长,唱毕,始书榜。凡朱墨卷面姓名,主考分书之。房官所书之条,监临以朱笔点之。日中日晡,各设点心一巡,晚设酒馔果席,皆官给也。是年只十七魁,建德周生学熙以南官中第十八。浙江中者八人,沈庆平山阴监生，孟洵奎会稽附贡生，皆不知其人。馀杭吴正声炳声兄弟同登，皆礼部吴郎中景祺子。天津书院生徒陶哲甡等，中者十八人。中皿都为四川灌县监生夏冕，南皿河为江苏元和副贡生杨光昌，皆名下士。百一名为牛荣，河南唐县增贡生。百五名为杨灏生，奉天吉林府学附生（即葆良房之夹察九）。破题辟老氏者，为八十九名湖南长沙监生章华，年止十八岁。夜饭后，始填五魁，灯烛数百枝。南元为孙师郑同康，出黄学士卓元房，济宁所中也。解元马镇桐，冀州新河县廪生。一更后，填副榜，人倦甚矣。其末为四川韩廷杰，收掌官错对红号，误拆弥封，遂以为方以直，亦四川人，德阳恩贡生，既本房核对墨卷不符，始更正焉。顺天乡试，直隶生员为贝字号。贡、监皆为北皿字号，河南、山东、山西、陕、甘五省附焉。满洲、蒙古为满字号。汉军为合字号。奉天为夹字号。宣化府别为旦字号。承德府别为承字号。江南、浙、闽、江西、两湖贡、监为南皿字号。广东、广西、四川、云贵为中皿字号。官卷分北官、贝官、南官、中官、满官、合官字号。满官十人中一，不得过三名。南官、北官、中官、贝官、合官皆十五人取一，南官不得过二名。北官、中官、贝官、合官皆不得过一人。今年贝官、合官俱不成，仍散入民卷中。凡官卷取中，皆于民额拨出。此皆科场掌故，世所当知者。三更，对榜毕，监临钤印，每名俱以朱笔点之，始送榜出，并进呈试录。以中卷交礼部。与主司各官揖别，先后出闱，间亦有留俟明晨者。

此记起九月初一，止同月十一日，仅寥寥近万字，除载有关清末考试制度外，还记文苑人物掌故，间亦附所拟诗篇。《旬日记》所载，当时相往还者凡五十余人，像吴士鉴、周介孚、王同愈、朱祖谋等，一同评骘古籍，指出袁枚《新齐谐》，引证古书的讹谬，肯定叶昌炽《藏书绝句》（写本）七百首，罗列古今大藏书家甚为赅备，叙述清词家朱祖谋《南北朝会要》、曾孟朴《续汉书艺文志》等成书之日期，均具参考价值。

厥后，以考官日记驰称者，推《庚子赴行在日记》。撰者吴庆坻（1848—1922）字子修，浙江钱塘人。历充翰林院编修，四川、云南、湖南学政。擅长诗文，曾编纂《杭州府志》、续修《浙江通志》。著作甚多，有《蕉廊脞录》《补松庐诗录》《悔馀生诗录》《入蜀纪程》等。

《庚子赴行在日记》系作者在光绪二十六年（1900）所记，时任四川学政。按照清代制度，各省学政在这一年都要更换，但由于八国联军攻陷北京，慈禧和光绪帝逃奔西安，作者在这年冬天卸任后，到第二年正月，才从四川抵达西安行在觐见交差。

作者不过是以学政资格路过各地。但地方官仍盛宴欢迎，铺张浪费，而另一面由于旱灾和兵祸，陕西境内可说十室九空。所记当时民间的贫困和饥饿情状，以及陕西人民因种植和吸食鸦片所造成的严重后果，都是比较真实的写照。下附日记二则，以见一斑。

光绪二十七年正月二十四日。……入武功县境。五里杏林铺,宿旅店,湫隘已极。闻久旱,井多竭,须二十里外汲河水为饮。买麦饼一,值钱二十四文,向来只六文耳。灯下作《致武功县令书》云:"过客停骖,本不敢重劳厨传;饥黎载路,复何忍餍饫珍馐。自留凤以东,目击灾状,日甚一日。每令家人传语,谢却供张,而东道情深,往往仍叨盛设,对案惭悚,辍箸咨嗟。诚以官庖一席之资,足供穷檐百口之食,自顾无从拯救,何堪复此馋权。用特专函烦陈,务乞俯如所请。……并仪从迎送鸣锣举炮,均宜一切屏除。

二十六日。……二十五里咸阳县,宿。县令严德贞(字文渡,河南人)亦赴省。咸阳街市稍稍整齐,自去年冬,派兵三哨驻扎于此。余招一土人,问以灾状。则云:自去年春夏乏雨,全境歉收,冬令饥冻,死者无算,其故由于多种罂粟。家有一顷地者,必以五十亩种罂粟;有三十亩者,必以二十亩种之;即有五六亩者,亦以三亩种之,故粮食愈少,丰岁无盖藏,歉岁安得不饿死,又况种烟者即吸烟耶。似此敝俗,若不及早设法整顿,更数十年,秦民无噍类矣!

先此六年,有严修《蟫香馆使黔日记》。修字范孙,天津人。光绪癸未进士。廿年以编修任贵州学政,著诗集、手札。事具徐沅等撰《清秘续闻再续》。其写日记凡数十年,计分翰苑时期、督学贵州时期、侍郎时期、退老时期。此使黔部分,起光绪二十年甲午(1894)八月初一,止廿四年戊戌(1898)

五月。捃其内容，有如下列：

一是使黔行程，事涉学差出行例规。据称：向例学使往往多索车马，一般可得十马二车，范孙此行因仆从不多，仅用七马。当时交通梗阻，马经长途跋涉，未至涿州，已毙其一，想见黔道之难。嗣入湖北樊城，有称为"中轿""小轿"者，是两种低质量、造价廉，广泛使用之交通工具，尽管轿子简劣，但是入黔途中，谁有资格坐中轿，谁只能登上小轿，仍是根据等级地位来决定。

二是督学视事，关涉科举掌故。如谓文武生应考，穿着服饰均作统一规定，即"凡生童正场皆蟒袍补褂，武童正场初日蟒袍补褂，次日以后可去蟒袍"。日记除详考场成规外，考生交卷时间可延至傍晚，学政有权酌情再延，令其补足。严修擅术数之学，在贵州若干县童生试中，还附代数术四十三款，及演算式，凡此均属加考范围。他如记生童覆试时，须用竹本填写亲供（类似履历），记每县考棚兴建历史，记黔中读音多误，工诗者少，类似云云，堪供考镜。

全书内容，值得注意者，即严修下车伊始，即拜见三大书院山长，即：正本书院徐步銮、贵山书院邓希濂、学古书院熊湛英。嗣于五月十五日，下榻贵州省玉屏县之玉屏书院，应邀书联额。日记顺考该书院简史。

按清代日记载及书院者，盛推郭嵩焘日记，谈及湖南近三十所书院，文字约占二万字。而严修此记详叙贵州科举掌故，重点在书院史料，可称各擅胜场。但作者一不评说时事，二不臧否人物，就某种意义上来说，不免缺乏一些肺腑之谈。

五、涉及时政的日记

同光之际,中历太平天国起义、捻军起义、中法战争、甲午战争、戊戌政变、八国联军之役、辛亥革命等历史时期,几乎都有涉及时政的日记。由于前边所举日记已有所绍介,兹就中法战争、辛亥革命时日记,略举数例:

专记中法战争之事者,推《请缨日记》。作者唐景崧(1840—1902)字维卿,广西灌阳人。同治四年进士,任吏部主事十五年。光绪八年,法越事起,景崧自请出国到越南,招致刘永福,败法军于宣光。及中法和议成,遂入关。官至台湾巡抚。事详《清史稿》。

《请缨日记》十卷,光绪癸巳台湾布政使署刊本。前有《凡例》略称:"凡关此次军务,除记越事较详,己事尤详。此外如闽台浙江,亦据邸钞军报友书大略采录,以备此次用兵之本末。其有不关军务者,间亦摘存,聊志鸿爪。"

日记颜名请缨,缘谢子石赠图,题诗有"一旦请缨行万里"句。自光绪八年(1882)七月出京起,至十一年九月止。

全书涉及内容,约有数端:

一、赴越途中及入越所见。作者进入越南首都顺化后,诸凡越南边防、官民服饰、风俗习惯、市廛建筑、名胜古迹、宴会礼数,均一一详述。尤其是府尹设宴时,"所歌皆唐人诗古文词,尤多乐府诗。……府尹击歌,敬上宾礼也"。堪征我国诗文影响面之广。

二、入谅山后,唐景崧在越南北圻之山西省,会见刘永福。除刻划刘之外貌简历外,还详叙到来时之仪仗。如:

中国游击衔、捐二品封典、越南三宣副提督刘永福，率亲兵队乘舟至山西。旗纯黑，有三宣提督军务旗、篆书刘字旗、七星旗、八卦旗、洋枪、刀斧手、角声呜呜。马蹄蹴踏，不闻军谇，市人欢呼刘提督。

三、具体描绘光绪九年（1883）联刘以后，卒能一胜于纸桥（河内城西二里）、再胜于怀德（府名）、三胜于丹凤（越南北圻之县名，属山西省），往往在"鏖战未已，枪弹已竭"情况下，诸军密切配合，转败为胜。故日记涉及永福之一举一动，皆大书特书。

四、光绪十年甲申（1884）北宁（南越北圻之省份）失守，唐景崧在日记中，分析症结之所在：（1）统帅处置之失当。如徐晓山中丞初视敌太轻，又虑清廷之畏战，故迟疑寡断，辄为左右所弄权。（2）诸帅意见之分歧。军令朝颁夕更，使刘军将士，有难以循从之虞。二月初九日记云："晓帅来书，欲以刘军攻嘉林；彦帅来书，欲刘军扎永祥、安朗一带。"（3）清军待遇之轩轾。清廷对正统军与非正统军（指招抚军）之调遣，恒多不平等的措施。（4）各军相互猜忌。先是越黄佐炎与永福有隙，继则刘团被困山西，桂军黄桂兰坐视不救，永福憾之深。至是唐景崧力事排解，始往率战。永福心实未甘，束手厌战，致有北宁之败。

五、日记除涉及山西战役、洮河之捷外，还缕载光绪十一年（1885）清政府一意罢战议和，将刘永福调离保胜。次年撰人坐视请缨之愿未偿，赴台勘界，语多不详，自此封笔。

辛亥革命前后，涉及革命内容的日记，为数不少，兹略举数种如下：

宋教仁（1882—1913）字遁初，号渔父，湖南桃源人。曾与黄兴、陈天华等在长沙组华兴会，策动起义未成，东渡日本，留学早稻田大学。嗣参加同盟会，办《民报》。武昌起义后，积极促成上海、江苏、浙江等地起义，筹建临时政府。先后任法制院总裁、农林总长。1913年，被袁世凯派人暗杀于上海，著有日记。

此《我之历史》六册，仿春秋编年体，以黄帝纪元。实始于光绪三十年甲辰（1904），迄于三十三年丁未（1907），系在东瀛时间所书日记。开端渔父自述参加湖南革命事泄，得自曹亚伯密语相告，并促速走东瀛。日记所载当时省城内气氛紧张，情状恐怖，活现于楮墨间。且被杀之游得胜、萧贵生临刑前，已供出宋姓，渔父转移日本，势在速行。

东渡以前，武昌戒严，以防华兴会乘机起义，正访查革命党人胡经武来历，情势岌岌可危。宋渔父在此与之不期而遇，偕至黄鹤楼畔茶肆，遇有"素识余者"，知已不可久留，乃抵上海一行。时黄庆午、刘林生在上海新马路余庆里，办启华译书局，实一革命团体也。抵沪，知书局内，人已大半被捕。仅晤及杨笃生、杨皙子二人。记云："一即启华译书局之人，一则万福华案被嫌疑，皆赴东者也。"（按皙子即湘潭杨度之字）

光绪三十年十一月初，宋教仁乘桴泛海，屡记其革命交游、革命活动。一是与孙中山交游。1905年七月二十八日，孙逸仙托程翰生代约于当天下午会晤，看来，此为二人初次接触。孙殷殷垂询，畅谈形势，指明方向。这天的日记中称：

晴。接程润生来信，称孙逸仙约余今日下午至二十世纪之支那社晤面，务必践约云。未初余遂至该社，孙逸仙与宫崎滔天已先在。余既见面，逸仙问此间同志多少、如何。时陈君星台亦在座。余未及答，星台乃将去岁湖南风潮事，稍谈一二。逸仙乃纵谈现今大势，乃革命方法，大概不外联络人才一义，言中国现在不必忧各国之瓜分，但忧自己之内讧。此一省欲起事，彼一省亦欲起事，不相联络，各自号召，终必成秦末二十余国之争、元末朱陈张明之乱，此时各国乘而干涉之，则中国必亡无疑矣。故现今之主义，总以互相联络为要。

以后凡是孙中山演说，宋教仁几乎次次参加，间或还在演说会上主持会议。详见七月三十日、八月十三日记中。

二如秋瑾。宋与秋瑾相识，深于情谊，非泛泛交。一则为主动参加秋瑾组织之演说会。乙巳一月十三日云：

巳正，至秋璇卿（秋瑾字）寓，谭良久。时秋君与诸同志组织一演说练习会，每月开会演说一次，并出《白话报》一册，现已出第二册。余向秋君言，愿入此会，秋君诺之。戌初回。

宋氏抵晤秋瑾，秋瑾常臧否人物在先，相遇其人在后，如云：

乙巳二月十六日。晴。辰正抵大阪。午初王薇伯来寓，薇伯山西籍，而生长苏，与（沈）强汉友善。

余前日曾闻秋瑾言，及其为人，至是始晤之。

至于宋教仁在日本进行之革命活动，甚为频繁。以1905年为例，组织难以数计之杂志会议，致函高天梅嘱其速作《募建洪秀全铜像启》，以激发国民。与革命同志（如胡经武、杨度、黄庆午）之密切联系。自述不断写革命时评（如《呜呼汉奴》）之背景和动机，以及《二十世纪之支那》停办后，改筹《民报》之前后本末。

末了，应该一提的，是宋渔父诗才超轶，早岁即喜唐杜甫、宋真山民之诗。据日记，年十六七岁，"曾于一夜得一联云：月来窗纸薄，露下客衣单"。在县中读书时，登城晚眺，亦有诗，句为："晚烟绿隐临江村，早稻黄催负郭田。楼阁参差余落日，关河萧索咽残蝉。"在此体现作者桑梓之思，怀国之想，跃然于楮墨间。

辛亥革命前夕，清政府军职人员因同情革命，而戍新疆者，若温世霖、刘雨沛等均撰日记，详叙遣戍生活，分别笔触备受沿途州县官之优遇，无异提供辛亥革命之新鲜史料。以《昆仑旅行日记》为例。作者温世霖，字子英，天津人。曾创天津普育女子学校，办《醒俗人》《镜自由》等报，鼓吹新政，唤醒同胞。又主缩短预备立宪年限，不意触怒清廷大吏，被直隶总督陈夔龙所奏参，遣戍新疆。武昌起义后，任新疆都督。晚年戢影家居，以书篆隶自遣，成《新疆风俗考》。

其《昆仑旅行日记》，起宣统二年（1910），止次年五月，系谪戍时所作。此行时在革命前，形势初露端倪，识时务者揆度趋势，对迁谪之士同情者有之，暗递秋波者有之。据日记，其自天津启程，取道保定，"闻东站聚集学生二千余人，欲劫余回津，解委因不准停车，直赴枕头（即石家庄）宿焉"。沿途解委悉心照料，俱作详记。嗣经彰德、洛阳、渑池、陕州，历函谷关、潼关，而抵华山庙下榻。"室中陈设雅洁，帘帐被褥均新制，极华丽。""进茗点，燕菜一瓯，佐以糖饼，极其适口。招待周至，令人欣感。"到此第一站，县令设法款待，并托解委代达不拜访之衷曲。宣统二年十二月二十日记云：

  县令四川籍人，极开通。……闻予道经此间，极欲一面，以恐招物议而罢。其招待特别优异者，非无故也。

特别是赴陕途中，馈送路菜，络绎不绝。如井崧生之薰鸭酱肉，孟沛然之橘柚一筐，朱仔钟之鲍鱼茶叶，甚至松解委"送到黄河鲤、蟹黄等四品，为其岳母所做，味极甘美"。类此纂录，不一而足，堪征事非寻常，有其用意在焉。

辛亥正月，温氏途遇甘省臬宪，系陈夔龙胞叔，正为之焦虑。数日后，孙中山自香港派人保护，恐遭不测。宣统三年正月廿七日云：

  甘肃电报局领班电员桂君宝鋆来访，并介见陈君克义，云顷从香港来，奉同盟会孙会长逸仙先生之命，因闻有遣戍新疆之旨，恐途中或有意外，特派沿途保护。

日记还载及清末各省徭役苛重，地方官办差，辄向民间百端勒索，河南陕西等省，其弊窦毒害，民生惨怛，如同一辙，凡此不失为晚清政治史料。此外，多笔触陕甘风俗、戏剧，如观甘肃民间草台戏，演奏古之西凉腔。谓：

> 街中搭小戏台，如小屋然。台上两旁坐有鼓乐者五六人，中设桌椅各一，余地已无多矣。所演者皆二三人之小戏，音调似甚古雅。

所记多涉及戏台规模，却少正面评述。

继温世霖之后，尚有《西戍途中日记》。作者刘雨沛，安徽桐城人。为俞恪士之弟子，工五言诗，撰有《宋元明读史兵略》十八卷。

宣统三年（1911），雨沛因部下倡举革命，受到牵连，谪戍新疆。四月下旬，坐陆军部官车，自燕京启程，经卢沟桥，取道河北省定兴、保定，而入山西闻喜、永济，再向陕西潼关进发，历甘肃、哈密，傍天山南麓行，而至新疆。其间按日记事，名之曰《西戍途中日记》。

作者于遣戍途中，放眼田园荒芜，蒿目时艰，为之感慨万千。自定兴进发，"沿途麦苗枯黄，豆粟多槁"。过新乐县，县位于河北省西部，素以盛产小麦等著称。时值旱灾，"县城荒凉，衙署茅茨。连日所经各州县，地俱干旱，农民于麦畦掘井，而麦苗黄枯如故，愁叹之声，不绝于耳"。民生疾苦，于此可见。

自五月至九月，在赴疆途中，设筵饯行、馈赠川资者不绝。前者如庆州牧、赵城县令、永济县令、乾州牧等送席张宴，柿酒珍肴，土产风味，谪者远戍，别具深情。后者如同乡集川资百金，河北州役沿途备马备轿，上岭上车，一路护送。作者感激之余，不禁记曰"不因沦落轻人也"。

据日记，途中旧雨新知，闻声过从慰藉，堪称尤莫逆者得若干人：一为其师诗文家俞恪士，时任甘肃省提学使，短暂逗留，五度往还，均慰问殷殷。如：

闰六月初六日。见俞恪士师，云为予介绍于赵观察维熙，嘱翌日往拜。

初九日。……持俞恪士师手书，谒赵观察维熙。赵甚谦恭，亦风尘俗吏中之不多得者也。

二如途经甘肃，擅诗之邱昆玉、刘继书与之订交。萍水相逢，引为知己。闰六月十一日记云：

有素未谋面之邱君昆玉，号冈甫；刘君继书，号润楼来访，见面方知伊在甘督署，得阅予旅次感怀诗，故慕名而来，亦文字因缘也。冈甫举孝廉方正，以县丞分发甘省，川产也。刘乃陕人，京师法政毕业生，亦以县丞分发至此。噫，予自投笔从戎久矣，毛锥高搁，今因部下倡举革命，被议谪戍，东师马背船唇毫无意味，乃收拾水声山色，入我诗囊，盖藉以浇胸中之块垒，而字句之工拙，知音之有无，俱不计焉。

一九一二年四月，孙中山先生被迫解去大总统职务，袁世凯窃据政权。刘雨沛忧愤填膺，谓"新者风声鹤唳，依然草木皆兵"，赋七律一章，以抒抑郁之怀，曰：

烽烟莽莽满神州，长夜行师兴不侔。两鬓霜飞尘扑面，三军甲耀月当头。天山石勒元戎绩，星海风波汉吏愁。横槊赋诗醉斫地，忧时儒将有谁俦。

[第六章]
历代日记的史料价值

祖国历史、文化悠久，许多珍贵遗产亟待发掘整理，日记就是其中之一。由于历代日记作者大多是依照年月日午时气候的程式记载的，往往展示了作者生活年代的政治变迁、经济动态、社会生活、战争始末、文艺活动、私人生活真相等各个方面，特别是明代以后的作品，已涉及科学方面内容，可以说是囊括万千。同时，它一般是写给自己看的，所以出语真率，着笔时较少顾虑。更由于每天抓住过往隙影，留志鸿爪，于是细大不捐地记录，有时不放过言行的细节，因此有它独特的史料价值，为其他文献所不能比拟和替代。下举数例，试加浅议。

一、自然科学史的可靠依据

由于各别作者所处时间、地区的不同，所涉科学工作性质的差异，因而记述内容是多方面的。略如：

有属于地学的全面考察研究者，推明代徐弘祖霞客（1586—1641），穷大半生时间，足迹遍及全国名山大川，海隅边陲，几达十九个省市自治区之多。他每天游历、探索的记载，均极详尽。特别是他致力地学研究，诸凡地貌、岩溶、江河、水文、地热、气象等方面，均有建树。所到之处，不仅作出如实、准确的记载，而且作了有关的探索研究。过去，丁文江先生对此记的科学贡献的论述，早为人所熟知。近来朱惠荣先生更从多方面论列了徐霞客的地学研究，以气象为例，他认为霞客从长江日到滇西,坚持三年完整的气象观察,注意到海拔和气候的关系,地理位置及太阳对气温的作用等[①],类似云云,极具科学价值。可以说,这部旅游日记,是远在三四百年前一部实地观察、自具特色的科学百科全书。

有属于台湾地热开发者,其一为清初郁永河《采硫日记》(即《裨海记游》)三卷,系康熙三十六年(1697)奉命前往台湾省采硫时作。全书除了记述采硫经过外,对于三百年前台湾的山川形势、民情风俗、生物特产等也记载特详,是一份有价值的历史文献。北京大学廖志杰先生曾对此记论述了它的科学价值,认为这"实际上是篇极好的有关地热显示区野外的普查记录,而那时的地质学远未成为一门理性的科学。因此,《采硫日记》,在地质学史上也应居有一定的地位"[②]。

有属于气象探索的,日记体制多记日常气候变化,为气象学提供了新数据。过去,竺可桢作中国近五千年来气候变迁初步研究的报告,就曾引述元代郭畀《客杭日记》:"公元1309年正月初,他由无锡沿运河乘船回家途中,运河结冰,不得不离船上岸。"又引陆友仁《砚北杂志》所记作旁证,证明"十二世纪初期,中国气候加剧转寒"。杭州同样如此。至十三世纪初和中期,一度转暖,"不久,冬季又严寒了"。最后,作出"中国十二三世纪的这个寒冷期,似乎预见欧洲要在下一二个世纪出现寒冷"的结论[③],获得各国气象学家

[①] 朱惠荣:《徐霞客游记校注》,云南人民出版社,1985。
[②] 廖志杰:《台湾省地热开发简史》,《地质论评》,31,3,1985。
[③] 《竺可桢文集》482—486页。

一致赞许。

日记中的气象记载，诚然是研究气象学史者的可靠依据之一。如果抽取五六百种清代日记，分别地区时代，加以扎录有关气象记载，就不难看出清三百年间南北气象的实况。以上海气候来说，普遍认为系亚热带海洋性季风气候，全年温和、湿润，四季分明。但是，根据王萃元《星周纪事》，咸丰十一年（1861）十二月二十九日起，上海从虹桥到新桥，"雪拥及肩，道路不明，足无从入"，连续十数天，雪不融化。徐家汇附近，也是"漫天积雪，风涌如浪"，这时太平军准备攻打沪郊东南，亦"为大雪所阻"，这些记载，确为研究上海气候，提供了参考资料。

再以翁同龢日记来看，记及光绪九年（1883）七月十三，北京"热极，数十年所无也"。二十年（1894）十一月十三日，"雾连日"。廿四年（1898）二月廿三，"晚天黄，可怕"。凡是他在北京遇到特殊气象，都附加一点简单说明，这对研究往日北京气象，不无一得之助。

有属于科学古籍探析的，如清初数学家李锐（1767—1817）的《观妙居日记稿》，介绍了距今一百九十年前中外科学著作，如南怀仁《地球图》、梅文鼎《历学骈枝》、新制《灵台仪象志》等内容，并对宋本《九章》、旧抄《回回天文书》、《益古演段》、《弧矢算术细草》等书作出评说。值得注意的，他和钱大昕、江声等讨论天文学、数学方面古著。还自述撰写《明代朔闰考》前后经过，得自朋辈的支持，曾用数学算恒星东行，就正于江艮庭即是一例。此书至今看来，仍不失可供治天文史、数学史者所考镜。

有属于中医学及临床经验的，现存一二百年前的日记，有不少作品均涉及中医治疗。诸如丁士一《此游计日》（1724—1725），录存大量治疗日用常见病丹方；焦循《理堂日记》（1796），载及扬州名医李钧、赵仰葵诊治伤寒等症脉案处方及疗效；赵彦俌《三愿堂日记》（1849），纂录解决外科疑难杂症的临床经验，潘霨《鞾园岁计录》（1865—1887），笔触研究名医陈修园医学著作的若干心得。特别是光绪初如皋名医薛宝田，在光绪六年（1880）八月抵京，替慈禧诊病，两月而后痊可的经过，他罗列了诊状、脉案、处方、用药等内容，并作医理的诠说，堪供治中医内科学者的参考。

至于介绍国外大量科学技术内容的，要数近百年来的各界人士的出使日记。自从1840年至1911年这一历史时期中，门户日益开放，到欧美日本去访问、学习、工作的，日形增多了。不管他是否是熟习科学，但是面对现实，不能不接触近（现）代的科学文化。这些为数较多的面向世界的生活日记，多数介绍了所见的国外科学实况，甚至有的涉及古代中外科学文化的比较，是研究科学史者所不容忽视的文献。

譬如近代科学家，我国无烟火药创造者徐建寅（1845—1910），在光绪五年（1879）主要考察德、英，法三国的科技，撰有《欧游杂录》三卷。他按日前往参观学习各类钢铁厂、机器厂、铸铁厂、船厂、玻璃厂、油烛肥皂厂等。着重研究询问有关制造过程、生产管理，以及产生的经济效益。据日记，徐建寅在德国调访获得的启示，是当时德国工厂，规模中等，工人不多，但讲求生产高效率，因而收效甚大。经验一条在于制度完善，管理得法，切合实用。

其后十一年，以洋务派薛福成为例，他认为客观形势，使中国不能闭关自守，只有实行开放，学习西方科技发展的经验，蔚为国用。1890年，任出使英法义比大臣以后，所著《出使四国日记》，即用大量篇幅，介绍了西方国家的工业、交通、军备等先进之所在。他以敏锐的观察力，清晰地看到英美刚试制的"汽船"（飞艇），今后将必可在交通、战争上广泛应用。还认为英国煤铁之富饶，轧钢技术的精良，瞩目到它的广泛用途，"航海以铁为船，济渡以铁为桥，行火车以铁为路，通电话以铁为线。……"无形中，他肯定基础建设与国家富强的关系。

除科学家、洋务派外，即使有些人原来对欧美科学上的进化，缺乏了解，但是出国以后，对发展科技的重要性，也开始有了感性认识。如晚清五大臣之一的戴鸿慈即是一例。他从光绪三十一年（1905）六月起，奉命出使英、美、法、德、俄、丹麦、瑞典、挪威、比利时等国，著《出使九国日记》，据记载，他踏进美国国土，目睹纽约的天桥、地道行车之利便，不禁在仔细观察的基础上，发出"人惜寸阴，利在速达"的赞叹。继而进入加拿大国境，谛视了水力发电的壮观，又感叹地说："水之为用，可谓伟矣。"嗣后抵达德国，他以极大的兴趣，记述了该国电器厂生产的伏特计、安培计、瓦特计，并在考察、咨询的基础上，议论了无线电的原理，化学的作用，类似云云，也可略见晚清时西方科技对中国的影响，不失为清末科技史的参考资料。

诚然，讲求洋务者调询国外科技，相形地比较深入，以访问日本诸记为例，如1868年傅云龙日记，对大阪炮兵工厂制造武器，三菱造船的设计、规模、性能、所记较具分析。1880年李筱圃《日本纪游》，也详载了机器纺织、机器造纸的全过程，使人领略到科学发展必须与生产产品挂起钩来。

清代洋务派及出国者，大多是有爱国之心的，往往在取鉴世界先进科技的同时，不忘祖国古代的辉煌的科技成就，而怀着炎黄子孙应有的民族自豪感。如郭嵩焘就是其中的一位，他在光绪四年日记中，记及和法国学者吉乐福、德里问等商榷学术、交流文化时，就理直气壮地说到他们，断定中国天文、光学、化学上的成就，遥遥领先于泰西各国。并引用了二位学者的原话。如：

> 中国各种学问皆精，而苦后人不能推求。二十年前，法人精算学者推验春秋以前日食见之经传者无讹误，知中国习天文由来久远。近数十年来泰西研究光学，有得中国一古铜镜者，背为龙文。用光学照之，龙文毕见。疑铜质厚，何以能透光？求其故不可得，乃用化学化分。则铸龙之铜与余铜各为一种，盖先铸龙，而后熔镜铜纳之范中，以铜龙合之，磨淬使光，铜合而其本质自分，故各自为光。始悟中国自古时已通光学。至中国医家用乌须草，须发白者服之可使反黑，然久服则指爪俱黑。须发、指爪各一事，而皆与皮肉相连，何以皮肉不与俱黑？泰西化学家因谓指爪、须发一物结成，又知中国医家自古已谙化学也。

二、政治史的原始记录

涉及时政的日记，为数极多，贵在敢于记实事、讲真话。有的直写当朝统治阶级（从帝王到封疆大臣）的庐山真面目。比如咸丰十年（1860），李慈铭在《越缦堂日记》中，就如实地记及英法联军进犯北京后，咸丰皇帝如何耍着各种花招，从圆明园逃往热河，如何拟向户部提款白银六十万两，瑞相如何驻兵郊外不敢一战，及和议订后一个多月，咸丰皇帝又如何仍然寻欢作乐（包括听戏、打猎）、贪生怕死，竟然峻拒诸大臣关于咸丰回京的请求，说："尔等能保夷人不再至者，朕不吝还。"日记撰者确是具体地暴露出咸丰皇帝的昏庸、胆怯，寄以贬斥之意。很显然，日记写的是原始事实，足昭信史。

有的还揭露封疆大吏腐败丑状，刻划细腻，往往又是正史所未详。如杜凤治《望凫行馆日记》，载及同治、光绪间官场黑幕，谓两江总督瑞麟卖官鬻爵，死后，其家属借此向下属及民间百般勒索，开始收祭帐、门包，继而广收奠金、程仪，等到棺柩待运北归，官府胁迫街坊设路祭。于是民怨载道，遍贴《白头帖》以讥刺。再如张集馨日记，记同治三年（1864）以后，清朝吏治、法纪、军制等贪污、腐化现象，像陕甘总督乐斌贿赂公行，"与禁卒分润，日积月累，进款既多，得以献媚上司"，"转眼而得成都将军，又署总督，遂得肆其所为"。

此后，乐斌抢夺奴才陈二之妻，霸为己有，不久再替陈二续娶，还闹成一幅群丑献媚图。

有以记录典章制度的，如明代文徵明之孙文震孟《文肃公日记》，触及当代朝章典故。清·汪士铎、赵烈文日记，均详太平天国史事，赵记并述录各种布告，曾转称管小异亲见《招贤榜》，突出量才录用问题。吴汝纶日记屡载南方各省多有仿外国字母，用反切拼音，另制省笔字母的，说明同光间南省一度推行过简化字。

还有详载一个阶段史事，可补证有关史实者，除熟知的祁彪佳、谈迁日记外，1638年许德士任明将卢象升幕客，亲见卢象升抗击清兵，直至殉难前后本末。1659年张煌言在《北征录》里，写到是年师次崇明，进行一系列军事活动，为《南疆绎史·张苍水传》所本。类似晚明史料，堪资拾遗补阙。

再以涉及戊戌政变史事之日记为例，由于每一作者各自所处地位和环境的不同，所写角度因而亦大有差异：叶昌炽记叙维新变法前后，是在国史馆时所见邸抄及亲友传闻的变法情况，以及作者自己的看法。皮锡瑞则与新旧两派人物都有交往，详尽地记述戊戌诸君子的言论和行止，对政变失败、六君子被杀，深表同情。关于戊戌政变前后各地的情况，也屡见于各家日记。例如文廷式于光绪二十五年（1899）十二月在沪所书日记，称二十五日传来中外日报馆传单，传递"已为穆宗立嗣"，光绪皇帝今后不再亲政的消息，出现了波动全市的紧张局面，闲坊冷市，议论纷纭。或传"法人尚有他信，调兵东来"，"寓沪绅商及耶稣教会有电至译署，请上仍亲政"。汪康年还传言梁星海等将赴都，"伏阙上书"。一时上海出现知识界、工商界惶惶不可终日的情状。与此同时，孙宝瑄在日记中，自述变法失败后，他多次主持上海忘山庐雅集，广集同志，继续对新政进行探讨，代表当时一些知识分子反对倒退，希望改变现状的一种要求。

与此相反，后党廖寿恒在《抑抑斋戊戌八月以后日记》（稿本）中，自供曾写康有为结党经过的材料，曾缮写《缉拿康有为电》，还写明告发康氏焚毁信札等事的是黄桂鋆。类似反面材料，则每为史事的佐证。

此外，有偏重科举史实的，除宋之赵抃，清之吕珮芬、李慈铭外，若沈桂芬《粤轺日记》，叙1861—1862年典试广东，适值英法联军北犯后一年，各省乡试举辍不定，试期不循常例，福建、河南、湖南等省乡试停止举行，所举行的仅顺天、陕西、山西、广东、广西而已。类似科举史料尚多，要加以积累、辨析，对研究学术，可资考镜。

三、经济史方面的原始资料

一是币制方面的记录。晚清时期各地币制不统一，带来了诸多不便。钱单士厘日记载及丈夫职业外交官钱恂替留学生经办出国款项，手续麻烦。许多学生所携私款，"半为湖北自造之银元，此银元又非上海所通用"。换算折蚀，煞费苦心。与此前后，李星沅日记谈及道光间，居于陕甘，所知铸钱事甚详。诸凡天山南北如何铸普尔钱，甘肃省如何仿铸大钱，均逐一描叙。邓邦述《群碧楼庚戌巡行日记》，谓清末东三省纸币分官帖、民行两种。而吉林多用江帖，沿边地区则以江帖发行过滥，加以拒用。诸家所记，对某些纸币多加简单说明，着重简叙纸币流通情况，正是值得参考之所在。

二是物价变动的记述。要研究清代三百年物价的起落，除大量当时人所写日用收支账册外，另一可以参考的便是日记。如安吉日记，载录一七九四年前后七八年间用布细账，略见乾隆时期物价递变的具体指数。阙名在《得少佳趣日记》（稿本）里，也按日附录购买烟、茶、酒、药、肥皂、帽子等日用品清账，从数量价格上，推知光绪中物价涨跌的实际情况。物价的涨跌，特别是书价与政治形势有着相互的影响。就姚觐元、盛宣怀、吴虞等日记来说，都有具体书价的实录（其详已见前），可觇见近代书价涨跌趋势，以及原因所在。

三是反映生活的真实，从侧面揭出了社会问题。如曾纪泽日记，记及女婿"以娇养太过，年甫十七，而吸食鸦片，又性情暴戾无暴，凌折女儿万状"。为之发出"余夫妇不能无恋恋也"的感叹。在此，无形中反映了鸦片输入，流毒至深且广。在曾纪泽家也难免殃及。张佩纶是李鸿章女婿，在光绪甲午（1894）所书日记，对李决意成和，屡发"闻之殆为愤惋"的不满言论。

至于各国交往史料，文学艺术方面、战争方面史料，已散见于上述各章节中，在此不再赘引。

日记既有丰富内容，它又具备一般文献少有的特点：

一、真实。鲁迅说过："我本来每天写日记，是写给自己看的；大约天地间写这样日记的人们很不少。……不像做内感篇、外冒篇似的须摆空架子，所以反而可以看出真的面目来。"（《华盖集续编·马上日记》）诚然，如翁同龢日记便是谴责李鸿章的话语屡见。如："李相议及割地，余曰：台湾万无议及之理。""（上）诘责以身为重臣，两万万之款，从何筹措？台湾一省，送予外人，失民心，伤国体。词甚骏厉。鸿章亦引咎唯唯。""合肥今日谢摺用封，可笑也"。

日记内往往是抒发肺腑之谈，由衷之言。譬如张謇在日记中，根据长期和张之洞的交往，得到南皮有五气的印象：少爷气、美人气、秀才气、大贾气、婢姬气，类似云云，正是真情实感的所在。唐鹤征有鉴于日记具有真实性，在撰《皇明辅世篇》时，有一些传记，即据日记以补充的。

二、具体。由于日记是作者每天及时执笔，涉及的时间地点，人物活动，经常是紧抓不放，可补史传的不足和失记。要了解林则徐的一生，了解他领导禁烟运动的全过程（禁烟运动前的准备工作，运动后六个月的补课工作），以及掌握许多关键性的细节，就非得阅读他的日记不可。要掌握近代企业经营史，就得多参考当事人的生活实录，多看一下类似张謇、徐乃昌、王同愈、郑观应等日记，往往可以从中领悟到他们从事经营企业的若干经验。

至于要掌握宋以来的文学史料，探索几个突破性的专题，也得翻阅一下第一手的具体资料——日记。如黄庭坚的晚年交游，姚鼐的逸诗，文廷式的师承，张元济如何发展出版事业等等，均有待于参考他们的日记。

三、新鲜。古代日记时隔久远，往往作者当时认为遇到有必要记下的新鲜事而及时秉笔了。过了数百年后，更是因它事过境迁，未经人道，仍然给人以新鲜的感觉。譬如要研究清代南京地区昆曲演出史，苦乏资料，要填补这一空白点，便不得不从何荫柟《鉏月馆日记》中找寻长年累月的第一手资料。要研究清代湘剧史，就得从六种曲作者杨恩寿《坦园日记》里，甄选有关具体史料。同样要了解清末文明戏的演出情况，不免去参考一下袁励准的《秋篱剧话》。

当然，历代日记的史料价值，远不止上述这些。因为它本身带有开放性和开发性的意义。前者如为数浩繁的星轺日记、出国访问日记，都满载着中外交往的史事故实、经验教训。后者指留存着大量的第一手资料，有时可以供治政治史、经济史、文化史者所参考。一言以蔽之，日记史是一块待开垦的处女地，有它独特的生命力。

最后笔者还想附带指出一个事实。虽然笔者对当前国内外整理、研究、出版中国日记的情况，没有作过全面的调查，但就平时知见的一鳞半爪，已显示着历代日记的价值，渐渐地被人们所重视了。下面略举数例：

建国以后，特别是近十年来，全国各省市出版社已纷纷刊行古代日记，除岳麓书社《走向世界丛书》外，几乎每一出版社或多或少地出版了日记专书，总数相当可观。

国外学者对中国日记的研究，早有所闻。1893年（即明治二十六年），日本汉学家大槻诚之就为南宋爱国诗人陆游《入蜀记》作过注释，分二册，由东京松山堂刊行，堪征九十六年前，放翁日记业已风靡扶桑了。

近年来，仍有日本学者在研究中国古代日记，如玉井幸助，著《日记文学概说》一书，印行之后，畅销各国。

至于当代美国学者研究宋代日记的，更是大有人在：密歇根大学张春树教授已有《入蜀记》英译本问世（《十二世纪的南宋：译陆游1170年七月初三至十二月初六的游记》，香港中文大学出版社，1981年。）再如科罗拉多大学教授何瞻博士（James, M. Hargett）撰《宋代游记文学》一书（英文版），引述了宋代陆游《入蜀记》，范成大《揽辔录》《骖鸾录》《吴船录》，欧阳修《于役志》，程卓《使金录》等。他还有《石湖三录》（范成大号石湖，三录即指《揽辔录》等三部日记）英译本，不久可梓行。1985年中国宋史国际学术讨论会曾在杭州大学召开，何瞻博士的论文题，是《范成大与其纪游日记》。

据说：晚清外交家容闳的日记，现藏于美国。十多年前，有一位北京大学研究生见访，告诉我："美国《亚细亚杂志》曾连续译载了容闳日记，内涉及大量中西关系史资料，值得珍视。还有人谈起哈佛大学曾经开设过王韬研究的课程，当然也包括研究王韬日记在内。

综上所述，已可略知我国古代日记的种种史料价值。我国学术界如能进一步加以重视，必将使我国文化史研究，添上一个崭新的项目。

附录 引用日记简目

唐 赵元一 《奉天录》四卷，《指海》及《粤雅堂丛书》本

　　李　翱 《来南录》一卷，《李文公集》卷十八

　　蒋　偕 《蒋氏日历》，见《事文类聚遗书》卷五二

　　刘　轲 《牛羊日历》一卷，刊在《藕香零拾》内

宋 路　振 《乘轺录》一卷，《指海》第九集，钱熙祚校刊本

　　王安石 《鄞县经历记》，刊在《王文公文集》卷三十五

　　曾　布 《曾公遗录》残存，《永乐大典》卷一九七三五

　　欧阳修 《于役志》一卷，《说郛》第卅五册　又刊在《欧阳文忠公全集》内，商务《国学丛书》本

　　赵　抃 《御试备官日记》一卷，《学海类编》本

　　黄庭坚 《宜州乙酉家乘》一卷，《知不足斋丛书》本

　　徐　兢 《使高丽录》一卷，《说郛》五十六　在《宣和奉使高丽图经》内

张　礼　《游城南记》一卷，明刻本一册

李　纲　《靖康传信录》三卷，《函海》及《海山仙馆丛书》本

陆　游　《入蜀记》六卷，编在《渭南文集》卷四十三至四十八

范成大　《揽辔录》一卷、《骖鸾录》一卷、《吴船录》二卷，《知不足斋丛书》本，商务《丛书集成》本

吕祖谦　《入越记》一卷，《说郛》卷六十四

楼　钥　《北行日录》二卷，《攻愧集》卷一百十一至十二

周　辉　《北辕录》一卷，《历代小史》，商务《丛书集成》本

程　卓　《使金录》一卷，汪如藻家藏本

辛弃疾　《南烬馀闻》一卷，乾隆中望江檀萃手抄本一册

赵　鼎　《建炎笔录》二卷，函海本，《丛书集成》本

韩　淲　《涧泉日记》，《说郛》卷二十九

周必大　日记八种十一卷：《辛巳亲征录》、《壬午龙飞录》、《癸未归庐陵日记》、《闲居录》、《泛舟游山录》上中下、《庚寅奏事录》、《壬辰南归录》、《思陵录》上下二卷，在《周益国文忠公集·杂著述》内，咸丰初欧阳棨刊本

元	无名氏	《征缅录》一卷，《守山阁丛书》本
	徐明善	《安南行纪》一卷，《说郛》卷五十一，涵芬楼藏版
	刘敏中	《平宋录》三卷，《墨海金壶》及《守山阁丛书》本
	刘 郁	《西使记》一卷，《古今说海》《历代小史》《学海类编》均收
	郭 畀	《云山日记》二卷，《横山草堂丛书》本　又一部四卷附录一卷，《古学汇刊》二集，国粹学报社排印本　又一部题《客杭日记》一卷，清厉鹗节录，《知不足斋丛书》本
	徐勉之	《保越录》一卷，《学海类编》《艺海珠尘》《十万卷楼丛书》本
明	宋 濂	《游钟山记》，《四部备要》中《宋文宪公集》卷三十五
	金幼孜	《北征录》一卷，《后北征录》一卷，王际华家藏本
	杨 荣	《后北征记》一卷，王际华家藏本
	袁 彬	《北征事迹》一卷，《借月山房汇钞》本
	张 瑄	《南征录》一卷，范氏天一阁藏本
	张 瓒	《东征纪行录》一卷，清左都御史张若溎藏本
	杨一清	《西征日录》一卷，《纪录汇编》第二十册

陆　深　《南巡日录》一卷、《北还录》一卷,《说郛》续第十;又《淮封日记》一卷,《南迁日记》一卷,入《俨山外集》卷三十六

都　穆　《使西日记》一卷,范氏天一阁藏本

王穉登　《荆溪疏》《客越志》,入《王百穀全集》十一种八册,明刻本

潘允端　《玉华堂日记》稿本八册,上海博物馆藏

文震孟　《文肃公日记》稿十四册,北京图书馆藏

徐弘祖　《徐霞客游记校注》二册,朱惠荣校注1985年6月云南人民出版社排印本

袁中道　《游居柿录》十三卷,《中国文学珍本丛书》第一辑,上海杂志公司印行

李日华　《味水轩日记》八卷,《啸园丛本》　本吴兴刘氏《嘉业堂丛书》本

岳和声　《后骖鸾录》一卷,编入《粤西丛载》卷四,进步书局本

龚立本　《北征日记》三卷,抄本二册,上海图书馆藏

浦　枋　《游明圣湖日记》一卷,光绪辛未泉唐丁氏刻本

燕　客　《天人合征录》,载明·黄煜《碧血录》卷三后

朱祖文　《北行日谱》一卷,康熙巾箱本一册,《知不足斋丛书》本

	萧士玮	《南归日录》《春浮园偶录》《深牧庵日涉录》《辛未春浮园偶录》《汴游录》《萧斋日记》，均刊入《春浮园别集》，丁卯三月自刊本
	祁彪佳	《祁忠敏公日记》六册，绍兴修志会据远山堂原本印行
	马元调	《横山游记》一册，刊入《武林掌故丛编》
	许德士	《戎车日记》一卷，附卢象昇《卢忠肃公集》卷十二《补遗》后，光绪乙亥夏家刊本
	陆世仪	《志学录》一卷，《陆桴亭先生遗书》二十二种之一，光绪乙亥京师刻本
	李光壂	《守汴日志》不分卷，清康熙四十七年刻本
	冯梦龙	《燕都日记》一卷，载《纪录汇编》第廿五部，申报馆丛书续集，仿聚珍版印行
	高攀龙	《螺江日记》六卷，旧抄本六册，上海图书馆藏
明末清初	季承禹	《江南围城日记》旧抄本一册，潘景郑先生旧藏
	黄淳耀	《甲申日记》，刊入《留有馀堂丛书》，吴兴刘氏刊本
	瞿昌文	《粤行纪事》三卷，《知不足斋丛书》本
	叶绍袁	《甲行日注》八卷，吴兴刘氏嘉业堂刊本
	黄向坚	《寻亲纪程》一卷，《知不足斋丛书》本，入商务《丛书集成初编》；又一种《滇还日记》一卷，版本同上
清	谈迁	《北游录》九卷一册，1960年中华书局铅印本

附录　引用日记简目

张煌言　《北征录》，见《张苍水集·附录》，光绪廿七年铅印本

黄宗羲　《匡庐游录》一卷，《小方壶斋舆地丛钞》第四帙所收

归　庄　《寻花日记》二卷，顾氏《小石山房丛书》本

姚廷遴　《历年记》三卷稿本，上海市文管会藏　载入《清代日记汇抄》，1982年8月上海人民出版社

多尔衮　《摄政日记》一册，旧北平故宫博物院铅印本

彭孙贻　《岭上纪行》两卷，光绪三十二年《国粹丛书》本

窦克勤　《寻乐堂日录》二十五卷，在《窦静庵先生遗书》内，朱阳书院木刻本

陆嘉淑　《北游日记》抄本一册，上海图书馆藏

屈大均　《宗周游记》，《翁山文外》卷一，吴兴刘氏嘉业堂刊本

王士禛　《蜀道驿程记》不分卷，《小方壶斋舆地丛钞》第七帙；又两种：《南来志》一卷，《北归志》一卷，均盛符升校本；又两种：《北征日记》一卷，《迎驾纪恩录》，均在《带经堂全集·渔洋文集》卷十三；又一种：《秦蜀驿程记》，刊于《小方壶斋舆地丛钞》第七帙；又一种：《赐沐纪程》，亦《带经堂集》所收

方象瑛 《封长白山记》，刊于《小方壶斋舆地丛钞》第四帙；又《使蜀日记》一卷，道光中世楷堂刻本

陆陇其 《三鱼堂日记》二卷，商务据《指海》排印本

高士奇 《松亭行纪》，刊于《小方壶斋舆地丛钞》第一帙；又两种：《扈从东巡日录》二卷、《扈从西巡日录》二卷，均清吟堂刻本；又一种：《塞北小钞》一卷，《说铃》所收；又一种：《蓬山密记》，《古学汇刊》所收

陈奕禧 《益州于役志》，《小方壶斋舆地丛钞》七帙所收

杨甲仁 《北游日录》抄本一册，上海图书馆藏

顾 彩 《容美纪游》一卷，《小方壶斋舆地丛钞》六帙

汪 灏 《随銮纪恩》，《小方壶斋舆地丛钞》一帙

高懋功 《云中纪程》二卷，《粤雅堂丛书》本

戴名世 《乙亥北行日记》《庚辰浙行日记》《辛巳浙行日记》《丙戌南还日记》，均在《戴褐夫集》内，刊入《国粹丛书》，国学保存会本

郁永河 《采硫日记》三卷，《粤雅堂丛书》本

查慎行 《庐山纪游》抄本一册，上海图书馆藏；又一种，《陪猎笔记》二册，吴骞抄本，上海图书馆藏

吴振臣　《闽游日记》，《小方壶斋舆地丛钞补编》第九帙

李　绂　《云南驿程记》二卷，在《穆堂别稿》内，道光十一年刻本；又一种：《漕行日记》四卷，刻本同上

丁士一　《此游计日》二卷一册，嘉业堂刊本

允　礼　《西藏日记》二卷，禹贡学会据江安傅氏藏稿本印行

牛运震　《九日记》《乙卯春游记》《筮仕秦安纪程》《游五泉记》《兰省东归记》《太原纪程》《晋阳东归记》《蒲州东归记》，均刊在《空山堂全集》内　清刻本

杨名时　《自滇入都程记》一卷，《昭代丛书》丁集

程穆衡　《燕程日记》一册，《瓜蒂庵藏明清掌故丛刊》，上海古籍出版社排印本

高宅揆　《香岩小乘》稿本十册，前合众图书馆藏

陈　法　《塞外纪程》一卷，《黔南丛书别集》之一，贵州凌氏铅印本一册

周天度　《九华日录》一卷，《小方壶斋舆地丛钞》第四帙

韩梦周　《理堂日记》八卷。道光四年静恒书屋藏版

孟超然　《使粤日记》二卷，木刻本

周　裕	《从征缅甸日记》，刊入《指海》《借月山房汇钞》
吴锺侨	《川滇行程记》一卷，1920年吴江柳氏红格抄本一册
王际华	"日记未刊稿"四册不分卷，上海图书馆藏
姚　鼐	《使鲁湘日记》，载旧《青鹤》杂志
王　昶	《滇行日记》《征缅纪闻》《蜀徼纪闻》《商洛行程记》《雪鸿再录》《使楚丛谈》《台怀随笔》，均在《春融堂集·杂记》内，嘉庆十二年刻本
王初桐	《北游日记》四卷，古香堂六种之一，乾隆家刊本
胡季堂	《扈从木兰行程日记》一卷，清□□间校刊本一册
朱维鱼	《河汾旅话》四卷，枕碧楼木刻旧抄本
赵钧彤	《西征日记》三卷，吴江吴氏辑刊本
黄　钺	《泛桨录》二卷，附《西斋集》，咸丰九年芜湖许氏广东刻本；《游黄山记》一卷，版本同上
钱大昕	《竹汀先生日记钞》二卷，嘉庆十年潨熹斋刻本，《竹汀日记》一册，在《藕香零拾》内
吴　骞	《兔床日谱》三卷，钞本二册，上海图书馆藏
蒋攸铦	《黔轺纪程集》，《黔南丛书》第二集

吴锡麒	《有正味斋还京日记》抄本一册，附《澄怀园日记》前上海市历史文献图书馆藏；又一种《南归记》，《小方壶斋舆地丛钞》五帙；又一种《游西山记》一卷，同上四帙
李　锐	《观妙居日记》，吴嘉奉摘抄本一册，上海图书馆藏
焦　循	《理堂日记》，抄本一册，上海图书馆藏
张　鉴	《夕庵日记》，附《张夕庵先生年谱》后，《默厂著书》之三
安　吉	《古琴公日志》钞本二册，孙祖基《玉鉴堂藏书》
洪亮吉	《遣戍伊犁日记》，在《洪北江全集・杂著》中
林则徐	《林则徐日记》，1962年4月中华书局排印本
朱凤森	《守濬日记》一册，嘉庆十九年木刻本
李鼎元	《使琉球记》，《小方壶斋舆地丛钞》十帙
陶　澍	《蜀輶日记》四卷二册，道光四年刊本
张延济	《清仪阁笔记》稿本一册，上海图书馆藏
倪稻孙	《海沤日记》稿本一册，高仁偶旧藏，现上海图书馆藏
顾廷纶	《北征日记》一册，《顾氏家集》所收
曾国藩	《曾文正公手书日记》四十册，宣统元年上海中国图书公司印行本

赵烈文　《落花春雨巢日记》，原稿六本，南京图书馆藏；又一种《能静居士日记》原稿五十四册，曾藏武进文献社；以上二种，节选载《太平天国史料丛编简辑》第三册，1962年中华书局排印本

陆　嵩　《意苕山馆日记》稿本三十册，上海图书馆藏

李慈铭　《越缦堂日记》五十一册，《越缦堂日记补》十三册，商务印书馆据原本石印；又一种：《癸巳琐院旬日记》稿，潮阳陈蒙安旧藏，陈左高将原稿附录于《癸巳琐院旬日记》一文后，载1982年12月《古籍论丛》，福建人民出版社出版。又《荀学斋日记》，近由燕山出版社印行

郭嵩焘　《郭嵩焘日记》四册，湖南人民出版社排印本（1981—1983）

王　韬　《蘅华馆日记》稿本四册，上海图书馆藏。1987年7月中华书局排印本

吴大澂　《愙斋日记》，旧《青鹤》第一卷第十二期起；又一种《皇华纪程》一卷，刊入《殷礼在斯堂丛书》

翁同龢　《翁文恭公日记》四十册，涵芬楼景印本

赵彦俌　《三愿堂日记》，不分卷，1930年南京龙蟠里图书馆影印本一册

姚觐元	《咫瞻日识》稿本一册，上海图书馆藏；又一种：《弓斋日记》稿本十二册，上海图书馆藏
周星誉	《鸥堂日记》三卷，光绪江阴金氏刻本
陆以湉	《北行日记》一册，附《岭南游日记》一册，钱百熙手录，钞本，前合众图书馆旧藏
杨廷桂	《北行日记》一卷，《南还日记》二卷，《癸卯北行日记》一卷，《乙巳南还日记》一卷，广州芸香堂刻巾箱本
祁寯藻	《枢廷载笔》，旧《青鹤》杂志一卷第十二期起
钮树玉	《钮匪石日记钞》一册，载《滂喜斋丛书》第三函，光绪三年吴县潘氏刻本
帅方蔚	《词垣日记》一册，光绪十年绿窗重刊本
李 钧	《使粤日记》二卷，道光甲午开封府署刊本二册
邵懿辰	《半岩庐日记》五卷，《半岩庐所著书》，民国十八年刻本
潘道根	《隐求堂日记》十八卷，排印本四册
曹 晟	《十三日备尝记》一卷，光绪申报馆铅印本
王萃元	《星周纪事》二卷，刊入《上海掌故丛书》，通社校刊本
沈宝禾	《忍默恕退之斋日记》稿本一册，潘氏宝山楼旧藏

张维屏　《桂游日记》三卷分二册，道光十七年听松庐刊本

许宗衡　《旧游日记》，附《玉井山馆笔记》后，《滂喜斋丛书》第三函；又一种：《西行日记》，附《玉井山馆文续》，同治九年刻本；又一种：《游盘山日记》，附《玉井山馆文略》卷四，同治九年刻本

罗　森　《日本日记》，刊入《早期日本游记五种》内，湖南人民出版社排印本

王培荀　《雪峤日记》十二卷，道光廿九年听雨楼刻本十二册

王闿运　《湘绮楼日记》三十二册，商务书馆印行本

叶昌炽　《缘督庐日记钞》十六卷，癸酉上海蟫隐庐印行（又原稿四十三册，由潘景郑先生旧藏，现归苏州图书馆藏）

袁　昶　《渐西村人日记》抄本七十二册，袁道冲旧藏

张　謇　《张謇日记》1962年江苏人民出版社印行本

王乃誉　《王乃誉日记》稿本实十七册，上海图书馆藏

薛福成　《出使英法义比日记》六卷，续刻十卷，载《庸盦全集》，传经楼校本

皮锡瑞　《师伏堂日记》，原稿藏湖南图书馆，潘氏节抄本一册

孙宝瑄	《忘山庐日记》稿本十三册，上海图书馆藏，1983年9月上海古籍出版社排印本
康有为	《康南海先生游记汇编》，台湾文史哲出版社出版
吴　虞	《吴虞日记》手稿六十一册，中国革命博物馆藏，四川人民出版社排印本
谭　献	《复堂日记》八卷，刊在《半厂丛书》内
何兆瀛	《何兆瀛日记稿》二十册，前上海市历史文献图书馆藏
吴汝纶	《桐城吴先生日记》十册，其子吴闿生类纂，莲池书屋刊行本
李星沅	《李星沅日记》二十册，抄本，上海图书馆藏；1987年6月中华书局排印本
杨恩寿	《坦园日记》稿本十册，杨瑾琤旧藏；上海古籍出版社排印本（1983年5月）
王诒寿	《缦雅堂日记》稿本四册，前上海市历史文献图书馆藏
周家楣	《期不负斋日记》稿本十六册，周颂高旧藏
文廷式	《旅江日记》《南轺日记》在《青鹤》内。《南旋日记》《湘行日记》《东游日记》在《文芸阁先生全集》内
刘　鹗	《刘鹗日记》，辑入《刘鹗及老残游记资料》，1985年四川人民出版社出版

胡　适	《藏晖室日记》，在《胡适的日记》内，中华书局排印本
何如璋	《使东述略》一卷，近代铅印本
刘锡鸿	《英轺日记》，刊在《小方壶斋舆地丛钞》第十一帙
陈兰彬	《使美纪略》一卷，在《小方壶斋舆地丛钞》内
曾纪泽	《出使英法俄国日记》，1985年11月岳麓书社排印本
李凤苞	《使德日记》一册，商务《丛书集成初编》，据《灵鹣阁丛书》本排印
张荫桓	《三洲日记》八卷，京都木刻本，在梦花轩重刊《得一斋杂著》中，同文书局石印本
崔国因	《出使美日秘国日记》十六卷，光绪甲午仲春排印本
戴鸿慈	《出使九国日记》，1982年5月湖南人民出版社出版
李　圭	《东行日记》一卷，《环游地球新录》，光绪三年排印本
王之春	《使俄日记》八卷，四册一函，袖珍木刻本；《东游日记》不分卷，《小方壶斋舆地丛钞》第十帙
黄庆澄	《东游日记》一卷，光绪甲午东瓯咏古斋刻本

缪荃孙　《日本考察学务游记》一卷，载《日游汇编》中，高等学堂木刻本

钱单士厘　《癸卯旅行记》三卷，湖南人民出版社据原稿校改印行本

盛宣怀　《愚斋东游日记》一卷，刊于《愚斋存稿》内，武进盛氏思补楼藏本

李宝洤　《日游琐识》，排印本一册

张德彝　《航海述奇》，《小方壶斋舆地丛钞》第十一帙，1981年1月湖南人民出版社排印本；《欧美环游记》，1981年11月湖南人民出版社出版；《随使法国记》，1982年2月湖南人民出版社排印本

王　芝　《海客日谭》六卷，光绪丙子石城王氏刻本四册

李筱圃　《日本纪游》一卷，《小方壶斋舆地丛钞》第十帙

马建忠　《东行初录》《东行续录》《东行三录》适可斋纪行本，1982年9月上海书店印行本

缪祐孙　《俄游日记》，上海秀文书局石印本

陈春瀛　《回驆日记》一册，光绪乙未排印本

梁启超　《新大陆游记》，湖南人民出版社《走向世界丛书》所收

吴广霈　《南行日记》，活字印行本

王　韬　《扶桑游记》，《小方壶斋舆地丛钞》十帙收

刘学询　《游历日本考察商务日记》，己亥长至香山刘氏上海印行本

金绍城　《十八国游历日记》，《近代中国史料丛刊续编》第21辑，台湾文海出版社出版

吴庆坻　《庚子赴行在日记》一册，木刻本

严　修　《蟫香馆使黔日记》，《近代中国史料丛刊》第20辑，台湾文海出版社出版

唐景崧　《请缨日记》十卷，光绪十六年刊本五册，光绪十九年台湾布政使署木刻本四册

宋教仁　《我之历史》六卷六册，庚申桃源三育乙种农校印行本

温世霖　《昆仑旅行日记》，排印本一册

刘雨沛　《西戍途中日记》，台湾文海出版社

潘　霨　《鞾园岁计录》稿本十册，前上海市历史文献图书馆旧藏

薛宝田　《北行日记》一卷，清光绪六年刊本

徐建寅　《欧游杂录》二卷二册，木刻本

傅云龙　《游历日本馀记》，刊在《早期日本游记五种》，1983年3月湖南人民出版社

王同愈　《栩缘日记》抄本二册，上海图书馆藏

郑观应　《南游日记》《西行日记》，载《郑观应集》上册，1982年9月上海人民出版社出版

袁励准　《秋篱剧话》抄本一册，赵景深旧藏

何绍基　《归湘日记》一卷，《古学汇编》第五编；《钓鱼台寓园日记》《嘤鸣日记》，载旧《青鹤》杂志第十一期起；《疑罍日记》谭译闿钞，载旧《学海》杂志